EAT THE DOCUMENT

D0889421

LETTRES ANGLO-AMÉRICAINES
série dirigée par Marie-Catherine Vacher

DU MÊME AUTEUR

ELLES À L. A., éditions de l'Aube, 2003.

Titre original :
Eat the Document
Editeur original :
Scribner, New York
© Dana Spiotta, 2006

© ACTES SUD, 2010
pour la traduction française
ISBN 978-2-7427-8798-2

DANA SPIOTTA

Eat
the Document

roman traduit de l'anglais (Etats-Unis)
par Elodie Leplat

ACTES SUD

à Robert Spiotta et Emmline Frasca

PREMIÈRE PARTIE

1972

PAR CŒUR

UNE VIE PEUT facilement devenir maudite.

Mary l'avait bien compris. Ses erreurs – innombrables – lui avaient servi de leçon. Elle savait tout de la vie qui se défait : d'abord, oublie tes proches. Ta famille. Ton amant. Etape la plus difficile. Ensuite, trouve-toi un endroit, ailleurs, où… comment était-ce formulé, déjà ?… où tu es un parfait inconnu. Où tu ne possèdes rien. Bien. Ensuite – étape la plus étrange – oublie ton histoire, dans les moindres détails.

Quoi d'autre ?

Elle avait découvert, quoi qu'on puisse penser, que n'avoir rien à perdre n'est pas très différent de n'avoir rien du tout. (Or il y avait bien quelque chose à perdre, même à ce moment-là, quelque chose d'énorme ; c'est pourquoi le fait d'être inconnu, sans domicile, n'avait jamais ressemblé à la liberté.)

L'étape étonnante, effrayante, désagréablement psychédélique : tu perds ton nom.

Cette toute première nuit, Mary avait fini par s'asseoir sur un lit dans une chambre de motel, après un fébrile voyage en train, sous des cieux qui s'assombrissaient et à travers un paysage qui lui était de moins en moins familier. Son anxiété ne l'avait pas empêchée d'être bercée par le cliquetis régulier des rails sous les roues ; un calme étrange l'enveloppait pendant les longues minutes qui s'écoulaient entre chaque arrêt en gare, où elle s'attendait à ce que quelqu'un vienne vers elle, le doigt pointé, quelque officiel intransigeant, impassible. Entre ces moments paisibles – ou presque – et tous les autres, elle s'évertuait à paraître normale. C'est seulement lorsqu'elle tentait de bouger qu'on remarquait à quel point elle tremblait. Cela la minait, ce manque d'assurance si manifeste. Elle s'efforçait de rester immobile.

Cinq frontières d'Etats plus loin, elle avait tendu l'argent pour la chambre : anonyme, cellulaire, silencieuse. Les yeux fixés sur le reçu qu'elle serrait dans sa main, 15 septembre 1972, elle avait pensé : première journée. Chambre 12 : premier lieu.

Même là, au beau milieu de nulle part, à l'abri d'une chaîne et d'un verrou, elle vérifiait deux fois les issues et fermait les rideaux. Impossible de se doucher : elle s'attendait presque à voir la porte de la salle de bains s'ouvrir tandis qu'elle se tiendrait debout, nue, prise au dépourvu. Au lieu de dormir elle s'allongeait sur les couvertures, face à l'entrée, prête à bondir. Douches lit nudité sommeil : c'est comme ça que cela arriverait, elle en était persuadée, le film défilait sous ses yeux. Elle le voyait au ralenti, sans paroles, puis en accéléré, deux fois la vitesse normale, ponctué de chocs et de verre brisé. Tu n'as pas vu les photos du matelas de l'activiste Fred Hampton ? Bien sûr qu'elle les avait vues. Ils les avaient tous vues. Elle ne se rappelait plus si sur les clichés le corps se trouvait toujours sur le lit, en revanche elle se souvenait parfaitement des draps à moitié défaits, des rayures et des coutures miteuses du matelas découvert, maculé de taches. Le tout photographié dans le style noir et blanc blafard de Weegee, qui semblait souligner le bain de sang et le désordre des couvertures auxquelles on s'était agrippé. Elle imaginait les draps mis en boule à la dernière seconde, afin, peut-être, de protéger la personne maudite allongée sur le lit. Gestes que Hampton avait effectués non pour parer au coup de feu, bien sûr, mais pour parer sa terrible, son ultime nudité.

"Cheryl", dit-elle tout haut. Non, jamais. Soda à l'orange. "Nathalie." Il fallait les prononcer à haute voix, positionner les lèvres pour former le son et expirer. Tous les noms sonnaient bizarrement lorsqu'elle s'y prenait ainsi. "Sylvia", un prénom de star du cinéma, trop artificiel. Trop inhabituel. Les gens pourraient s'en aviser. Le remarquer, poser des questions. "Agnes." Trop vieux. "Mary", murmura-t-elle. Mais c'était son vrai nom, ou plutôt son nom *originel*. Elle avait juste besoin de le prononcer.

Elle était assise sur le rebord du lit, sur une courtepointe en chenille beige à franges aux fils décousus, vêtue d'un peignoir éponge, qu'elle avait eu l'idée d'acheter lorsque, plus tôt dans l'après-midi, elle s'était procuré le reste de ses affaires. Elle avait pensé qu'un bain l'apaiserait un peu et il lui semblait important de se pelotonner ensuite dans un peignoir. Elle s'exécuta donc, s'immergea dans la baignoire après l'avoir nettoyée. Les yeux rivés sur la porte ouverte de la salle de bains, attentive à ne pas éclabousser, elle s'efforçait de déterminer la provenance de chaque bruit qu'elle entendait. Elle se rasa les jambes puis se frotta les mains avec une petite brosse à ongles, également achetée ce jour-là. Ensuite elle se passa du fil dentaire entre les dents et se lava la langue avec sa brosse à dents neuve. Elle s'occupait des détails de présentation habituels avec une attention rare : d'instinct elle savait qu'il existait un rapport étroit entre lesdits détails et le maintien de sa santé mentale, ou du moins de sa présence d'esprit. Sinon elle eût pu se contenter de rester paralysée au sol, dans son jean sale, à renifler et sangloter jusqu'à ce qu'on vienne l'arrêter. Saleté et inertie sont liées. La propreté, et en particulier la propreté personnelle, constituait un rempart à la folie. Une affirmation de contrôle. Même lorsqu'on est au beau milieu du chaos, terrifié, le rituel de la toilette irradie et protège. De l'avis de Mary, beaucoup de gens se méprenaient là-dessus. Rebelle, la négligence, peut-être, mais jamais libératrice. En fait la jeune femme était persuadée que négliger son hygiène vous rendait vulnérable au monde extérieur, à tous les éléments externes qui essayaient de s'insinuer en vous.

Les genoux serrés contre la poitrine, elle fixait sans la voir la télé mise en sourdine. Ongles propres sans vernis, uniformes et lisses. Jambes rasées, parfumées avec de l'huile pour bébé aux reflets gras mais exhalant une odeur poudreuse et familière. Elle inspirait profondément, la tête posée sur les genoux, et se recroquevillait. N'était-elle pas une minuscule boule humaine ? Une poussière d'être au cœur d'un pays aux milles facettes, immense, parcouru d'autoroutes ? Rempli d'endroits génériques, anonymes et sûrs, exactement comme celui-ci.

Elle pensa à des noms de gens célèbres, des noms d'auteurs, de professeurs, aux noms qu'elle inventait pour ses futurs bébés quand elle avait huit ans. Abby, Blythe, Valerie. Vita, Tuesday, Naomi. Elle enfila un T-shirt trop grand et un petit slip propre en coton, taille 34, imprimé de grosses pensées pastel. Elle pensa à des noms d'amies et de *pom-pom girls*. A des noms de fleurs et d'héroïnes romanesques. Elle mangeait du beurre de cacahuète étalé sur du pain blanc et buvait du jus d'orange à même la brick. Elle était affamée, chose très inhabituelle chez elle. Elle enfourna une énorme bouchée suivie d'une grande lampée, le goût sucré et pulpeux se mélangeant à la pâtée gluante et collante. Puis elle recommença l'opération sans même attendre d'avaler. Je serai peut-être grosse, dans ma nouvelle vie. Elle se mit alors à glousser, et la mixture beurre de cacahuète-pain-jus d'orange se bloqua un instant dans sa gorge, lui coupant la respiration. Elle s'imagina avec indifférence mourir étouffée dans cette chambre de motel. Elle déglutit, riant de plus belle, tout haut. C'était dingue, cette hilarité brève et soudaine en comparaison du bruit sourd et monotone de la télévision. Elle entendait l'air se forcer un passage à travers ses poumons et sa gorge. Montant le volume, elle s'abîma dans la contemplation de l'écran.

Jim Brown parlait à Dick Cavett. L'acteur portait une combinaison-pantalon blanche moulante ornée d'un liseré beige et d'une large ceinture en cuir tanné glissée dans les passants cousus au-dessus de la taille. Les deux hommes sirotaient une boisson dans des tasses surdimensionnées, blanches elles aussi, qu'ils reposaient entre eux, sur une table en métal de la même couleur, en forme de champignon. Brown souriait, charmeur, et ne cessait d'affirmer – avec une élocution parfaite – son respect et son soutien pour son ami le Président.

Un bout de papier rayé dans un carnet à spirale, un stylo bille. Karen Black. Mary Jo Kopechne. Joni Mitchell. Martha Mitchell. Joan Baez. Jane Asher. Joan c'est pas si mal. Linda McCartney. Joan McCartney. Joan Lennon. Mais bien sûr. Ça plairait à Bobby, ça. Elle s'attendait presque à ce qu'il la contacte – mais elle savait qu'il ne le ferait pas, pas pendant un moment en tout cas. A 23 heures elle changea de chaîne pour regarder les informations, essayer de voir si lui, ou l'un d'entre eux, avait été identifié ou arrêté. Jane Fonda, Phoebe Caulfield, Valerie Solanas. Elle aimait ces noms-là. Interdiction de faire référence de quelque manière que ce fût à son véritable patronyme. Brigitte, Hannah, Tricia. Surtout ne joue pas au plus fin. Lady Bird. Pat. Pff !

"Tu n'es plus la Mary des banlieues chic. Tu es Freya de la marge", avait dit Bobby. Ils étaient assis en tailleur sur un tapis fait main qu'il avait acheté en Espagne. Elle y avait passé de nombreuses nuits agenouillée, à se défoncer et à en examiner les motifs des heures durant. Des motifs mauresques à la Moebius qui vous emportaient dans des cercles de derviche avant de vous ramener au point de départ ; des motifs peints aux pluvieuses couleurs européennes incongrues – des verts et des jaunes sourds – voisinant avec des bannières aux allures impériales, royales, régimentaires, et autres dessins semblables à des écussons. Le tapis n'était pas authentique, mais la personne qui l'avait tissé s'était évertuée à en donner l'impression, avait étudié les vestiges de conquêtes, d'exils et de colonies. Il jurait, détonnait comme le font souvent les objets véritables. C'était ce que Mary et Bobby possédaient de plus beau, ils s'asseyaient souvent dessus, près de leur lit, un simple matelas posé au sol, dépourvu de cadre comme de sommier. Tous les enfants qu'elle connaissait dormaient par terre ; atténuant ainsi la séparation entre leur lit et le reste du monde. Près du sol, elle se sentait plus en sécurité. Qu'en était-il d'une culture où les gens s'asseyaient par terre en tailleur, sur de superbes tapis ? Y avait-il des cultures horizontales et des cultures verticales ? Etait-il gratuit et naturel de vivre plus près de la terre, ou simplement plus

mesquin ? Etait-ce bien, mieux, ou seulement différent pour quelqu'un ?

"Et toi, tu m'appelleras comment ?" avait-elle
demandé, la tête appuyée contre le dos de Bobby.
Il portait souvent des débardeurs très fins et légèrement côtelés ; pressée contre lui, elle respirait
son parfum à la fois piquant et sucré. Hasch, encens, transpiration.

Les yeux fermés dans son lit de motel, elle essayait de se le représenter. Bobby lui paraissait
exotique et beau, non pas tant dans l'ensemble
que dans les détails. Plus elle se rapprochait, plus
il devenait séduisant. Sa peau, tout sauf rougeaude,
avait une légère teinte olivâtre : une peau si lisse
au toucher que Mary en sentait sur ses propres
doigts ou ses lèvres la moindre aspérité ; une peau
si claire, si fine qu'on voyait le sang de Bobby battre à ses poignets, à ses tempes et à son cou. Et
bien que la jeune femme n'eût jamais été dingue
des boucles folles des longs cheveux noirs de son
ami, lesquels poussaient plus en épaisseur qu'en
longueur, elle adorait la façon dont elles lui glis-
saient entre les doigts pareilles à de la soie quand
elle passait la main dans sa chevelure ; la tension
de ses épaules, aussi, quand elle se pressait contre
elles, et la manière dont, à la lumière de la bougie,
elle voyait sa peau à elle, blanche – sa main fine,
par exemple – contre la peau sombre du large
dos de Bobby, et chaque fois cela la surprenait, ce
contraste entre eux. Elle se sentait alors délicate,
voire fragile, et elle aimait ça. Elle n'était pas censée éprouver ce sentiment, mais c'était le cas. Ils
passaient énormément de temps ensemble, s'ha-
billaient et parlaient de la même façon – jusqu'à
leurs rires qui se ressemblaient –, était-ce la raison
pour laquelle il était si agréable de se sentir différent d'une manière tangible ?

"Tu m'appelleras Mary ? Au moins lorsque nous sommes à la maison, au lit ?

— Non, seulement Freya. Et toi tu devras m'appeler Marco. Dans ce genre d'activités on ne peut pas utiliser son vrai nom. Jamais. Si tu veux changer de vie, commence par changer de nom.

— Un nom de guerre ? Ce n'est pas un peu ridicule ?

— Toutes les cultures ont leurs cérémonies de baptême. On te donne un nom, mais après c'est toi qui le choisis. Cela fait partie de la transformation vers l'âge adulte. On te dit qui tu es, mais ensuite c'est toi qui en décides. Un peu comme la confirmation, ou le mariage.

— Mais ce n'est pas moi qui ai choisi. C'est toi.

— Je t'aide. La première étape, c'est de s'inventer un nouveau patronyme. Combatif, courageux.

— Un nom bolchevique ? avait demandé Mary, sourcils froncés.

— Non, de déesse nordique. De très grande prêtresse. De foudre. Un nom dont il faut être à la hauteur."

Elle avait fermé les yeux et s'était appuyée contre lui.

"D'accord.

— Un nom qui respire l'agit-prop. Toujours deux syllabes et une voyelle à la fin. Freya, Maya, Silda. Marco, Proto, Demo. Si tu ne l'aimes pas, trouves-en un autre."

Ils avaient utilisé ces pseudonymes exclusivement dans les communiqués de presse et au téléphone. Aujourd'hui elle en choisissait un nouveau, son opposé – discret, pudique, timide – mais elle le choisissait vraiment.

Le lendemain matin (était-ce le matin ?), après s'être réveillée d'un très bref sommeil, elle s'assit sur la seule chaise de la chambre, une espèce de siège en plastique moulé jaune moutarde posé à côté du lit de motel, avec pour seule occupation celle de s'ingénier à intégrer sa nouvelle vie pendant les temps morts qui séparaient douches et sommeil. Elle ne pourrait pas partir avant d'y être parvenue. Elle écrivit tout sur un bout de papier arraché au carnet à spirale. Age : vingt-deux ans. Lieu de naissance : Hawthorne, Californie. Prénom : Caroline. Hawthorne c'était une ville de banlieue californienne, une de plus, qui, à coup sûr, avait plus de points communs que de différences avec toutes les autres ; cela conviendrait donc parfaitement, même si son groupe préféré venait aussi de là-bas. Quant à Caroline, c'est un joli prénom féminin, qui se trouve être aussi celui de la fille dans une de ses chansons préférées. (OK, inutile de faire de l'esprit autour de son identité, de la codifier ou de la rendre cohérente de quelque manière que ce fût, sauf si ça l'aidait à s'en souvenir. Mais, comme l'en avait prévenue Bobby, si elle est lisible pour toi, tu te trahis. Cependant, *tout* est signifiant. Peu importe le degré d'hermétisme et d'abstraction, le sens est toujours là, non ? A moins, bien sûr, que quelque part elle ne voulût, subrepticement, que son identité fût lisible et cohérente. A moins, bien sûr, qu'elle ne voulût que quelqu'un, à un moment donné, la déchiffrât.)

Caroline. Caroline Sherman. D'accord ?

Cette première nuit-là, Caroline ignorait où Bobby était allé. Et quand elle le reverrait. Elle n'avait pensé qu'à traverser les frontières, le plus vite possible. Cela fait, elle avait alors pu s'arrêter, anonyme au cœur de la vaste étendue d'Etats entre les deux côtes, et se terrer dans une chambre de motel pour composer sa nouvelle vie. D'un commun accord ils avaient choisi pour elle l'Oregon comme destination finale car elle voulait retourner sur la côte ouest. Bobby avait dit qu'il finirait par la contacter. Va à Eugene lui avait-il recommandé, quand et si les choses se tassent, je te ferai signe. Je te trouverai. Sinon ils avaient établi un plan infaillible pour se retrouver à un endroit précis à la fin de l'année suivante. Mais ils se verraient sûrement d'ici là. Il lui ferait signe quand et si les choses se tassaient.

Si, avait-il précisé.

Lors des toutes premières nuits, elle s'endormait en mémorisant les "éléments" de sa nouvelle identité. Pendant un temps il allait lui être difficile de ne pas être troublée et embarrassée même lors des échanges les plus banals. Vous buvez du café ? Il lui faudrait alors réfléchir : Eh bien, j'en ai toujours bu, mais bon, en fait, peut-être que non. Et elle répondrait : "Non, je n'en prends jamais." Et cette deuxième étape consistant à comparer le présent au passé la maintiendrait dans un perpétuel état réactif. Jusqu'à ce que ça s'arrête, plus tard, lentement – mais cela elle ne le savait pas encore, elle ne pouvait même pas l'imaginer. Pourtant le jour viendrait où elle aurait si longtemps vécu sa nouvelle vie que se représenter l'ancienne ferait l'effet d'un rêve, d'un acte d'imagination. Elle finirait presque par avoir l'impression que celle-ci n'avait jamais existé. Voilà la façon dont les choses étaient censées se dérouler. Un secret si longtemps gardé que même toi tu ne crois plus que ce n'est pas vraiment toi. Mais à ce moment-là elle ne se doutait pas que cela durerait indéfiniment. Qu'elle se rendrait compte que son identité tenait davantage de l'habitude et de la volonté que d'éléments plus intrinsèques.

Elle avait toutes ses affaires. Elle les sortit une par une d'un sac à dos marron et les déposa sur la courtepointe. Teinture blonde pour les cheveux.

Osez le Cendré de L'Oréal. Ciseaux. Flouse. Environ quatre cents dollars, le tout en coupures de vingt. C'était toute sa vie, la somme de ses vingt-deux ans passés et le chemin vers son avenir. Un carnet à spirale, des cheveux blonds, des ciseaux, une poignée de billets, un jean, un pull noir, un T-shirt trop grand, un peignoir et un chemisier bleu. Trois ensembles de sous-vêtements, trois paires de chaussettes, une paire de sabots marron. Des boucles d'oreilles anciennes en argent que Bobby lui avait offertes à l'occasion du premier anniversaire de leur rencontre. Elles avaient appartenu à sa grand-mère. Une montre que ses parents lui avaient donnée pour son bac : une Timex à quartz, un modèle sport pour femme avec un bracelet en tissu kaki. Il aurait mieux valu qu'elle s'en débarrasse, mais elle n'y arrivait pas. Déjà, elle avait jeté son répertoire : la nuit précédente, après avoir arraché son nom de la couverture elle avait enfoui le calepin aussi profondément que possible dans les grosses poubelles à l'extérieur de la gare, glissant plusieurs pages à travers chaque couvercle à bascule, aussi discrètement que son état le lui permettait. Juste avant cet épisode, debout dans les toilettes pour femmes, nauséeuse, elle avait lu une dernière fois les adresses et les numéros de téléphone de ses parents et de ses quelques amis. De toute façon elle connaissait par cœur tout ce dont elle avait besoin, et c'était encore le cas aujourd'hui. Ce fut la première fois que cette expression, *par cœur*, avait signifié quelque chose. Mémoire, mémoriser, non pas de façon intellectuelle ni sur le bout des doigts mais par cœur.

Au début, quand Bobby et Mary avaient discuté du jour où ils devraient peut-être partir en cavale, cela avait paru excitant, en fait. Elle le reconnaissait volontiers. En cas d'urgence, voilà comment tu dois procéder. L'échappatoire. Change de nom, de couleur de cheveux, de vêtements. De numéro de Sécu. Rappelle-toi que les premiers chiffres doivent correspondre au lieu dont tu dis être originaire. Ne compte pas sur la chance. Sur la malchance, oui. Il lui avait tout fait répéter. A l'époque elle ne comprenait pas vraiment que si cela arrivait (et pourtant ils savaient que ce serait le cas, non ?), si tout se passait bien, comme prévu dans le plan, ce serait dans le silence et l'isolement. Ni vu ni connu. Elle se retrouverait seule quelque part dans une chambre anonyme ayant comme décor une courtepointe trouée, en chenille, face à la reproduction d'une aquarelle représentant un paysage dans les mêmes tons moutarde et verts présents partout dans la pièce, et, avec pour seul rappel du monde extérieur, une télé posée sur un plateau tournant déglingué.

Passé la deuxième nuit, elle s'était forgé sa nouvelle identité. Après elle devait déterminer la suite des opérations : pas seulement comment éviter d'être repérée, mais comment survivre, subvenir à ses besoins aussi longtemps que cela durerait. (A l'époque elle ne cernait pas ce que "cela" représentait vraiment. Elle se projetait quelques mois dans l'avenir puis s'arrêtait.) Caroline, *alias* Freya, *alias* Mary, ne comptait pas sur la chance, toutefois elle répertoriait ses avantages. Deux au total : un, elle était une femme. Deux, elle était quelconque.

Ni moche, ni jolie. Seulement ce mot démodé : quelconque. Dès lors qu'elle quittait la pièce ou qu'on essayait de la décrire à d'autres, voire à soimême, les adjectifs se trouvaient limités – pas difficiles à trouver mais tout juste dignes de l'effort requis. Mince, oui ; soignée, oui ; des cheveux bien plus châtains que roux, ce qui les rendait également difficiles à décrire, pas tant à la fois ceci et cela qu'à peine ceci et cela ; des yeux bleu clair craintifs et un corps blanc et rose. Son teint, évoquant la peau d'un fruit, estompait la séparation entre les lèvres et le visage, et ses sourcils pâles se confondaient avec un front de couleur presque identique. Une fois, Bobby l'avait comparée à une héroïne de roman du XIXe siècle. Pour elle, cela évoquait des traits maladifs, fades, qui fleuraient les vertus mesquines et collet monté.

"Mais non, avait ri Bobby. A cette époque on aurait parlé d'une noble physionomie.

— C'est ça, oui.

— D'une contenance charmante.

— Ce qui veut dire ?

— Euh… un bon caractère ?"

Il avait ri et essayé de l'embrasser.

"Comme c'est mignon."

Elle s'était dégagée, l'air désapprobateur. Il la tenait par le bras. Elle l'avait repoussé.

"Non, écoute."

Elle ne le regardait pas, les yeux baissés au sol, les lèvres pincées.

"Tu as tant de charme, avait-il poursuivi, la voix alors plus douce. C'est vrai que ça ne saute pas aux yeux, il s'agit d'une beauté subtile mais tout à fait irrésistible, je t'assure."

Elle s'était un peu tournée vers lui. Il la regardait si intensément qu'elle avait de nouveau baissé la tête. S'était sentie rougir.

"Il émane de toi une espèce de − je ne sais pas vraiment comment l'expliquer − ce qu'on pourrait appeler une attraction sous-jacente, si tu vois ce que je veux dire. Plus je suis avec toi, plus j'ai envie de le rester. Te quitter semble plus difficile de jour en jour. Rien à voir avec l'enchantement, la séduction ou quoi que ce soit d'aussi futile. C'est plus comme si j'étais captif. C'est puissant, perturbant et cela ne fait qu'empirer au fil du temps."

Elle n'entendait pas ce qu'il disait. Tout ce qu'elle avait compris, c'est que celui qu'elle aimait la trouvait quelconque.

Mais, en tant que Caroline, elle pouvait assembler ces deux faits irréfutables : quelconque et femme. Cela lui permettrait d'emménager ailleurs, de se rendre à l'épicerie ou de postuler pour un emploi sans que les gens se sentent menacés ou attirés. Elle savait qu'elle pouvait se déplacer sans se faire remarquer. Elle-même ne parvenait pas à se rappeler son propre visage si elle ne se regardait pas dans la glace. Cette invisibilité confuse qui l'avait fait souffrir toute sa vie devenait à présent un atout, son anonymat un attribut salvateur. Son statut de fugitive fournissait enfin à ses traits un contexte parfait. Insignifiante par nature, elle était née pour la fuite. (Ce qui expliquait aussi en partie pourquoi, pour commencer, elle s'était retrouvée dans cette situation : marcher lentement, un petit sourire aux lèvres, en serrant un banal sac à main, un paquet, ou une valise. Qui se soucierait d'arrêter une personne pareille ?)

Mais Caroline bénéficiait de bien d'autres avantages. Elle savait cuisiner. Elle avait passé son enfance à travailler dans le restaurant de son père. Elle pouvait entrer dans une cuisine pourvue d'un garde-manger presque vide et confectionner chilis, pâtes et ragoûts. Ce qui la rendait hautement employable. Les restaurants embauchaient des sans-papiers. Pas besoin de numéro de Sécu en règle. Ni de références. Personne ne se douterait que cette femme fade et pâle fût autre chose qu'inoffensive et ordinaire. Parce que, malgré les circonstances qui l'avaient amenée ici, elle-même se savait inoffensive et ordinaire, au bout du compte.

Passé le troisième soir dans le motel elle ne se sentait plus aussi terrorisée. Un vertige de confiance la saisit même pendant une heure ou deux. Elle était presque prête. Presque.

Elle s'imaginait que, dans les années à venir, elle aurait le temps de repenser à la suite d'événements qui avait mené à celui qui avait inévitablement conduit à cette chambre de motel. Voilà l'impression qu'elle avait : une histoire filante, la culbute de la dialectique plutôt que le pas ferme de la volonté. Le poids de siècles d'histoire contrebalancé par quoi, l'action d'une seule personne ? Au stade même de la planification ils avaient su où tout cela mènerait. Les contingences ne sont jamais vraiment des contingences mais des projets. Les probabilités deviennent certitudes. Elle savait qu'elle ressasserait comment elle en était venue à se mêler à des groupuscules, à des stratégies et à des gens qui croyaient en l'inévitable et en l'absolu. Un jour elle expliquerait ses intentions à quelqu'un, au moins à elle-même. Et l'événement, auquel elle ne parvenait pas à réfléchir, pas encore, l'événement qu'elle était même incapable de nommer, en pensée elle l'appelait *alors*, ou *la chose*, ou *cela*. Mais dans les années à venir elle y songerait sûrement, encore et encore, en particulier à cette partie de l'histoire où Mary était devenue Freya, qui était devenue Caroline.

Quoi d'autre ?

Elle se brossa les dents. Mangea encore un peu de beurre de cacahuète et de pain. Elle avait envie d'un joint mais se décida pour une bière achetée au magasin d'en face dans la rue. L'après-midi du troisième jour, elle fit une brève sortie, portant de grandes lunettes de soleil et une écharpe. Elle tremblait dans la fluorescence de l'épicerie et se dépêcha de prendre jus de fruits, bière et journal.

Le *Lincoln Journal Star*. En première page, dans le coin en bas à gauche, une photo de Bobby Desoto. Allez, paie et pars. Elle trébucha en traversant la nationale pour retourner à sa chambre de motel couleur moutarde. Elle lisait tout en marchant.

Elle ouvrit le quotidien à la page du reportage et vacilla sous la déferlante de peur qui la frappait de nouveau. Elle se mit à pleurer, des sanglots bruyants entrecoupés de hoquets, tandis qu'elle fermait la porte derrière elle, les yeux rivés sur les caractères d'imprimerie. Elle apprit que le groupe avait été identifié, bien qu'un seul membre eût été arrêté : Tamsin. La plus jeune et la plus faible. C'est elle qui avait dû leur fournir les noms, tout comme Bobby avait eu l'intuition qu'elle le ferait. (Parderrière, il l'appelait CRA : Craquage Assuré.) Cependant Tamsin ne connaissait pas vraiment les détails des différents projets de planque. Les autorités menaient l'enquête mais n'avaient guère de piste. Toutefois, plus question d'entrer bientôt en contact avec Bobby. Mary savait bien que ce serait probablement le cas, mais n'en pleura pas moins.

Elle but trois bières d'affilée en regardant des séries télé qui mettaient en scène des gens ordinaires. Son nez coulait, elle reniflait. Se repassait en boucle les événements. Avait-elle déjà commis des erreurs ?

Sa chambre de motel se trouvait juste à côté de la gare, au sud de Lincoln dans le Nebraska, autant dire au fin fond du pays. Alors qu'elle regardait *L'Homme de fer*, zappait sur *Owen Marshall : avocat*, puis sur une pub pour de la colle à dentier, elle se demandait combien de fugitifs étaient en train de se diriger vers le fin fond du pays avant d'y faire halte pour décider du prochain lieu où se rendre. Cet endroit était peut-être le QG des gens en cavale, un aimant.

PoliGrip. Mange comme un homme.
Appareil photo Polaroïd. Land Camera. SX-70.
Devenez inséparables.
D-Con. Spray anti-moustique pour maison et jardin.

Elle se demandait si chacune de ses idées allait être prévisible, identique à ce que pensent toujours les gens dans ce genre de circonstances, et si elle allait se trahir sans même s'en rendre compte. En réalité elle doutait que quelqu'un d'autre adoptât sa stratégie du Nebraska. La logique voudrait que l'on tentât de traverser la frontière pour aller au Canada ou au Mexique. La plupart partiraient vers les pays frontaliers. Voilà ce vers quoi ils tendraient.

Quoi d'autre ?

Elle, Caroline, n'avait ni frère ni sœur et ses parents étaient morts des années auparavant dans un accident de voiture. L'écrire la rendait superstitieuse. Comme si ces mots allaient en quelque sorte jeter un sort à ses pauvres parents ou détruire sa sœur cadette.

Durant les premières années, Caroline n'avait pu s'empêcher d'appeler sa mère de temps en temps. Elle savait que c'était dangereux. Qu'il s'agissait d'un risque aussi énorme que stupide. Elle savait que le FBI, le COINTELPRO – chargé de l'espionnage –, la police, tous s'y attendaient et avaient mis sur écoute le téléphone de ses proches et de son réseau d'amis. S'il y avait bien quelque chose dont Bobby lui avait rebattu les oreilles, c'étaient les conséquences de l'implication d'autres personnes. Tous ceux à qui elle disait la vérité pouvaient être inculpés pour recel de malfaiteur. Aucun contact d'aucune sorte ne devait avoir lieu. Elle espérait seulement qu'au fond sa famille comprenait cela. Qu'elle assurait la protection des siens. Aussi souvent que possible, Caroline se persuadait de ne pas les contacter mais elle finissait toujours par appeler, depuis une cabine. Elle attendait que son père ou sa mère décroche le téléphone. Elle ne disait rien. Elle écoutait la voix de sa mère dire allô, puis, agacée, répéter ce mot, *allô*, de façon pressante. Après quoi Caroline raccrochait et se mettait à pleurer. Ou plutôt continuait à pleurer puisque les larmes coulaient déjà quand du doigt elle avait fait tourner le cadran du téléphone. Elle tenait aussi longtemps qu'elle pouvait puis appelait de nouveau en se jurant que c'était la dernière fois, jusqu'à ce qu'après quelques mois elle ne pût s'empêcher de recommencer.

Et ensuite ?

Invente un numéro de Sécu californien, commence par 568 ou 546. Les deux chiffres suivants correspondent à ton âge. Toujours des chiffres pairs.

Elle retira la serviette de ses cheveux mouillés. Puis ouvrit la minuscule fenêtre givrée de la salle de bains pour évacuer la vapeur d'air chaud. Elle se servit de la serviette pour essuyer le miroir. Durant ces quelques instants de netteté, elle aperçut sa chevelure désormais blonde. Jaune jonquille, pas le blond cendré promis sur l'emballage. La femme sophistiquée, libérée, coiffée raie sur le côté sur la boîte L'Oréal. Issue de la série des Blondes Champagne. Franchement ! Mais peu importait. Jamais ses cheveux blonds ne la feraient se sentir libérée, qu'ils fussent jaune d'œuf ou jaune pâle, genre barbe de céréales au début de l'été. Elle ne ressentait aucun soulagement d'avoir changé de look ou de ne plus devoir être la femme qu'elle était. Seulement une peur indistincte, davantage liée au sentiment d'une perte qu'à la crainte de l'arrestation. Que découvre-t-on lorsqu'on supprime toutes les variables ? Que l'on est la somme de ses expériences et de ses mensurations ? Que l'on est soi, peu importe son nom ou que les gens attendent des choses différentes de vous ? Elle voulait ressentir la joie de n'avoir personne pour l'exhorter à faire un troisième cycle, à se marier, ou même à tout abandonner pour le mouvement. Devenir n'importe qui est une renaissance, pas vrai ? Mais elle ne pouvait pas être n'importe qui, elle était – devait être – n'importe qui sauf qui elle était. En cavale comme en lieu sûr. Elle regarda son reflet et vit la même femme, seule et insignifiante, qu'elle avait été sa vie durant, avec encore moins de chances que jamais de se sentir chez elle quelque part. Et puis ses cheveux colorés rendaient son teint plus terreux. Elle n'avait pas l'air monochrome mais infrachrome. La pâle esquisse d'une personne.

La toute dernière fois qu'elle avait téléphoné chez elle, ça avait été à l'occasion de l'anniversaire de sa mère, le 9 mars 1975. Vingt-neuf mois, trois semaines et deux jours après sa fuite. Elle avait appelé, sa mère avait répondu. Elle l'avait écoutée dire : Allô ? et attendu, sans raccrocher, parce qu'elle ne pouvait pas, pas tout de suite, puis d'une petite voix plaintive sa mère avait demandé : "Mary, c'est toi ? Mary ?" Elle avait alors aussitôt appuyé sur le bouton pour couper la communication, l'oreille toujours collée au combiné. Haletante, elle avait senti son cœur lui tomber dans l'estomac et ses genoux littéralement céder lorsqu'elle avait entendu sa mère prononcer ce nom. Son nom. Elle s'était appuyée contre la cabine, la gorge serrée, et avait eu un haut-le-cœur tandis que de la bile au goût de café lui remontait dans la bouche. C'est alors qu'elle avait compris qu'elle ne pourrait plus jamais appeler. Jamais plus, plus jamais, jamais.

*

Elle écrivit tout, une fois, une seule, sur le bout de papier arraché au carnet à spirale. Son nom, son histoire, les membres de sa famille. Où Caroline Sherman avait passé chaque année de ses vingt-deux ans. Cela fait, elle déchira la feuille en morceaux au-dessus de la corbeille. Puis elle les en retira et les brûla un par un dans le cendrier en verre jaune. Tout était mémorisé. Elle avait déjà tous les détails en tête, à défaut de les avoir là, dans le cœur.

DEUXIÈME PARTIE

Eté 1998

JOURNAL DE JASON

ELLE, MA MÈRE, est apparemment passée devant la porte ouverte de ma chambre alors que je beuglais "Our Prayer". Je venais juste de mettre la main sur les trois CD piratés de l'album *Smile* des Beach Boys – le style de truc illégal où il y a genre dix versions de la même chanson à la suite, vous voyez? En général, il ne s'agit que d'une alternance d'enregistrements qui se distinguent à peine les uns des autres. Tiens, par exemple, sur celui-ci Brian arrête de chanter deux mesures avant la fin. Ou bien les accords s'embrouillent légèrement. Ou encore quelqu'un dit au début : "Un, deux, trois, quatre" d'une voix de garçonnet douce et soumise. Il ne s'agit donc pas de versions au sens strict, plutôt d'une série de ratages.

Il existe plein d'autres disques piratés qui contiennent différentes versions reconnues des chansons des Beach Boys : leur divergence réside dans le nombre de couplets ou le chanteur principal. Les accords ou les arrangements. Ou parfois dans les paroles, qui changent complètement. Mais mon coffret piraté spécial bonus de *Smile*, lui, ne propose quasiment qu'une alternance d'enregistrements de la même version. Dix, quinze, vingt, presque tous identiques. Le groupe a déjà réfléchi au cadre général, au rendu exact à l'écoute, les enregistrements, eux, ne servent qu'à trouver la manière d'exécuter le morceau. Maintenant, vous allez me dire : pourquoi s'emmerder à écouter un truc pareil ? Pour être honnête, quand je me suis rendu compte de ce que j'avais acheté (quatre-vingt-dix dollars, rien que ça), au début j'ai été déçu. Mais, et il y a un grand mais, écouter ces CD a quelque chose d'extraordinaire. On a l'impression d'être dans le studio au moment où les Beach Boys ont fait cet album. On est là quand ils se plantent, en prise avec leur perfectionnisme, avec leur frustration quand ils essaient de transcrire dans le réel les sons qu'ils ont dans la tête. Parfois ils s'arrêtent net après que quelqu'un a dit : "coupez" parce qu'ils n'étaient pas dedans, que ça ne leur brisait pas assez le cœur, qu'ils n'arrivaient tout simplement pas à trouver le truc. Ou alors il y en a un qui se met à rire, ou bien demande tout d'un coup : "Vous avez entendu ce que je viens de faire, là ?" Résultat, ton obsession atteint un degré supplémentaire : même les détails les plus ésotériques deviennent fascinants. A suivre cette succession de vétilles et de répétitions on se retrouve complètement ensorcelé. Ecouter ce genre de musique en profondeur a un effet hypnotique ; la même chanson dix fois de suite, c'est comme une méditation ou une prière. Il est donc tout à fait approprié d'écouter le titre "Our Prayer" de cette façon-là. C'est la troisième fois que je me passe l'intégrale des enregistrements, j'en suis à peu près au septième, en route vers l'extase : mon désir d'écouter est satisfait mais pas totalement rassasié, la lassitude ne point pas encore, j'en veux toujours plus, je vis là une expérience exceptionnelle, l'explosion d'accords omniprésents, cinq chants sans parole, seulement de magnifiques ahhhh célestes, les voix s'élèvent, purs instruments de son. Les Beach Boys au top de leur chœur lysergique, franchement.

Elle, ma mère, elle s'est arrêtée à ma porte, qui, comme je l'ai dit, était ouverte, chose en soi très inhabituelle. Je revenais sûrement de la cuisine ou des toilettes et je n'avais pas encore fermé derrière moi. Peut-être étais-je tellement pris dans cette musique, à ne désirer qu'une chose : revenir près d'elle, que je n'ai même pas fait attention à ce détail. Mais en fait je crois que j'avais un sandwich et une canette de soda dans les mains, que je les disposais sur mon bureau et c'est pour cette raison que je n'avais pas encore refermé. J'ai vu ma mère s'appuyer légèrement contre le chambranle. Je me suis dit qu'elle avait peut-être interprété cette porte ouverte comme une invitation. Toutefois, quand j'ai vu un petit sourire s'esquisser sur ses lèvres, et son regard absent, j'ai compris que, si elle se tenait là, c'était pour écouter les Beach Boys.

OK, il était pas loin de vingt heures, et arrivée à ce moment de la soirée – j'ai remarqué ça vraiment chaque fois, sans le vouloir – elle était un peu pompette. Je le savais parce que de temps en temps je vais regarder la télé dans le salon. Ou bien dîner avec elle dans la salle à manger. Elle se concocte ce mélange où il faut verser environ un tiers de vin blanc puis ajouter de l'eau de Seltz à ras bord. Un spritz, je crois. Le genre de boisson ringarde pour femme au foyer. Elle s'imagine que c'est un apéritif léger, je suppose. Si on veut que cela semble raisonnable, presque médicinal, on peut l'appeler comme ça, c'est sûr. Le hic, c'est qu'elle le finit vite et qu'elle recommence aussitôt le rituel tiers de vin blanc, eau de Seltz. Le hic, c'est qu'elle fait ça jusqu'au coucher. C'est pas que je compte ou que je fasse vraiment attention, mais difficile de ne rien voir quand elle fait ça toute la soirée, tous les soirs. Je ne suis pas en train de critiquer. Elle n'a jamais l'air bourrée : elle ne bafouille pas et ne fait rien tomber. Elle a seulement l'air de plus en plus placide et un peu déprimée au moment d'aller au lit. C'est déjà le genre de personne qui semble en permanence n'être qu'à moitié là. Alors cette habitude ne fait que la rendre de plus en plus absente ou indifférente aux bizarreries et à l'ennui liés à cette maison. Attention, je ne juge pas ma mère, je me contente de décrire son comportement. Je l'observe, point. A mon avis, peut-être que tout ce truc du tiers de vin plus eau de Seltz montre qu'elle refuse de s'avouer à quel point elle boit, mais bon il y a bien un moment où elle va se resservir et où elle se rend compte qu'il ne reste plus que l'équivalent d'un seul tiers de verre dans une bouteille qui était pleine en début de soirée (et attention, parfois on parle en terme de cubi, une bonne grosse bonbonne économique), et elle doit bien réaliser alors qu'elle boit vraiment beaucoup. Mais en même temps, après tous ces spritz, elle doit être suffisamment placide et anesthésiée pour ne pas trop culpabiliser devant ce cubi vide. A ce moment-là, elle est… qui qu'elle soit dans ses pensées intimes et silencieuses, et moi franchement ça m'est égal, tant qu'elle me laisse tranquille, ce qu'elle fait en général.

Bref, à 20 heures elle avait sans aucun doute un petit coup dans le nez, et cette chanson avait attiré son attention alors qu'elle passait dans le couloir. Perdue dans la musique, elle souriait vaguement. Là, debout à écouter, elle avait l'air vraiment jeune et comme à découvert, attitude inhabituelle chez ma mère. D'habitude elle est réservée, secrète, d'une façon bizarre et lumineuse, au point de vous donner la chair de poule. Comme si elle doutait d'être dans la bonne maison ou dans la bonne vie. Comme si elle était une invitée ici. Elle manque de cette certitude qu'on attend chez un parent, j'imagine. On dirait qu'il lui manque la confiance nécessaire. La chanson s'est terminée, il y a eu quelques secondes de silence, puis "Our Prayer", enregistrement n° 8, a démarré. Durant la pause elle m'a souri : un sourire dragueur et gauche, désarmant – pas vraiment maternel.

"Super chanson", a-t-elle dit avant que la musique reprenne et que je baisse le son de mauvaise grâce.

"Une symphonie d'adolescent adressée à Dieu", ai-je répondu, citant les mots de la pochette, laquelle citait Brian Wilson.

"Oui, c'est vrai, a-t-elle approuvé en hochant la tête, c'est toujours l'impression qu'on a en les écoutant, quand il n'y a pas de paroles. Quand ils utilisent leurs voix comme des instruments. Une forme pure, parfaite."

Après avoir sorti ce trait d'esprit sur les Beach Boys, elle s'est éloignée pour aller remplir son verre ou quoi. C'est la première fois que je me rappelle avoir pensé : Comment est-ce possible ?

ANTIOLOGIE

NASH AVAIT DÉJÀ VÉCU cette situation – plusieurs fois, même. Il fixa des yeux le gosse et son énorme sac à bandoulière en nylon orné de larges bandes. Nash le reconnut. Davey D., peut-être, s'il se rappelait bien. D. arborait une espèce de coupe de surfeur : cheveux longs mal coupés, décolorés et emmêlés. Il se passait souvent les doigts à travers les nœuds pour les défaire, avant de jeter les petites touffes de cheveux par terre. Et quand il retirait son bonnet, sa chevelure blonde emmêlée se déployait sur son front comme une feuille de palmier. Nash se tenait près de la caisse et observait le garçon glisser un magazine de skate dans son sac. Il s'en serait foutu s'il ne s'était pas agi d'une de ces revues importées du Japon, emballées sous plastique avec un CD joint à l'intérieur et vendues quinze dollars. Davey le mit délicatement dans son sac, après l'avoir fait passer du présentoir à la poche à rabat. Pas l'ombre d'une hésitation. Ni de regard jeté à la ronde.

Nash ne fit rien. Les yeux rivés sur D., il se réprimandait lui-même : pourquoi vendre un magazine de skate à quinze dollars, d'abord ? Mis sous film, du coup impossible de le feuilleter avant de sortir ton fric. Pouvait-il exister un objet plus adapté ou plus indiqué pour le vol à l'étalage ? C'était bien là le problème de Nash, enfin un de ses problèmes. La fauche suscitait chez lui des sentiments ambivalents, et ce, le plus souvent, aux moments critiques.

Mais pour autant cela ne l'en irritait pas moins. Il regardait fixement le fameux sac à bandoulière, puis Davey D. qui continuait à errer dans le magasin. En fait, la colère montait en lui, peu à peu. Ce qui l'agaçait (probablement) c'était cette quasi-certitude que Davey D. faisait partie de ces gosses riches d'apparence loqueteuse. Ils avaient l'air pauvres, jouaient les pauvres, sentaient le pauvre ; mais quelque part, derrière ou loin devant eux, quelque part dans leur entourage, se cachait un paquet de fric monstrueux qui ne venait pas du travail. Le pognon du super grand-papa qui vivait dans le Connecticut ou à Rhode Island. Plus les cheveux sont mal coupés et l'hygiène douteuse, plus l'argent est de souche ancienne. Nash n'en était pas certain, cependant il pensait avoir acquis pour ce genre de chose un instinct affûté. Après avoir observé de près de nombreux gamins, on parvient à distinguer ceux qui ont un filet de ceux qui n'en ont pas.

Néanmoins, Nash ne fit rien pour empêcher ce vol-là, ni aucun autre. Or les larcins étaient devenus monnaie courante. La librairie *Prairie Fire Books* avait ouvert depuis dix-huit mois. Il espérait que petit à petit elle serait dirigée comme une coopérative, par et pour les gens des quartiers alentour, mais en attendant c'était Henry Quinn, son bienfaiteur, qui la finançait et qui laissait Nash la contrôler seul. Très vite, la jeunesse locale s'était mise à venir en masse à *Prairie Fire*, affluence qui à bien des égards dépassait les attentes des deux hommes. Bien sûr, l'entreprise ne faisait pas de bénéfices et n'en ferait jamais. Mais Nash nourrissait pour sa librairie l'humble ambition de ne pas perdre trop d'argent. Et s'il n'y avait pas eu tous ces vols, elle n'en aurait probablement pas perdu du tout, malgré les prix bas et les tables où on invitait les gens à lire avant ou au lieu d'acheter.

Davey D. s'approcha de la caisse. Il examina quelques prospectus sur le présentoir en face de lui : clubs, groupes musicaux, fanzines, rassemblements. Il portait un gros blouson de motard gris muni d'énormes poches aux coutures renforcées, sans compter qu'il y avait aussi sur son treillis de profondes poches fourre-tout fermées par des scratchs et des fermetures Eclair. L'équipement parfait pour le vol à la tire. Nash chercha le regard du garçon, qu'il alla jusqu'à saluer avec chaleur. Davey répondit "Hello" d'un ton sympathique, puis sortit calmement de la librairie. Nash repensa à l'ébauche de sa théorie : si ces gamins finissaient par considérer le magasin comme faisant partie intégrante de leur espace – ou pire, de leur *communauté*, comme ils disaient – ils ne s'adonneraient plus à la fauche. Mais c'était plus compliqué que ça.

La majorité des textes dans les rayonnages de *Prairie Fire* étaient à la marge. On vendait là des livres qui prônaient le renversement de l'ordre établi, l'abolition des biens et de la propriété, la résistance à l'hégémonie américaine, le choix de la rébellion et le refus de tout conformisme. Des ouvrages de ce genre semblaient supplier d'être volés, et beaucoup l'étaient. Ce phénomène, Nash le savait, avait quelque chose de l'invasion de cafards : chaque insecte que l'on discerne en dissimule douze autres. Toutefois il refusait de planquer certains titres derrière le comptoir, pratique courante dans certaines librairies. Henry lui conseillait de le faire au moins avec ceux qui étaient le plus souvent dérobés. Mais, pour Nash, cela créait une trop grande mystique de l'objet volé. Après, les autres livres paraissaient miteux. Ou alors cacher derrière le comptoir les livres habituellement volés décourageait les gosses de les acheter parce qu'il leur fallait les demander. Impossible alors de se taire, de tergiverser, ou d'avoir des regrets ; il fallait se présenter, être sûr de soi.

Nash se mit tout de même à écrire des affichettes et à les coller sur tous les rayons et les étagères. Surtout dans les endroits qu'il ne pouvait pas bien voir.

> *Nous ne sommes pas une chaîne commerciale*
> *– s'il vous plaît, ne nous volez pas !*

ou

> *Si vous nous volez, nous cesserons d'exister.*

ou même aussi nul que

> Prairie Fire *n'est pas la "société",*
> *alors pourquoi vous nous volez ?*

et

> *Les petits larcins ne sont pas subversifs,*
> *ils sont juste petits.*

Henry – après tout c'était lui le propriétaire, l'homme qui avait mis le blé dans le pré, et ça, Nash le respectait – voyait là un problème de maintien de l'ordre. Si Nash acceptait de choper ne fût-ce qu'un de ces gosses, ils s'arrêteraient. Nash voulait bien reconnaître que Henry avait raison sur ce point. La rumeur courait qu'à *Prairie Fire* on ne chopait jamais personne.

"Tes pancartes leur rappellent seulement que le vol est une option. Hé, je devrais l'acheter, ça ! Et après ils voient cette affiche qui leur demande d'arrêter de voler et ils se disent : Ah ouais, c'est vrai, y a de la fauche. J'avais oublié, tiens, pas bête comme idée.

— *Punk city*, répliqua Nash. Tu as remarqué qu'ils emploient tous de nouveau ce mot, *punk*. Et *punk rock*. Mais apparemment en général ça veut plutôt dire rebelle que lié à l'année 1977. Genre : «T'as bloqué la circulation sur l'autoroute I-5 en pleine heure de pointe ? *Punk rock*.» Enfin ils ont quand même tendance à le prononcer sur un ton méprisant, du coup c'est peut-être un peu ironique. Ou les deux, tout est à la fois très sérieux et ironique avec eux. Alors c'est soit un refus de l'engagement, soit l'amorce d'une nouvelle façon d'être.

— Tes affiches, elles servent à rien.

— Par contre, jamais ils n'emploieront le mot *city* comme un suffixe intensif. Enfin, pas encore. Mais ça finira par revenir, sous une forme mutilée, recyclée. Tu peux en être sûr.

— Enfin, je te laisse seul juge."

Ils prenaient leur bière du soir après la fermeture du magasin. Ou plus précisément, leurs bières, puisque Henry en éclusait cinq quand Nash en buvait une. Henry, une bouteille à la main, parcourait la librairie en rigolant des affiches de Nash.

"Mais je suis toujours persuadé que petit à petit, en leur faisant comprendre que c'est leur espace et en les employant ici, ils respecteront ce lieu.

— Ou alors tu pourrais simplement en choper un, répliqua Henry.

— Et on s'arrête où ? Combien d'énergie va-t-on dépenser ? Après on finit par tout mettre sous clef. Alarmes et caméras, miroirs et flics. Saisies et fouilles.

— Là tu exagères.

— Accusations. Poursuites.

— OK, fais comme tu veux. L'intérêt de…

— Déclarations sous serment. Avocats.

— … cet endroit n'est pas…

— De consacrer encore une autre partie de nos vies à la sur-réglementation et à une surveillance permanente."

D'une grande lampée, Henry termina une nouvelle bière. Puis il jeta la bouteille dans la poubelle de recyclage, où elle cliqueta contre les autres. Une grimace horizontale, douloureuse à regarder, et que Nash interprétait comme un sourire, étira le visage de Henry. Ce dernier avait toujours les joues recouvertes d'une barbe de deux jours, et des cercles noirs sous les yeux. Il fumait à la chaîne des Camel sans filtre, ce qui aggravait une vilaine maladie semblable à de l'asthme. Nash regardait son compagnon descendre bière sur bière : il n'hésitait qu'au moment de prendre la dernière du pack de six, qu'il lui offrait invariablement et que Nash refusait poliment. Henry haussait alors les épaules et s'emparait de la bouteille.

Ni Nash ni aucun de ses proches n'aurait décrit sa vie comme dorée, pas au sens large en tout cas, mais, dans les menus détails, il reconnaissait bien volontiers qu'il avait de la chance. Vraiment. De la chance avec les gens, ses amis – la chance de connaître des types comme Henry. Ils s'étaient rencontrés pour la première fois alors que Nash travaillait comme barman pour payer ses factures. Auparavant, il avait bossé par-ci par-là dans le bâtiment, mais, la quarantaine bien tassée, il ne pouvait plus supporter ce boulot. Tout du moins son corps ne le pouvait plus.

Nash faisait un barman minable. Il connaissait très peu de recettes de cocktails, travaillait lentement, et offrait plein de coups à boire (un verre sur deux, le lot de consolation pour ceux qui avaient l'air d'en avoir besoin). Toutefois, servir dans ce bar-là nécessitait surtout la capacité de rester stoïque et sobre tout en ayant affaire douze heures d'affilée à des individus bourrés. La clientèle se composait de caricatures de vieux ouvriers solitaires de plus en plus portés sur la bouteille en guise de trouble fonctionnel chronique. Et, à l'occasion, de gens du coin plus jeunes, débauchés, qui aimaient s'encanailler dans des bars mal famés. Ils commandaient leurs verres puis souriaient et murmuraient entre eux avec force gestes. Ils s'évertuaient à montrer qu'ils étaient là seulement pour rigoler un coup, comme si vieillir eût été contagieux. Nash supportait tout ça, et l'oreille aux aguets, une éponge et un chiffon dans chaque main, il passait le temps, tenait la barre.

Henry faisait partie des habitués. Un de ces types minces et vigoureux qui pouvait boire en continu sans jamais hésiter quand venait le moment de se lever, sans jamais paraître surpris par la soudaine dureté du sol sous ses pieds. Cependant il avait aussi ses mauvais jours, les jours où il regardait sans cesse nerveusement par-dessus son épaule. Mais Nash l'avait tout de suite apprécié. Ils étaient à peu près du même âge, ce qui, bizarrement, semblait important. A la fin de la soirée, ou plutôt vers la fin de la soirée, Nash se versait une bière ou un verre d'alcool puis allait de l'autre côté du bar pour s'asseoir sur un tabouret, et Henry lui parlait de ce que c'était d'avoir grandi dans ce quartier, de ce qui avait changé ou pas. Ce qu'il disait était intéressant et il ne se répétait jamais, deux choses rares chez les gens alcoolisés. Il transpirait parfois beaucoup, c'est vrai, mais jamais, au grand jamais, il ne bafouillait. Nash entendait les rumeurs qui circulaient parmi les autres habitués, selon lesquelles Henry avait combattu parmi les rangers de l'armée américaine. A moins que ce ne fût dans la marine, ou l'armée de l'air.

D'autres disaient qu'il avait fait de la prison. De toute évidence, Henry avait subi *quelque chose* mais il n'en avait jamais parlé à Nash. En tout cas, il était devenu sourd d'une oreille. Quand la radio ou la télé étaient allumées, agacé, il s'exclamait souvent : "Quoi ?" Depuis, chaque fois que Henry entrait, Nash réglait au plus bas le volume du bruit de fond, ou éteignait carrément. Il faisait ça sans chichi, Henry ne le lui avait assurément jamais demandé, mais c'est ainsi que leur amitié avait commencé.

Pour finir, Henry avait invité Nash à se défoncer avec lui. C'était l'heure de la fermeture, et une fois posés les verrous ils avaient marché jusqu'à l'appartement de Nash, au coin de la rue.

Il habitait le dernier étage d'une petite maison. La propriétaire des lieux, une vieille femme, vivait au rez-de-chaussée, et, en huit ans, elle n'avait jamais augmenté le loyer d'un centime. Pour Nash, c'était cela être chanceux dans les menus détails. Henry avait monté à sa suite l'escalier derrière la maison, qui menait à la porte d'entrée de la véranda du premier étage. Essoufflé par l'effort, il avait fait signe à Nash de ne pas l'attendre tandis qu'il reprenait haleine. Depuis la porte et les fenêtres côté cour, au loin, le centre-ville chatoyait, scintillait. La journée, Nash voyait parfaitement Puget Sound, le bras de mer, et distinguait même, au-delà, les indentations de la pittoresque chaîne des Cascades Range, telle une toile de fond en deux dimensions, paysage si charmant que Nash le trouvait artificiel et pas charmant du tout. Il n'y croyait pas vraiment. Les jours de beau temps, il apercevait le bras de mer et les montagnes, puis secouait la tête en marmonnant : "Ouais, bien sûr. Pff !"

"Il est à toi cet appart ?" avait demandé Henry quand il avait eu repris son souffle après la montée d'escalier. "Ces problèmes de respiration me tombent dessus sans crier gare. La faute à l'anxiété plus qu'à mes poumons." Inspiration. "Je crois.

— Non. Je suis seulement locataire."

Nash avait allumé la lumière. Il n'avait pas souvent d'invités, c'est donc seulement à cet instant qu'il s'était aperçu que son appartement rappelait celui d'un étudiant, chose étrange pour un homme de son âge : le canapé d'occasion recouvert d'une couverture en guise de housse, la bobine de fil métallique industrielle recyclée qui, tournée sur le côté, servait de table basse, une stéréo (véritable tourne-disque de collection) à côté de laquelle s'empilaient des 33 tours. Des livres un peu partout. Posés sur des étagères faites avec des cagettes ou par un charpentier, sur deux rangées. Ou glissés à plat sur les autres. La pièce n'avait pas de décoration, hormis un gigantesque tapis de style persan. Et, contre un mur, alignée sur plusieurs étagères intégrées, trônait une collection de choses cassées : une série d'objets en plastique d'époque, pas tant une assiette ou une radio qu'un bout de quelque chose, une courbe, une poignée, un coin. De vieux trucs qui imitaient l'ivoire, avec de fausses imperfections décolorées et préfabriquées : ces reliques étaient plus belles vieillies et décolorées, même fêlées. Nash savait tout sur elles : faites à base de résine d'urée, d'acrylique, ou encore de masses de moulage phénolique. Co- ou homopolymères. On leur inventait des noms aux étymologies futuristes, hybrides, exotiques : mélamine, Bakélite, celluloïd. C'étaient des objets en résine dans les tons jaunes, parcourus de filets de couleur plus sombre pour évoquer la tortue, ou bien des objets moulés par soufflage, déformés, dans des tons rouges et verts qui n'évoquaient rien de naturel. Leurs courbes n'aboutissaient nulle part ; Nash les dénichait chez des brocanteurs ou dans des décharges, dans des poubelles ou des cartons bradés lors de vide-greniers. Il n'était pas collectionneur, mais il se sentait attiré par ces restes de plastique. Il aimait les regarder, les toucher, les sentir. (Tous diffusaient des relents de toxines bizarres dont on pouvait encore détecter la présence si l'on inspirait en mettant la pièce tout contre une narine. Pour Nash, cette odeur évoquait leur lente évaporation dans l'air, la manière dont ils disparaîtraient après un millénaire de lente émission de vapeur, ainsi que leur véritable plasticité, instable, variable.) Mais bien sûr, aux yeux de l'invité de passage, ces reliques industrielles – ces trésors détritiques – avaient de fortes chances de passer pour, comment dire… des ordures.

Henry entra dans la pièce en jetant à peine un regard aux morceaux de plastique, à la chaîne, et aux livres avant de s'asseoir sur le canapé. Il sortit une pipe et un briquet puis se mit à fumer.

"Ça fait un bail que je n'ai pas fumé. J'ai complètement arrêté.

— Pourquoi donc ?" demanda Henry.

Nash se caressa le menton et fronça les sourcils en regardant alternativement le sol puis son invité.

"Je ne sais pas. C'était une habitude coûteuse. Je mène une existence a-luxueuse, une vie simple."

Il prit à son tour la pipe puis inspira tandis qu'il tenait la flamme au-dessus du fourneau. Nash ne fumait plus car il arrivait un moment où cela provoquait chez lui des effets imprévisibles : il se sentait parfois très mal à l'aise, d'une façon profonde, existentielle, en arrivant même à flipper sur son souffle, comme si ce dernier eût habité un corps inconnu, qui n'était pas le sien.

De sorte que, après tout ce temps, peu lui importait qu'un joint ne le fît plus planer le moins du monde. Mais le geste de fumer, surtout en compagnie de Henry, le détendait.

"Simple à quel point ? A-luxueuse dans quelle mesure ?" demanda Henry, inspirant, retenant son souffle, puis inhalant plus fort.

Nash ne put s'empêcher de remarquer à quel point Henry avait mauvaise mine loin de la lumière tamisée du bar : le visage creusé, les rides profondes, le teint jaunâtre. Nash haussa les épaules.

"Plus simple tu meurs. Humble, ordinaire. A tous points de vue.

— Assurance maladie ?"

Nash fit non de la tête.

"Actions ? Fonds commun de placement ?

— Non. Bon Dieu non !

— Biens immobiliers ?

— Je t'ai dit vraiment simple.

— Un livret d'épargne ? Un compte en banque ? insista Henry en souriant de toutes ses dents à une personne invisible, et en secouant la tête.

— Je paie en mandats postaux et en liquide. Je n'ai pas de quoi faire beaucoup d'économies. Et, l'argent que j'ai, je le planque."

Nash prit la pipe fumante que lui tendait Henry, laissant dans l'air une légère volute à la douce odeur d'herbe. Il referma les lèvres sur le tuyau puis inspira. Ses muscles commençaient à se détendre tandis que la drogue se diffusait. Super, c'était ce qu'il avait espéré : un agréable bien-être physique.

Henry l'observa un moment puis partit d'un rire rauque. Il ne semblait pas près de s'arrêter avant un bon bout de temps.

"Tu planques ton fric ? Genre sous ton matelas ? articula-t-il entre deux éclats de rire.

— Je vais pas te le dire, ducon. Je suis pas débile, répondit Nash, avant que l'hilarité s'empare aussi de lui.

— Une ex-femme ?" Inspiration. "Des gosses ?

— Non, non et non ! Ecoute, j'achète mes fringues dans les friperies. D'accord ? Je vais jamais au resto : je cuisine tout moi-même. Quoi d'autre ? Ah, oui, j'ai pas le téléphone non plus, mec. T'entends ça ? J'ai le courrier, alors à quoi ça me servirait, le téléphone ?"

Un simple sourire s'était substitué au fou rire de Henry.

"C'est dingue. Tu vies en autarcie. Là, en pleine ville.

— En quelque sorte, j'imagine. Mais j'ai l'électricité et un réfrigérateur. Ça me suffit largement.

— En autarcie, putain !

— Pas de chalet dans le Montana.

— Pas de téléphone, nom de Dieu.

— Mais tu vois, ça me botterait bien d'être un de ces types qui vivent en Arizona ou au Nouveau-Mexique et qui ont passé vingt ans à construire une espèce de gigantesque terre-plein dans le désert. Un genre de rêve sculptural de l'avenir et de Dieu, qui modifie la terre, jusqu'au jour où tu meurs dans un tracteur à déplacer des tas de poussières inépuisables, travail inachevé certes, mais tout de même – debout jusqu'à ton dernier souffle, tu restes implacable, sans pitié, seul. Enfin, seul ou avec ton acolyte, ta jeune épouse, hâlée par le désert, une femme avec des tresses et de la dévotion, dont la seule et éternelle ambition est de t'aider – toi qui as trente ans de plus qu'elle – à réaliser ton rêve. Le projet de ta vie, ton monument, ton affirmation. Un testament qui ne cède rien à, euh… qui ne cède rien, quoi.

— Ça a l'air chouette."

Henry tendit de nouveau sa pipe à Nash. Celui-ci secoua la tête puis s'adossa au canapé. Le silence régna un instant, avant que Henry éclate d'un rire tonitruant.

"Sûr que c'est chouette, hein ?" aquiesça Nash.

Peu à peu, le silence prit le pas sur leurs rires. Puis Nash se leva pour aller s'asseoir en tailleur sur le tapis.

"Tu es marié ? demanda-t-il.

— Divorcé, soupira l'autre. Et j'ai aussi un gosse, deux maisons, et plusieurs immeubles.

— Sans déconner ? Sérieux ?

— Comment je peux me permettre de passer mon temps au bar, à ton avis ? Je suis un homme de loisirs.

— Tu n'as pas l'air de quelqu'un qui ne travaille pas.

— Cool."

Ils restèrent assis pendant un moment qui leur sembla durer une éternité. Nash examinait son tapis. Puis l'installation de sa lampe au plafond.

"C'est beau. Des tresses dans le désert. Un tracteur, dit enfin Henry.

— Ouais.

— Tu sais ce que tu es ? Un putain de prêtre, mon pote.

— Bien sûr que non. J'existe à peine, c'est tout. Il y a des tas de gens dans le monde qui vivent comme ça, seulement ils en ont plus honte que moi et ne le revendiquent pas autant.

— Peut-être que oui, peut-être que non."

Henry avait accepté de financer *Prairie Fire*. En grande partie, pensait Nash, parce qu'il voulait faire quelque chose pour l'aider. Ils avaient aménagé l'espace au rez-de-chaussée de l'un de ses immeubles ; Nash avait quitté son boulot de barman. Une fois le magasin ouvert, Henry s'y était davantage intéressé. Il passait des heures à regarder les livres sans vraiment les lire : il les retirait des étagères, étudiait la quatrième de couverture, jetait un œil à la table des matières, les feuilletait. Il allait jusqu'à participer à quelques réunions, même s'il ne prenait jamais la parole.

Pour faire tourner son commerce et fidéliser la clientèle, Nash avait eu l'idée de rester ouvert tard afin d'accueillir différentes réunions de quartier. Il s'était inspiré des *infoshops** européens. Henry et lui avaient installé deux grandes tables en bois avec des bancs dans un renfoncement à l'arrière du magasin. Et Nash avait embauché un lycéen d'une quinzaine d'années, Roland, pour vendre des boissons chaudes ou fraîches dans une guérite installée dans un coin. Grâce à cette vente, les réunions rapportaient un peu d'argent. Mais, surtout, celles-ci faisaient de *Prairie Fire* un endroit assez intéressant : un sanctuaire de la subversion pour marginaux et zonards. Parfois les autres gosses les qualifiaient même de *marginallégés* (Nash supposait qu'ils étaient soit la crème des marginaux soit seulement considérés comme légèrement marginaux. Les deux probablement.) Ils lisaient des livres ou des magazines, rencontraient des gens ou se contentaient d'observer, d'écrire, de manger, et même d'organiser divers mouvements de protestation.

Nash aimait bien s'asseoir parmi eux à la grande table, travailler, mais aussi boire un soda, écouter, et intervenir de temps à autre. Tout tournait autour d'un sujet cher à son cœur, auquel il donnait plusieurs noms : Antiologie, ou étude de tout ce qui est anti. Contre-Catalogue. Compendium de Dissidence. Ana-encyclopédie. Canon de l'Opposition. Diconoclaste. Nash se plaisait à penser qu'il observait ces gosses avec une objectivité presque

* Magasin ou centre social qui sert de lieu de réunion et de diffusion d'information pour les anarchistes. *(Toutes les notes sont de la traductrice.)*

clinique : des ados marginaux et bagarreurs qui allaient au parc pour discuter d'actions et de stratégies de diffusion d'information, ou passaient la journée au café à inventer des manifestes et à déclarer leur opposition – à l'égard d'un concept souvent arbitraire en apparence, autant, peut-être, au nom de l'opposition en soi et l'énergie qu'elle suscitait que par désir d'un changement social. Mais Nash n'y voyait aucun problème, en fait il adorait ce paradoxe typique de l'adolescence : ce moment de brève ouverture quand le monolithe de la culture ne s'est pas encore complètement emparé de l'âme des adolescents et qu'ils sont capables d'opposer un peu de résistance à tout ça.

Il les entendait expliquer comment ils allaient attirer l'attention de tel ou tel média. Dans la bouche de ces mômes, les médias ne constituaient pas une force qu'ils redoutaient ou admiraient, mais simplement un outil qu'ils comprenaient. Ils avaient plus de contacts, étaient mieux informés, mais aussi plus prétentieux qu'aucun des activistes dont il se souvenait. Sauf qu'ils n'utilisaient jamais ce mot, *activiste*. Protestataires, et encore. Ils se qualifiaient parfois de résistants, mais ce substantif avait des connotations trop réactionnaires, presque puritaines. Ils lui préféraient celui de *testeurs*, et ce n'était pas des manifestations ou des protestations qu'ils organisaient, mais des *tests*. Ça ne lui déplaisait pas, ce terme, testeurs. Qu'est-ce qui était testé : les ados ou leur cible ? Ouais, bien pensé.

Cependant, tout ce que faisaient ces testeurs ne l'impressionnait pas. Quand il se sentait d'humeur peu charitable, il trouvait leurs appellations particulièrement stupides et ennuyeuses. Bizarrement, malgré leurs sarcasmes et leur ironie facile et superficielle, Nash trouvait qu'ils manquaient encore d'esprit et d'autocritique. L'autolâtrie était bien là, l'auto-admiration aussi (après tout, ils vivaient toujours comme si leurs vies étaient en passe d'être diffusées), en revanche l'auto-implication brillait par son absence. Ne restait qu'un vertueux égoïsme, comme si le simple fait d'être jeune était à porter à son crédit.

Lassé, fatigué, Nash perdait presque espoir en eux, quand soudain il remarquait quelque chose qui réveillait son intérêt. Par exemple, le jeune qu'il avait vu l'autre jour quand il traversait un test organisé à Pioneer Square. Petit, rondelet, la vingtaine, le garçon était tout de blanc vêtu, tel un vendeur de glaces. Il participait à un événement du genre Réhabilitons le Parking, ou Libérez le Béton. Là, parmi les mômes habituels, se tenait ce type tout seul, vêtu d'un manteau blanc, d'une chemise et d'une cravate blanches. Immaculé. Le visage impassible, figé, il levait au-dessus de sa tête une pancarte écrite à la main. On y lisait :

La Sixième Guerre mondiale se fera dans mon utérus

Il la tenait bien haut, sans se départir un seul instant d'une extrême solennité. Génial. Nash adorait ce genre de gamins, qui vous surprenaient et vous faisaient vous sentir vieux, hors du coup.

Il s'efforçait d'être patient. Prenait une grande inspiration avant de les écouter. Et découvrit qu'il y en avait qu'il aimait vraiment bien, ils étaient drôles et intelligents. Idéalistes et en colère Et, ne l'oublions pas, ils s'adonnaient au vol. Afin de gérer l'épidémie de larcins, Nash tentait d'embaucher ceux-là mêmes qu'il soupçonnait de faucher. Surtout s'il les trouvait sympathiques et pas trop gâtés. Par exemple :

Roland, le type de la guérite. Nash l'avait remarqué pour la première fois, voûté sur un coin de table, en train de dessiner dans un carnet à croquis sans jamais regarder personne dans les yeux. Il dessinait des gratte-ciels aux allures rétro utopistes, directement inspirés de l'attraction Autopia à Disneyland ou de *Métropolis*, dotées de géodes à la Buckminster Fuller exécutées avec force détails minutieux et enfantins. Il croquait des véhicules hyper technologiques et des désastres environnementaux. Et portait tous les jours sans exception le même duffle-coat long, quelle que fût la température. Nash se disait que, un ado comme celui-là, on ne pouvait que l'aimer. Il l'avait observé qui embarquait quelques romans illustrés – de beaux livres, très chers. Il lui avait alors donné un boulot et un bon de réduction. Roland aimait bien travailler ici, il semblait considérer cet endroit comme chez lui. Mais Nash était persuadé qu'il fauchait toujours.

Ou bien Sissy. Impossible de ne pas la remarquer avec sa chevelure bleu-noir éclatante, ses hautes pommettes saillantes, et ses yeux bien écartés et surmaquillés. Nash admirait cette contradiction chez elle : elle était très jolie, mais cherchait à tout prix à prouver le contraire. Non seulement au moyen d'un maquillage surchargé, qui, à un certain degré d'épaisseur, passait du stade quantitatif à celui de méditation ironique, mais également grâce à un excès général dans la parure. Outre les inévitables et innombrables piercings et tatouages, elle portait des vêtements bizarres, tenus par des épingles : des hardes de différentes tailles qu'elle avait dénichées dans des friperies, en tissu synthétique souvent, et qu'elle ajustait autour de ses jambes, de sa taille, et de ses épaules à l'aide d'épingles de nourrice. Elle superposait les couches, telle une momie. Et la moitié du temps ça fonctionnait bien, d'ailleurs, tout ce fatras donnait l'impression d'être voulu. Mais, l'autre moitié du temps, Sissy ressemblait à un désastre, à une folle, à un sac.

Elle avait aussi un corps vaporeux, comme beaucoup de filles du coin. Toutes semblaient être soit sensibles et rondouillardes, soit au bord de la dissolution. Sissy était d'une maigreur douloureuse, forcée à l'extrême, qui suintait la faim mais, bizarrement, pas la fragilité. En fait, ce qui irradiait d'elle, c'était une intransigeance inflexible et obstinée. Nash ne parvenait pas encore à déchiffrer cela – ce que signifiait pour ces gosses cette silhouette en lanière de fouet. S'agissait-il d'une capitulation culturelle ou d'une rébellion contre le fait même d'être un corps ? Contre le besoin de consommer tout court ? Sissy avait volé au moins un livre : le *Dictionnaire biographique des femmes incorrigibles et énigmatiques d'une nation impure*. Un ouvrage assez minable, contenant des articles de basse vulgarisation, mais qui, quelque part, excédait sa propre ambition en introduisant plusieurs figures cool quoique obscures, telle Voltairine De Cleyre, maîtresse de l'action directe au XIXᵉ siècle, ou des féministes de la seconde vague oubliées mais confinant au néo-coolisme, telle Shulamith Firestone. Ce livre était le genre de pavé monstrueux à quarante-cinq dollars qu'on trouve dans les points presse. Comme si sa disparition aurait pu passer inaperçue ! Chaque fois qu'elle venait, Sissy le regardait, et puis un jour il avait disparu. Mais elle achetait, aussi. De minces recueils de poèmes d'occasion tout usés. Des encyclopédies scientifiques pour enfants datant des années 1960. Autant d'incroyables petites reliques dont Nash faisait l'acquisition pour des gens précisément comme elle. Chaque fois qu'il vendait l'un de ces étranges livres d'occasion, il se sentait vengé et heureux. Il avait embauché Sissy pour s'occuper de la programmation des soirées de réunions de groupes. Il lui avait dit qu'il avait besoin de son aide parce qu'elle connaissait tout le monde. Ce qui était vrai. Elle aussi continuait à faucher.

Sa stratégie d'embauche n'avait peut-être pas enrayé le vol, mais Nash apprenait à ne pas prendre le phénomène pour lui. Lorsqu'il parlait aux gosses, leur disait bonjour, les servait, ou même répondait aux questions, il savait qu'ils ne lui en voulaient pas personnellement parce que c'est tout juste s'ils faisaient attention à lui. Lui les observait, voire les étudiait, eux et toutes leurs faiblesses, mais il savait que cet intérêt n'était pas réciproque. Jamais ils ne trahissaient la moindre curiosité à son égard, ni même ne l'appelaient par son nom.

Toutefois, bien qu'il n'eût jamais vraiment entendu le mot, Nash était persuadé qu'ils parlaient de lui en termes de *loser*. Il s'agissait là d'un mot à la résilience inexplicable, d'une épithète qu'on jette à la face de quelqu'un et qu'on n'a plus besoin de prononcer par la suite. De même que *puer*, *loser* avait gardé la cote auprès des adolescents, malgré la longévité de son emploi abusif. Aucun intensif ne fonctionnait aussi bien que ces mots ; des termes sans appel, genre claque dans la gueule, téléologiquement absolus. Intrinsèquement nihilistes, ils ne transmettaient aucune véritable information, seulement l'expression d'un dédain abyssal. Nash s'imaginait que les ados le décrivaient souvent comme un *loser* et aussi comme quelqu'un qui *pue*. Du genre *il pue, ce loser*. A cet égard, entre autres, Miranda avait été dès le début un cas à part. C'est elle qui avait entamé la conversation avec lui.

"Vous ne devriez pas boire du Coca. D'ailleurs, vous ne devriez même pas en vendre ici", l'avait-elle sermonné un après-midi, au moment précis où il était convaincu d'être enfin vraiment devenu invisible. Il connaissait déjà son nom : Miranda Diaz. La dernière arrivée. Celle qu'il n'avait jamais vue voler. Son visage lui paraissait étonnamment jeune, lisse, sans maquillage, mais Nash supposait qu'elle allait sur ses vingt ans. Elle s'était assise à côté de lui quand il avait pris sa pause. Il venait de passer des heures à marquer les prix sur des livres d'occasion, et voulait se détendre une minute avant le lancement de la soirée. Il avala une lampée de son Coca-Cola puis fit un signe de tête à son interlocutrice.

"Ouais, en fait on ne vend pas beaucoup de, euh, Coca-Cola. Et, c'est vrai, je suppose que je ne devrais pas en boire, mais bon…"

Elle eut un instant l'air surpris, puis sourit et haussa les épaules.

"J'aime bien cet endroit. C'est chouette."

Elle ne lui semblait plus aussi jeune, à présent. Peut-être était-ce dû à la façon dont son expression s'attardait sur son visage même quand son sourire avait disparu. Espiègle, non ?

"Vous êtes le propriétaire ?

— Non."

Elle le regarda comme si elle souhaitait qu'il développât sa réponse, et, comme il n'en faisait rien, elle se mit de nouveau à rire.

Miranda avait commencé à traîner dans le magasin au début de l'été. C'était Sissy qui l'avait amenée, ou alors elles se connaissaient. Nash supposait que Miranda était encore une de ces filles de banlieue riche bien nourries : en général elles ressemblaient à ça quand elles emménageaient en ville, un petit peu trop fragiles et angoissées. Elle se tenait constamment les bras croisés sur la poitrine, jambes croisées et recroisées, doigts de pied crochetés sur la cheville. Ses sourcils sans cesse en mouvement, expressifs à outrance, compensaient la rondeur du visage et les yeux sombres à moitié cachés sous des paupières tombantes. Une adepte du fronçage des sourcils, cette fille, jusqu'au moment où elle se mettait à sourire de ce sourire facile et ravageur de femme mûre. Il décréta qu'il l'aimait bien. Elle lui disait toujours bonjour et remettait chaque livre à sa place avant de partir. Elle consultait les prospectus et commençait même à venir à quelques meetings de testeurs.

Quelques mois seulement après les premières réunions de comités que Nash aidait à organiser le soir, on eût dit que tout un chacun était un organisateur. Au lieu de créer un groupe musical, ces gosses créaient des collectifs, des ligues, des mini-armées. Pour certaines plages horaires, il existait même une liste d'attente à la librairie. Nash laissait Sissy gérer tout ça.

Que *Prairie Fire* fût devenu un lieu de rencontre aurait dû lui apparaître comme un succès, mais, d'après lui, il y avait trop de groupes indiscernables. Ils voulaient manifester avec leurs affiches devant le bureau du sénateur. Ou bien parader jusqu'à la mairie avec des effigies du Président en papier mâché. Aux yeux de Nash, certains comités avaient tendance à manquer d'imagination et à se prendre trop au sérieux. Ce qui le poussait, contre toute logique, à continuer à fonder ses propres groupes.

Juste après la fin de sa première vraie conversation avec Miranda, il avait tenu la réunion de l'Eglise de la Société Moderne Abolie, rassemblement neo-yippie et post-situationniste, dont la politique d'ouverture autorisait à participer quiconque se trouvait dans le magasin. Un nombre incroyable de gosses – huit – étaient venus en ordre dispersé. Nash avait remarqué que Miranda était restée dans les parages tandis qu'il rangeait ses cartons de livres et débarrassait la table pour la réunion. Après avoir critiqué un instant le choix de boisson de Nash, elle s'était tue mais semblait écouter, pensive.

Elle s'était assise au fond, dans le coin, sur la chaise la plus éloignée ; jambes croisées, elle soufflait sur son thé noir. Ses baskets sans lacets avaient d'épaisses semelles en caoutchouc, sur lesquelles elle avait tracé des slogans et des dessins qu'elle avait tagués au marqueur noir. Nash trouvait ça touchant, ce geste juvénile d'écrire sur ses chaussures. Etrange moyen de s'exprimer, semblable à celui consistant à griffonner sur son classeur de cours : motivé à moitié par la volonté de déclarer sa différence à la face du monde (chose importante) moitié par asservissement désespéré à ce que les autres pensent de vous (terrible soumission aux apparences qui met en exergue les côtés débiles de l'adolescence). Avec ses chaussures, Miranda le charmait et le distrayait, il avait d'ailleurs vainement essayé d'en déchiffrer les slogans.

Elle se mit à venir presque tous les jours pour boire son thé. Un après-midi, Nash l'aperçut aussi qui marchait dans la rue au bras de Sissy. Elles le saluèrent de la main en souriant, puis firent cette chose typique chez les jeunes femmes : se mettre à glousser dès que vous leur retournez leur salut, comme si vous disparaissiez l'instant d'après et qu'elles restaient seules, pour s'adonner à la critique. La semaine suivante, Miranda participa à un nouveau rassemblement de Nash, le Projet Tuez les Marionnettes de Rue, une troupe de théâtre de rue anti-marionnettes. La manifestation attira beaucoup de monde, car apparemment nombreux étaient ceux qui nourrissaient une secrète aversion pour le papier mâché et le fil de fer. La jeune fille s'assit encore une fois dans un coin, bras et jambes croisés : le visage sévère et sérieux, elle prenait consciencieusement des notes. Elle attendit sa troisième semaine de participation aux réunions de Nash pour se décider à prendre la parole. La chose se produisit durant le rassemblement du Front pour la Dévaluation des Marques et des Logos.

Son idée était de détourner les étiquettes sur les T-shirts Nike.

"On pourrait les modifier pour montrer que ces vêtements ont été fabriqués en Chine dans des conditions abominables. On ferait en sorte qu'elles ressemblent parfaitement à celles de Nike, mais au lieu d'écrire : «cent pour cent coton», on mettrait : «fabriqué à soixante pour cent par des prisonniers chinois et à quarante pour cent par des enfants».

— Ouais, sauf que moi je crois que falsifier des produits est considéré comme un délit majeur", répliqua un type vêtu d'un pull en alpaga légèrement élimé et pelucheux, et d'un imperméable trop grand pour lui. Il portait une casquette en laine et ne s'asseyait jamais, pas plus qu'il n'enlevait les mains de ses poches, comme pour dire : "Je ne suis pas vraiment là", ou bien : "Je ne suis presque pas là, je vais juste rester suffisamment longtemps pour essayer de démotiver tout le monde."

Miranda fronça les sourcils et se mordilla les ongles, dont la base était à vif, gonflée, comme celle des rongeurs chroniques. C'était toujours ce genre de personnes auto-carnassières qui se retrouvaient ici, à haïr Nike. (Nike, de même que Starbucks, était apparu dans le Nord-Ouest avant d'exploser dans l'affreuse ubiquité mondiale. La culture des jeunes du coin se focalisait de manière obsessionnelle sur ces sociétés d'origine locale. Ils avaient l'impression d'être dans leur bon droit lorsqu'il s'agissait d'en faire leurs cibles, tout en continuant, d'une certaine façon, à aimer et désirer ces produits. Amour qui semblait décupler leur désir de pirater les sociétés à qui ils devaient d'être là. Il fut un temps où, pour faire chier les gens, il fallait fabriquer des munitions. Désormais il suffisait d'être gros, mondial, et de réussir. Du coup la critique se faisait radicale et plus systématique, réfléchissait Nash. Et, bien entendu, plus futile.) Il se disait que ces gosses auraient pu utiliser des moyens bien pires pour consumer leur colère et leur énergie. Vraiment pires. Alors il les écoutait fulminer et comploter contre Nike, ça faisait du bien.

Le lendemain, il sentait le sang battre contre ses tempes, il n'était pas arrivé à dormir après la réunion tardive de la veille. Mais, malgré son épuisement, il se surprit à chercher Miranda du regard toute la journée. Il était en train de boire du café à la table commune tout en triant des livres d'occasion, lorsque la chose se reproduisit sous ses yeux. Davey D. Encore. Et encore un de ces magazines extrémistes sous film plastique. Trois semaines à peine s'étaient écoulées depuis le dernier incident. Nash était assis avec son stylo et son bloc-notes, au milieu de piles de vieux livres. Il renifla tout le temps qu'il inscrivait le prix dans les ouvrages. Ces derniers leur avaient été donnés, ou avaient été achetés lors de ventes immobilières ou sur des marchés aux puces. La plupart étaient moisis, tous étaient poussiéreux. Parfois Nash avait l'impression que plus le livre était rare ou avait de la valeur, plus il était susceptible de s'être imprégné de la puanteur de la décomposition. En général, il mettait en quarantaine les plus abîmés. Ils infectaient les bons. Mais il ne les jetait pas. Si la moisissure se développait là, c'était avant tout parce que les livres avaient été négligés : pas lus, ni même ouverts pendant des années. Il fallait bien reconnaître que la plupart d'entre eux venaient de petites imprimeries artisanales : produits bon marché, jetables, fabriqués avec du papier à fort taux d'acidité qui commençait à se décomposer dès l'impression. On ne pouvait absolument rien faire contre la moisissure – Nash finirait par mettre ces volumes dans la poubelle publique devant le magasin.

Le premier vol de Davey D. n'avait pas vraiment été un choc, mais sa répétition, et le fait que cela se passait à nouveau sous ses yeux, rendait ce geste particulièrement agaçant. Nash se serait volontiers abstenu de vendre ce genre de magazines, mais certains gosses adoraient ces âneries : des embryons de subversion écervelée, produits de cultures parallèles en apparence très spécialisés, mais totalement dépourvus d'intérêt d'un point de vue intellectuel. Nash, lui, il appelait ça un caprice de sale gosse, cette satanée rébellion sur roulettes, mais c'était tout de même, peu ou prou, un mouvement alternatif, doté lui aussi de l'énergie de la résistance. Et il se disait que finalement ces compromis n'étaient peut-être pas une mauvaise chose, et que le plus mince vernis de rébellion était peut-être toujours préférable à son absence totale.

Aussi, lorsqu'il fut témoin de ce second larcin, Nash fut en proie à des sentiments complexes : la personne de D. D. en tant que crypto-riche, l'objet du délit, et le culot de la fauche effectuée juste sous ses yeux. Mais il savait aussi qu'il allait prendre sur lui sans mot dire et essuyer la perte. Henry ne lui en voudrait pas, il compenserait d'une autre manière. Car Nash aurait préféré compromettre l'existence de toute l'entreprise plutôt que de cho-per un môme. Non qu'il fût rétif à la confrontation, mais parce qu'il refusait tout net d'être un flic de quelque espèce que ce fût. Plutôt mourir. Les choix les plus minimes contribuaient à modifier le monde au moins autant que les grands, il en était certain. C'était à force d'accumulation que les gens finis-saient progressivement par ne plus se reconnaître eux-mêmes. Nash était prêt à sacrifier beaucoup pour ne pas devenir gardien de la paix.

Il regarda Davey D. passer la porte sans l'ombre d'une hésitation, comme la fois précédente.

Nash retourna à ses piles de livres. Sa peau le démangeait, sensation habituelle lorsqu'il se savait observé : être épié lui faisait l'effet d'un eczéma. Il se rendit alors compte qu'un des autres gosses avait été témoin de toute cette affaire de vol.

Josh Marshall se tenait près de la table, il adressa un signe de tête à Nash, qui le reconnut. Ce gar-çon sortait du lot car il n'arborait pas l'accoutre-ment habituel de ceux qui fréquentaient *Prairie Fire*. Il portait des vêtements propres et bien re-passés. Il avait des cheveux courts soigneusement peignés. Et il achetait des livres intéressants. Nash ne se souvenait plus desquels exactement, mais il se rappelait s'être dit que ce n'était pas un ado comme les autres.

Il attendit que le garçon dise quelque chose, mais rien ne vint. Josh se contentait d'étudier le livre posé sur le dessus de la pile. Une édition de poche bon marché publiée par une petite maison, des sou-venirs de prison d'Alexander Berkman, auxquels s'ajoutaient ses essais et sa correspondance, le tout sans introduction, imprimé en petite police Gara-mond sur du papier très fin, genre papier journal. L'ouvrage exhalait l'odeur rance de la moisissure. Josh s'en empara et regarda les dernières pages.

"La révolution d'abord, l'homme ensuite", lut-il.

Il se servait de son pouce pour feuilleter doucement l'opuscule.

"Je crois qu'il revoit cette position autour de la dixième page, dit Nash.

— Je déteste les livres qui n'ont pas d'index.

— C'est une vieille édition. En rayon il y en a une plus récente qui en a un. Et des notes de bas de page. Et une introduction...

— Je regarde juste les index pour situer les points de référence et parfois aussi les bibliographies. J'aime bien voir ce qui est mis en relation dans les livres, et d'où ils viennent. Je n'ai pas besoin qu'un plumitif universitaire m'en éclaire le contexte dans son introduction."

Nash hocha la tête.

"Parfois je ne lis que l'index.

— Très moderne, ça, non ?" remarqua Nash.

A présent il se rappelait cette sensation d'être espionné quand il était en présence de ce garçon.

"Certains livres de philosophie et de théorie sociale publiés par de petites maisons d'édition indépendantes ont attendu pour avoir des index que quelqu'un, un plumitif universitaire, peut-être, les rajoute plus tard.

— Je n'ai pas toujours envie de lire les essais en suivant leur organisation. J'aime papillonner à la recherche de sujets spécifiques qui m'intéressent. J'aime que les textes soient divisés en chapitres et en parties. J'aime les titres et les subdivisions.

— Ouais.

— Combien ?

— Cinquante centimes."

Ce prix fit sourire Josh, puis il sortit de la poche intérieure de son imperméable un portefeuille en cuir de vachette. Il prit un dollar, qu'il posa sur la table, devant Nash.

"Vous ne devriez pas vendre à moins de un dollar. Cela dévalue les choses, dit le garçon sans regarder Nash, et en reniflant la couverture du livre. Les gens ne respecteront rien s'ils pensent que vous faites cadeau de vos produits.

— C'est complètement faux. Tu ne sais pas de quoi tu parles."

Josh le regardait, la bouche à présent entrouverte. Il tenait toujours le livre.

"Enfin… ajouta Nash d'une voix adoucie, je refuse d'accepter ça."

Josh s'appuya sur la table de façon à rapprocher son visage de celui de son interlocuteur.

"Pourquoi ne l'avez-vous pas arrêté ? demanda-t-il à voix basse. Je suis sûr que vous avez vu ce qu'il a fait."

Nash examina soigneusement l'avant-dernier livre de sa pile.

"Ce gosse a fauché un magazine. Pourquoi ne l'avez-vous pas arrêté ?"

Nash inscrivit un prix à l'intérieur du volume puis en prit note sur la liste accrochée à son bloc-notes.

"Au fait, il est très moisi, tu sais", dit-il en pointant son stylo sur le livre que Josh tenait toujours.

"Vous l'avez vu. Voler. Je le sais."

Nash repoussa le dollar vers le garçon.

"Le truc, c'est que je ne peux pas te vendre un livre moisi. Ce ne serait pas juste. Je te l'offre."

Josh ne bougea pas.

"Vas-y, prends-le. Il est à toi."

NEPENTHEX

HENRY QUINN portait son bleu de travail de mé-
canicien. A 1 h 45 du matin il traversa rapidement
un parking le long de la Troisième Avenue. Le silence régnait dans les rues, mais pas l'obscurité.
Cela ne l'inquiétait pas. Après avoir passé plusieurs
nuits au même endroit et à la même heure, il savait que très peu de gens passaient par là. Et qu'il
y avait très peu de circulation. La seule fois où il
avait vu une voiture de police dans le coin, il était
2 h 30, et encore, elle ne faisait que poursuivre
quelqu'un.

C'était une nuit fraîche de début d'été, mais
Henry transpirait déjà dans son bleu de travail. Il
retira le bonnet noir qu'il avait sur la tête et le mit
dans sa poche. Il avait toujours le crâne bien rasé,
et, lorsqu'il leva les yeux vers le mur latéral de
l'immeuble, de gros plis se formèrent sur sa peau,
là où son crâne se tassait sur sa nuque. Une douleur fulgurante lui irradia l'épaule. Il ne se rappelait plus l'époque où ni son cou ni son dos ne le
faisaient souffrir. Il aurait voulu boire un verre et
s'allonger sur son lit avec l'oreiller à la forme étrange
adaptée à la nuque, et le coussin chauffant. Il bi-
furqua dans la rue latérale perpendiculaire à l'avenue, et qui, en pente raide, donnait accès à une
série de ruelles menant à Elliott Bay. Henry sentait
l'éternelle odeur d'humidité nocturne provenant

de Puget Sound, derrière les immeubles au pied de la colline. La rue était en grande partie éclairée par le panneau publicitaire lumineux fixé au côté en brique du bâtiment, qui donnait sur la rue latérale. Sur la façade en vinyle du panneau de gigantesques lettres sans empattement formaient les mots *Resistil* et *Tolerax*. Au-dessous on lisait la légende suivante :

Le meilleur de la psychopharmacologie
dans le nouveau système du Nepenthex :
grâce à lui vous viendrez à bout
de vos nuits blanches et de vos journées noires

Henry ne pouvait s'empêcher d'entendre les voix doucereuses des publicités télévisées pour ces deux médicaments, la voix masculine disant : "nuits blanches" et la voix féminine, couvrant légèrement l'autre : "journées noires". Sous les lettres, deux pilules rondes se chevauchaient sur un fond de clair-obscur rose et lumineux, le tout rougeoyant en trois dimensions virtuelles sous la lumière du projecteur. Au-dessous encore, en plus petits caractères, on lisait :

Consultez votre médecin pour savoir si le système
Nepenthex associant Resistil et Tolerax
est adapté à votre cas

Henry resta un moment le regard fixe, incapable de s'arrêter de lire le panneau ni d'entendre la voix mielleuse de la femme de la pub télévisée. Debout, en nage, il attendait. A 2 heures précises, les lumières de l'enseigne s'éteignirent. Henry essaya de prendre une dernière grande inspiration, mais c'était déjà difficile, puis il s'éloigna du panneau pour atteindre un escalier de secours qui menait au toit. Il attacha une corde à l'une des barres en métal qui maintenaient l'enseigne fixée au mur. Contrairement à la plupart des panneaux publicitaires, celui-ci n'avait pas d'échelle sur le côté. Henry s'attacha à la corde avec un mousqueton qu'il fixa à un solide baudrier en nylon. Tirant sur le mousqueton, il marcha jusqu'à l'angle de l'immeuble. Là, il laissa pendre la corde jusqu'en bas de la façade du panneau. De près, il voyait qu'il s'agissait d'un épais revêtement en vinyle. Il sortit un grand cutter, s'allongea sur le ventre, puis planta son couteau dans le coin de l'affiche, en exerçant une pression jusqu'à ce que la lame perce la surface. Il déplaça malaisément le manche vers la droite, découpant toute la partie supérieure du panneau. Une poussière blanche volatile à l'odeur de plastique neuf sortait par bouffées du vinyle découpé et se répandait autour de son visage. Il sentait ses poumons se fermer quand il inspirait. Il se débattit avec la fermeture Eclair de son bleu de travail et récupéra son inhalateur juste à temps pour ne pas s'évanouir. La bouche sur l'embout, il inspira, allongé sur le toit, les yeux rivés sur le ciel nocturne. Il sentait les embruns froids et humides du Puget Sound l'asperger légèrement. De l'endroit où il se trouvait, il voyait l'eau bleu-noir. Il aurait voulu rentrer chez lui, prendre un cachet et s'endormir. Cependant il plongea de nouveau la main dans son bleu de travail et en ressortit un bandana pour se couvrir la bouche et les narines. Très lentement, il reprit son travail de découpe.

Il avait réfléchi à toutes les possibilités – et en particulier à l'idée qu'il ne devrait pas enlever le vinyle du mur mais plutôt y ajouter quelque chose. Une riposte caustique à cette publicité. Il en avait vu d'autres le faire. Le panneau Gap Kids au bord de l'autoroute. La photo était celle d'une belle fillette asiatique qui portait un chapeau en velours côtelé rose. On lisait ces simples mots : "Gap Kids." Mais quelqu'un, ou un collectif, avait collé dessous,

en utilisant exactement la même police de caractères :

fait pour les gosses, par des gosses

Henry reconnaissait que c'était malin. Vache-
ment malin. Mais, pour lui, ce genre d'ajout n'était
rien d'autre qu'une blague, une façon de frimer
en montrant que l'on maîtrisait la technologie pour
imiter la police de caractères. Et qu'on avait suffisamment d'esprit pour détourner l'objectif des publicitaires. Qu'on pouvait pirater leur affiche grâce
au maniement habile du langage commercial et
de la technologie. Autant laisser ça aux gosses ac-
cros à la pub. Ce geste ne contribuait-il pas au
cloaque de la confusion générale ? Et puis était-ce
seulement vrai, cette histoire de travail des enfants ? Admettons.

Après avoir fini de découper le dessus, Henry se
servit de la corde pour descendre doucement en rappel contre le panneau, tout en tailladant le vinyle.

Au fur et à mesure qu'il coupait, le revêtement
se repliait sur sa tête. Au dernier coup de cutter, il
se dégagea sur le côté et regarda toute la feuille
de plastique se courber vers l'avant, jusqu'à ce que
l'image se retrouve contre le bâtiment et que le
mur soit dégagé. Henry était épuisé, ses bras trem-
blaient. Hors de question qu'il remonte là-haut. Il
baissa les yeux sur l'affiche qui pendait sous lui.
Le bord le plus bas se trouvait environ à un mètre
cinquante du trottoir. Il desserra le nœud de la
corde et se laissa descendre sur le vinyle. Arrivé
au bout, il sauta le mètre cinquante qui le séparait
du sol. Il parvint même à se rétablir sans problème,
aucune douleur. Il s'éloigna du bâtiment de quelques pas et observa la brique grise.

Il n'était plus obligé de la voir, enfin. Henry en-
leva le foulard qui lui couvrait le visage et inspira

l'air de la nuit. Il se mit à grelotter. Il retira alors ses gants et serra les poings pour se réchauffer les doigts. Puis il regarda une fois encore fixement la façade de brique. Ce n'est qu'au moment de se diriger vers sa voiture qu'il se rendit compte qu'il avait le visage mouillé. Au coin de ses yeux ridés coulaient des gouttes salées qui lui tombaient ensuite dans la bouche et lui dégoulinaient sur le menton. Sa vue se brouilla. Henry soupira. Bon Dieu…

SAFE AS MILK

LA VIE DE MIRANDA changea dans le courant de l'été. Après des années d'inertie statique au lycée, tout enfin s'anima, fluctua, devint constamment inconstant. La jeune fille essayait de retracer les pourquoi, les comment et les chemins empruntés par ce changement : la façon dont elle avait d'abord rencontré Nash, puis Josh, la façon dont tout remontait à la Maison Noire, à son amie Sissy, et aussi, ou peut-être surtout, aux longues journées estivales du Nord-Ouest, lors desquelles non seulement le soleil brille toute la journée mais où il fait jour jusqu'à 10 heures du soir ou presque − 10 heures ! − et où on a l'impression que la ville s'octroie des heures supplémentaires simplement pour favoriser la stochastique, voire le destin, question de point de vue.

Cet été-là avait brillé d'un éclat particulier, car pour la première fois elle avait quitté la maison de sa mère, dans la banlieue résidentielle, afin d'aller vivre toute seule en ville. Tout avait commencé lorsque s'était produite l'une de ces choses dont on pense qu'elles n'arrivent qu'aux autres, à des gens plus intéressants que toi. Elle avait rencontré quelqu'un, et avait même tiré le gros lot : une amie lui avait proposé une chambre disponible dans une maison à Capitol Hill, quartier alternatif et loufoque, même au cœur d'une ville qui l'était déjà. Et pas simplement une chambre dans n'importe quelle maison, mais dans la Maison Noire. Miranda avait rencontré cette fille alors qu'elle flânait chez *Shrink Wrap*, un magasin de disques d'occasion spécialisé dans les 33 tours.

Incroyable mais vrai, *Shrink Wrap* était situé à la périphérie de la ville, au sein d'un centre commercial colossal du nom de Bellevue : à l'origine, une monstruosité datant du boom des centres commerciaux dans les années 1980, dotée de piliers de béton peints à l'éponge en rose et gris, et qui était à présent occupée uniquement par des boutiques discount. Sa vie durant, Miranda avait observé le déclin et le vieillissement criard d'un bâtiment conçu pour être en avance sur son temps, ancré dans un présent éternel. Tout comme les immeubles alentour qui vieillissaient vite et mal, le centre commercial Bellevue n'avait jamais paru plus beau que le jour où il avait été construit. Jamais le temps ne lui conférerait le moindre cachet. Pourtant c'était là, dans cet environnement désormais hachélémien, que siégeait *Shrink Wrap*, petit frère d'un magasin de vinyles et de CD qui vivotait dans l'ombre dans l'University District. Du fait de son emplacement excentré, *Shrink Wrap* avait acquis la réputation de présenter un stock de marchandises éclectiques et était devenu un véritable aimant pour les maniaques inconditionnels et les fanas de musique. En plus de leur gigantesque stock de vinyles, ils vendaient également de vieilles cassettes audio, lesquelles, malgré leur infériorité technologique, redevenaient tendance chez les adolescents de la gent masculine, jusqu'à devenir, petit à petit, la spécialité et l'attrait de l'endroit : technologie dépassée à destination de jeunes ados qui identifiaient déjà l'avant-garde dans le passé, le passé récent, non seulement au niveau du contenu mais aussi du format. Miranda aimait bien cet état d'esprit, elle le trouvait vaguement subversif, sans compter que ce magasin était le seul lieu digne d'intérêt dans les environs.

Son gros coup de chance s'était produit, ou avait commencé un après-midi, alors qu'elle farfouillait dans les bacs de vinyles. Ces disques se prêtaient bien à ce genre d'exercice. Contrairement aux CD, on pouvait examiner leurs grandes pochettes. Un titre inconnu pouvait vous attirer l'œil et vous forcer à regarder de plus près. Miranda prit un vieil album de Captain Beefheart, *Safe as Milk*. Elle s'était dit qu'elle allait peut-être l'acheter parce qu'elle aimait le titre. Le magasin aurait dû s'appeler *Safe as Milk*, aussi sûr que le lait. C'est même toute la banlieue résidentielle qu'on aurait pu appeler ainsi. La jeune fille avait cette habitude, de rebaptiser les choses. Si tu découvres le nom juste, c'est à la fois l'objet nommé et ta relation avec lui qui changent. Il devient à ta portée. Tandis qu'elle tenait ce disque, Miranda s'était dit : Ceci est un 33 tours, que les gens passent sur une chaîne hi-fi stéréo. Elle devinait le rebord du disque à travers la pochette en carton brillante. Alors qu'elle l'admirait – il était plutôt lourd – une fille coiffée de nattes à la Heidi exagérément gamines l'avait approchée.

Elle avait une frange courte et effilée, coupée bien au-dessus de sourcils très épilés, et, de derrière chaque oreille, partait une natte noir corbeau tressée serrée où était entremêlé un fil vert vif et attachée par un gros nœud. Attention, pas le fil maigrichon qu'on utilise en couture, mais de cette bonne grosse ficelle que Miranda n'avait vue qu'à l'école maternelle, une ficelle tellement épaisse que même les bambins avec de gros doigts pouvaient la nouer. Les nattes de cette fille provoquèrent chez

Miranda un afflux de nostalgie déconcertante : cela lui évoquait de petits tas de paillettes, le papier à dessin bleu cendré et de fantasmagoriques paysages abstraits en papier de soie, les confettis et les colliers de pâtes. D'une main, Miranda tirait sur ses longs cheveux pour les lisser, tout en regardant fixement cette fille, qui s'était mise à parler à toute vitesse (renifler, grincer des dents, quasi lancer des étincelles). La respiration de Miranda s'était accélérée, et elle avait senti en elle une aspiration douloureuse à obtenir quelque chose de ou avec cette fille.

Celle-ci voulait lui montrer un clip sur son ordinateur portable. Elle avait dévalisé le bac dédié à Captain Beefheart, et réussi à obtenir gratuitement tous les CD, y compris celui qui s'assortissait du DVD d'une vidéo. Elle ouvrit son ordinateur sur le comptoir à l'entrée, et elles regardèrent un minuscule Captain Beefheart osciller tout au long d'une improvisation, sur une plage française, en 1967, accompagné par son Magic Band, de doux dingues qui jouaient dans un ensemble parfait un blues profond, mais dont le son était passé au filtre de l'acide. La fille se présenta : Sissy Cakes. Elle ne tarda pas à expliquer à Miranda qu'elle venait juste de rompre avec sa petite amie beaucoup plus âgée, et que, depuis, elle avait passé trois jours à faire une orgie de bringues et de nuits blanches, alors fallait pas s'inquiéter si elle avait l'air un peu décalquée. Miranda avait entendu parler d'elle, ou lu quelque chose sur elle quelque part. Sissy raconta qu'elle participait à un groupe de performance/test qui tentait vainement chaque année depuis trois ans de mettre fin au festival artistique Bumbershoot de Seattle au Space Needle. "Ils ghettoïsent complètement les artistes locaux indépendants." Elle s'occupait aussi de la rubrique musique d'un journal local gratuit. Elle ne gagnait pas d'argent, expliqua-t-elle, mais ce n'était pas grave parce qu'elle logeait pour vraiment pas cher dans une vieille maison victorienne à côté de la Quinzième Avenue, à Capitol Hill. Et c'est alors qu'elle l'avait annoncé : une chambre se libérait – peut-être que ça intéressait Miranda ?

En ville, on connaissait la maison de Sissy sous le nom de Maison Noire. Et ce pour deux raisons : elle était effectivement peinte en noir, mais elle abritait aussi divers activistes du Black Block, ou des aspirants activistes, des gosses originaires de trous perdus ruraux défavorisés ou de villes universitaires proches, qui venaient assister à des spectacles, à des tests ou à des manifestations politiques, et qu'on laissait se poser temporairement là où ils pouvaient. La Maison Noire était un squat inoffensif qui disait à peine son nom. Condamné mais toujours debout. Les gens qui vivaient là payaient un loyer au propriétaire, juste ce qu'il fallait pour ne pas être accusés de violation de propriété. Ce type démolirait la maison un jour ou l'autre, mais, en attendant, il récoltait l'argent en douce sans rien faire pour entretenir les lieux. Il y avait l'eau courante et l'électricité, en revanche pas de chauffage. La vaste galerie panoramique en forme de L était encore en assez bon état, malgré les ados qui passaient leur temps perchés sur les rampes et les balustrades. La maison avait quelque chose de mystérieux : en retrait par rapport à la route et cachée par de grands érables rouges alignés sur toute la longueur de la cour d'entrée. Ces arbres ombrageaient l'allée qui menait à la bâtisse, mais formaient aussi, en cas de pluie, un étrange auvent protecteur à condition qu'il ne tombât pas des trombes d'eau.

A l'intérieur, le hall asymétrique menait sur la droite à deux salons communicants et, sur la gauche, à un escalier à la rampe branlante, souvent escaladée ou utilisée comme toboggan. L'un des deux salons servait de chambre ; l'autre, avec de jolies fenêtres en saillie à trois panneaux, de salle commune. De ce fait elle était toujours jonchée des sacs de couchage des temporaires et des amis de passage. Il n'y avait qu'un seul canapé : un meuble austère de style Empire trouvé dans une brocante dont le capitonnage était déchiré et le bois rayé par les trois chats qui vivaient dans la maison. Malgré la présence d'une housse de fortune composée d'une couverture militaire elle-même recouverte d'un batik rouge et blanc (à tous les coups quelque sarong oublié après une fête et qui s'était intégré par hasard au décor), Sissy prévint vite Miranda qu'elle aurait des puces si elle s'allongeait dessus. "Enfin, si tu es le genre de personne que les puces apprécient."

Miranda avait emménagé là-bas à la mi-mai, emportant seulement deux valises de vêtements et une radiocassette portable bon marché. Sa chambre se trouvait au premier étage, vers le fond. Un petit vestibule y était contigu, et quelqu'un avait pendu des perles noires sur le seuil entre les deux pièces. Avec des bougies allumées et son futon par terre, c'était presque le paradis. La pièce principale possédait même une lucarne, dont les volets noirs étaient cloués à la façade. Cette ouverture donnait sur une ruelle parallèle à la Quinzième Avenue. Par la fenêtre, à travers des branches d'arbres, Miranda apercevait un lampadaire, entendait des passants parler à toute heure de la nuit, et elle avait du mal à croire qu'elle habitait dans un endroit aussi exaltant. La première nuit, elle avait à peine dormi à force de penser à la ville autour d'elle et à elle qui logeait là, au beau milieu de tout ça.

Le lendemain matin, elle avait découvert qu'il n'était pas indispensable de s'asseoir sur le canapé pour avoir des puces. Elle se grattait frénétiquement les chevilles. Elle se réveilla tôt, sortit de sa chambre en trébuchant, à moitié endormie, et se dirigea vers la cuisine pour faire du café. Elle y trouva trois adolescents renifleurs, serrés autour de la cuisinière. La porte du four électrique était grande ouverte et le thermostat mis au maximum, comme toutes les plaques de la cuisinière, dont la résistance rougeoyait dans l'obscurité. Les gosses se penchaient au-dessus pour profiter de la chaleur. L'air du matin n'était pourtant pas si frais, mais ils frictionnaient leurs bras maigres, surpris et apitoyés de devoir ainsi se serrer pour se réchauffer : on aurait dit de vrais pauvres, sans rire. Plus tard, Miranda apprendrait que les ados qui s'adonnaient à la méthamphétamine ou à diverses autres substances du type speed avaient souvent très froid, la peau sur les os et la goutte au nez. Elle se contenta de les enjamber en espérant qu'ils ne mettraient pas le feu à la maison.

Hormis l'absence de chauffage, qui posait problème quelques mois dans l'année et tôt le matin ou tard le soir au début de l'été, quand le nombre de fêtes et de nuits blanches suffisait à vous donner des frissons, et en dépit des diverses infestations de puces, de souris, de cafards et de chats, selon Miranda, il y avait peu de défauts majeurs dans la Maison Noire. Au rez-de-chaussée comme à l'étage, toutes les salles de bains fonctionnaient ; elle, elle avait son vestibule et sa lucarne, et puis, malgré tout, c'était encore une bonne vieille maison. Mais, surtout, Miranda était persuadée qu'il s'agissait là d'un endroit particulier qui pourrait l'aider à se débarrasser pour toujours de ses origines.

Alors qu'elles étaient assises sur la galerie à se passer un joint, Sissy décrivait à Miranda le pedigree impeccable de la Maison Noire. Comment tout le monde connaissait la maison, et la notoriété dont elle jouissait parmi les jeunes. Cela faisait des années qu'elle existait, condamnée mais toujours habitée : à la fin des années 1980 et au début des années 1990, elle avait d'abord servi de piaule de dépannage pour les ados rockers (étrange conglomérat d'accrocs au jazz venus d'Olympia et d'Eugene, de grosses filles agressives, de *fashion victims* post-grunge et enfin de pique-assiettes arrivés sur le tard). A présent elle était envahie d'anarchistes rigoristes, de militants pour la libération de la terre, de farceurs avant-gardistes de la pop culture, et de testeurs et surenchérisseurs hybrides venant tous des mêmes arrière-pays et banlieues cossues. Cependant, peu importe qui vivait là, une odeur persistante de tabac, de pisse de chat et d'encens indien Nag Champa imprégnait la maison entière.

Il n'y avait pas de règles, mais selon qui régnait ou payait le loyer à tel ou tel moment, certaines choses étaient clairement à proscrire. Depuis peu, un noyau de défenseurs radicaux des animaux totalement dénués d'humour avait pris le contrôle de la situation. De ce fait, on ne trouvait dans les parages que de la nourriture végétarienne à base de soja et dépourvue de toute trace animale. Dans le frigo, un grand écriteau signalait que, par respect pour les végétariens, on ne devait mettre aucune viande sur les deux étagères du haut. Le groupe influent du moment essayait aussi de transformer la Maison Noire en une expérience plus formelle de vie en communauté. En plus des règles, ils organisèrent des réunions domestiques pour répartir les tâches ménagères et procéder à des achats groupés de réserves de nourriture. Sissy, ça la faisait marrer. La maison semblait destinée à résister à l'ordre, surtout avec le nombre croissant d'anarchistes en puissance qui campait dans les salons et les couloirs. Miranda suivit le conseil de Sissy : elle mit un verrou à sa porte. Elle s'aperçut vite que tout ce qu'elle entreposait dans le frigo devenait *ipso facto* propriété commune et chaque soir et chaque matin elle ramenait brosse à dents et serviette dans sa chambre. La Maison Noire était le squat le plus peinard et le moins régulé qu'elle eût jamais pu espérer trouver. Un paradis, pourtant – un paradis post-périphérie pour une fille comme Miranda.

Vivre dans cette maison l'avait indirectement menée à rencontrer Nash. Il lui avait fallu plusieurs semaines rien que pour avoir le courage d'entrer dans la salle commune. Elle cherchait un téléphone, qu'elle n'avait pas trouvé, d'ailleurs. Les gens qui voulaient appeler se servaient de leurs portables. Sissy lui avait dit qu'elle pouvait passer des coups de fil locaux et même regarder ses mails à *Prairie Fire Books*, où elle travaillait parfois. La librairie se trouvait dans la première rue perpendiculaire à la Quinzième Avenue, juste à côté de ce que Sissy appelait la Quincaillerie Lesbienne (il s'agissait bien de cela, en effet, même si en réalité le magasin s'appelait *Maman Marchande*). Très souvent, cet été-là, surtout après avoir fumé ensemble, Sissy et Miranda se mettaient en route pour *Prairie Fire*, mais se détournaient de leur chemin pour finir soit par cligner des yeux dans la fluorescence des supermarchés QFC, soit par flâner dans la Quincaillerie Lesbienne.

Maman Marchande était la plus délirante des quincailleries que Miranda eût jamais vue. Elle était tenue par des femmes d'âge moyen aux cheveux poivre et sel coupés court. Sissy les appelait Gouines & Co. (Elle adorait faucher dans ce magasin, et piquait surtout des objets dont elle n'avait ni envie ni besoin, par exemple un morceau de gazon artificiel recyclé, respectueux de l'environnement, ou une coûteuse bêche de jardin munie d'un manche ergonomique Placoflex fabriqué avec du polypropylène durable recouvert d'élastomère thermoplastique résistant. Un jour, elle avait volé un pot de peinture Enamel Baby non toxique, pour acrylique et latex. Peu après, Miranda avait vu à la Maison Noire deux personnes qui inhalaient profondément tout en étalant généreusement la peinture sur la porte du frigo. Malgré l'absence de toxines, des vapeurs irritantes pour les yeux s'étaient insinuées dans toute la maison.)

Ce magasin ne vendait pas seulement de beaux outils et du matériel de jardin, mais aussi des tas de vêtements résistants fabriqués avec des étoffes venues du Tiers Monde, à la coupe large, façon blouse de travail. On y trouvait également de petits livres d'inspiration spirituelle qui tenaient dans la paume de la main, et qui, aux côtés de divers cerfs-volants, banderoles et manches à air colorés en pastel uni ou rayés arc-en-ciel, couvraient l'aile du magasin menant à la caisse. Durant l'une de ses visites, Sissy s'était emparée d'une manche à air et l'avait secouée devant Miranda.

"Quoi ?" demanda celle-ci.

Sissy agitait d'avant en arrière devant le visage de son amie le tube de tissu aux couleurs festives.

"Arrête !

— Les gens manche à air. Ils prennent le contrôle de notre quartier. Ils contrôleront tous les quartiers quand on aura rendu ces endroits tendance.

— Je n'ai pas rendu ce quartier tendance. J'y ai juste emménagé.

— C'est pas la question", avait répliqué Sissy en fourrant avec mépris la manche à air dans son grand sac à bandoulière.

Plus tard, elle l'agiterait devant quelqu'un, ou la jetterait à la poubelle. Elle avait pourtant raison. Miranda avait remarqué que plus de la moitié des jolis pavillons du quartier étaient rénovés par leurs propriétaires, qui ensuite semblaient planter leur drapeau sur leur territoire en suspendant une manche à air de couleur vive. Dans la banlieue résidentielle où Miranda avait grandi, les gens accrochaient à leur porte soit les mignons canards et chiens qu'ils avaient "artistement" taillés dans des pièces de bois, soit une couronne annuelle tressée de fleurs pastel séchées et de branches de mûrier. Ici, en ville, ils accrochaient des manches à air ou parfois des carillons éoliens. La porte d'entrée souterraine de *Prairie Fire*, placardée de prospectus et bloquée par des ados fumant des cigarettes, faisait miteuse et dégradée à côté du portique marbré de *Maman Marchande*. Dans le quartier, la librairie constituait une anomalie au même titre que la Maison Noire. On savait qu'au final l'élément magasin de manches à air / quincaillerie refuserait de tolérer l'élément Maison Noire, tout comme son repaire livresque. Mais, pour l'heure, tout cela coexistait : cette façon dont les espaces urbains renferment parfois des choses en opposition ou en transition avait un côté exaltant. On percevait véritablement les manifestations physiques de changements culturels plus vastes. Pour le moment, la tolérance était toujours de mise, et le contingent des manches à air considérait *Prairie Fire* comme une alternative acceptable – un espace social – pour les jeunes du quartier.

Lorsque Miranda avait commencé à fréquenter la librairie, la politique d'ouverture de Nash relative aux réunions de groupes s'était ajoutée aux divisions sociales grandissantes dans le quartier, créant ainsi un mélange explosif et irrésistible pour des gens tels que Miranda et Sissy. Chaque parti rassemblait ses forces. Miranda sentait et voyait les choses bouger. Elle s'estimait très heureuse d'avoir atterri, deux semaines seulement après avoir quitté le foyer maternel, en plein milieu de tout ça.

Elle s'assit à côté de Nash et le réprimanda à nouveau de boire du Coca, boutade désormais récurrente. Depuis qu'elle assistait régulièrement aux meetings de *Prairie Fire* qu'il organisait, Nash s'engageait de plus en plus avec elle dans de longues discussions apparemment décousues. Quel que fût le sujet, Nash réagissait à tous les propos de Miranda avec assurance, comme si ce qu'il disait n'était ni déphasé ni incohérent par rapport à ce qui avait été dit précédemment. Elle trouvait ça vraiment drôle – si on les avait enregistrés, on aurait cru que des éléments essentiels de la conversation avaient été effacés. Dans ses réponses, Miranda essayait d'atteindre à la même absurdité. Nash aurait pu interpréter cette attitude comme une manière de flirt, mais il se serait trompé. En tout cas Miranda ne le voyait pas comme ça.

"Je déteste les gens qui militent pour la supériorité des animaux ! s'exclama-t-elle en se rongeant l'ongle du pouce.

— Je crois plutôt qu'ils militent pour la protection des droits des animaux, répliqua Nash.

— Non, vraiment, poursuivit-elle en lui souriant. Leurs dreads blondes et leurs fringues en chanvre. Des gosses friqués et bien-pensants, avec leur reggae, leur côté Green Panthers.

— Green Panthers ? C'est pas plutôt les panthères des Panthers qu'on les appelle ?

— Non mais regarde-les", souffla Miranda dans un murmure théâtral.

Elle tapota du doigt le bras de Nash et désigna plusieurs ados qui traînaient vers le présentoir des magazines. Les maraudeurs habituels. Miranda fit un geste en direction d'une fille menue aux cheveux teints au henné. Elle portait une veste kaki militaire où était peint un grand cercle, à l'intérieur duquel on lisait le mot *fourrure* barré d'un trait rouge. Sur une jambe de son pantalon il y avait un écusson "Pays du Bœuf = Massacre des Prés" ; elle exhibait aussi un insigne de la Diaspora Animale Américaine, qui était non pas cousue mais qu'une épingle de nourrice retenait sur le rebord de son chapeau. Tout ce qu'elle portait avait cet aspect loqueteux artificiel.

"Et surtout ces militants-là."

Elle baissa la voix et roula exagérément des yeux.

"J'habite avec certains d'entre eux. Ils s'appellent les Généraux Libérateurs des Animaux. Tout ce langage pseudo-militaire et ces uniformes. Ils ne m'inspirent pas confiance." Elle regarda Nash, se mordilla l'ongle puis poursuivit : "Les manteaux de fourrure, ça les choque. Ouais, bien sûr que c'est choquant, mais à cause du prix, pas à cause des animaux. Certaines personnes claquent vingt mille dollars pour un manteau alors que d'autres n'ont pas de quoi se nourrir ni se loger. Jamais ils ont honte, les gens ? C'est quoi cette société qui tolère l'idée que des hommes et des femmes dorment dans la rue pendant que d'autres passent juste à côté, avec des manteaux à vingt mille dollars ? C'est ça qui est choquant."

Sourcils froncés, elle regarda Nash, puis prit une grande inspiration.

Il secoua la tête.

"Je ne savais pas que tu détestais les animaux."

Miranda s'était déjà expliquée, mais elle ne s'arrêta pas pour autant, parce que, eh bien, parfois elle n'y arrivait pas. C'était là un de ses problèmes. Elle commençait à argumenter en essayant d'être provocante, mais elle finissait toujours par prendre très au sérieux ce qu'elle disait. Elle commençait avec l'intention d'être cynique et distante et finissait, gênée, la voix entrecoupée.

"Ce que je déteste, ce sont les gens qui font de mauvaises analyses, tu vois ? Ceux qui occultent le facteur économique. Qui le considèrent comme un problème indépendant des autres. Qui ont juste assez de compassion pour ces chers petits animaux. Qui ne se préoccupent du reste du monde que lorsque cela commence à affecter leur monde à eux."

Elle attendit la réaction de Nash, le regarda de ses grands yeux marron, la bouche pincée, puis se mordit la lèvre, un tic qui trahissait son malaise et son impatience.

"C'est une bonne chose pour toi, Miranda. Tu dois te protéger avec la «cuirasse de la justice et les armes de la détermination» ou quelque chose dans ce goût-là."

Pareille condescendance agaça la jeune fille, toutefois elle savait aussi que Nash faisait là quelque citation qu'elle aurait dû connaître mais qu'elle ignorait, elle encaissa donc sans mot dire. Elle l'aimait bien quand même : il était intelligent et drôle, oui, mais il y avait encore autre chose. C'était chouette, non (ou tout du moins différent) qu'il ne ressente pas le besoin de prouver quoi que ce soit ? La plupart du temps, Nash semblait satisfait d'être anonyme et presque dépourvu d'ego. Cependant, si on y regardait de plus près, il était difficile de ne pas remarquer certains détails. L'ex-citation qu'il trahissait pendant les meetings – elle la voyait bien, ou croyait la voir. Son visage fané était quelconque, sauf lorsqu'il se fendait de ce sourire asymétrique, typique du coin. Nash al-térait ses propres expressions en n'y engageant qu'une partie de son visage. Les yeux amusés contredisaient les sourcils froncés ; les grands sourires confinaient au rictus en raison de l'ennui qui lui plissait le front. Cette habitude se repérait facilement. Et elle déconcertait, ou intriguait. En tout cas Miranda, elle, l'avait remarquée.

Elle avait aussi commencé à observer des cho-ses dans les meetings que Nash dirigeait (ou "faci-litait" puisqu'il n'y avait pas de leader, bien entendu). Ils avaient lieu les mardis et mercredis soir, sous la nomenclature très maniérée et hermétique de Nash : PAS (Partisans de l'Asticotage Stratégique et/ou Praxis Antinomique de la Satyagraha) ; le Front des Neo-Tea Party Men ; Re : les Mots en "Re" – Résistance, Récupération et Rébellion ; ou encore la Nation K (groupuscule mono-opéra-tionnel se contentant d'insérer ou d'enlever la let-tre *k* – on appelait ça des dislokations – afin d'engendrer malaise psychique et perturbations. Par exemple, *Blac Bloc* au lieu de *Black Block*, ou *Amérik* au lieu d'*Amérique*. Des missives aux al-lures de demandes de rançon étaient envoyées pour déstabiliser les cibles : *Koukou chers kon-sommateurs ! On vous attak. Faites gaffe à votre kul*, etc.). Miranda ne mit pas longtemps à se ren-dre compte que les groupes de Nash ne se réu-nissaient jamais deux fois sous le même nom. Elle avait remarqué que c'étaient les mêmes gosses qui assistaient à tous les meetings. Les plus amochés parmi ceux qui fréquentaient *Prairie Fire*. Les plus gros, ceux qui avaient la peau la plus moche, ou encore ceux dont les habitudes hygiéniques étaient les plus solipsistiques.

S'agissait-il du même groupe avec des noms différents, ou de différents groupes avec les mêmes membres ? Ils commençaient toujours chaque meeting en exigeant que tous les flics et les médias se fissent connaître et fussent exclus de la réunion. Au début cela semblait sincère, ensuite légèrement outrecuidant, et finalement, après la troisième semaine, Miranda comprit que c'était une parodie de la paranoïa gauchiste, destinée à se moquer des gens qui s'imaginent être surveillés en permanence ou infiltrés. Mais elle n'en était pas sûre : c'étaient les trois choses à la fois. Les membres prévoyaient de participer à tel ou tel test avec des centaines d'autres groupes. A n'importe quelle manifestation altermondialiste ou anticonformiste qui avait lieu. Ils parlaient de douzaines d'actions et de tests farcesques : piratage des caméras de surveillance dans les lieux publics, infiltration et perturbation d'associations commerciales, mise en scène de sit-in virtuels sur Internet, représentation de "pièces" apparemment idoines dans des centres commerciaux et autres points de vente. Ils prévoyaient de s'habiller en costard pour distribuer à Pioneer Square des billets de banque aux gens qui faisaient leurs courses. Parlaient de barbouiller les panneaux publicitaires et de faire défiler devant le magasin de luxe Barneys de grosses femmes à demi nues qui demanderaient aux clients s'il y avait quoi que ce soit à leur taille. Toujours anticonformistes. La plupart du temps drôles et absurdes. D'après Miranda, ils voulaient dénoncer les contradictions qui s'étaient tant normalisées aux yeux des gens.

Il y avait d'autres meetings, que Nash n'organisait pas, mais ils n'intéressaient pas autant la jeune fille. Ils étaient ennuyeux, répétitifs, et conventionnels. Miranda continuait à participer aux groupes de Nash et s'enthousiasma rapidement pour les actions dont ils discutaient. Elle croyait sincèrement que si les gens ressentaient le poids de leurs actes, en comprenaient les conséquences, cela pourrait changer leur vie. Ou qu'ils pourraient changer de vie. Et c'était cela – bien que par petits mouvements progressifs – qui finirait par changer le monde. La vérité d'une telle stratégie lui semblait simple et évidente.

Elle soupçonnait Nash d'avoir toute sa vie pris part à ce genre d'activités. Il devait connaître le moyen secret de s'opposer sans éprouver de frustration à la culture en général. Aussi loin qu'elle s'en souvînt, Miranda avait toujours montré un optimisme passionné et plein d'espoir vis-à-vis des gens, mais, lorsqu'elle avait pris conscience qu'ils refusaient obstinément de voir comment le monde aurait dû être, le désenchantement s'était peu à peu installé. On aurait dit qu'ils avaient oublié la bonté. A cause d'eux, c'était devenu compliqué.

Pendant tout le mois de juin et jusqu'en juillet, Miranda ne rata pas un meeting, et après chacun d'entre eux elle se faisait un devoir de rester pour aider Nash à ramasser les gobelets en papier recyclable ; puis ils discutaient, chaque fois plus longtemps, faisant durer le nettoyage. Nash ouvrait la porte du fond pour aérer le local chaud et étouffant, où la température commençait enfin à baisser après le départ des foules. Miranda se tenait souvent sur le pas de la porte pour regarder le ciel nocturne, réticente à partir, même une fois le ménage fini.

Un soir, tout le monde était parti, elle s'attarda à l'entrée pour étudier le prospectus annonçant le programme de la semaine en cours.

"C'est quoi ce groupe, SURE ? C'est quand, leur meeting ? Je veux dire, ils sont sur la liste, mais je ne les ai jamais vraiment vus se réunir."

Nash haussa les épaules.

"SURE, ça veut dire quoi ?

— Je ne sais pas trop.

— Il ne fait pas partie de tes groupes ?"

Nash secoua la tête.

"Je te l'ai dit. Moi je me contente de faciliter les choses de temps en temps. De faire quelques suggestions. Je crois que ce sont les Soldats Unis contre la Rébellion Emoussée. Ou rébellion écervelée, je ne sais pas. Sur le prospectus il est écrit qu'ils se réunissent après Nation K. Mais bon, je n'ai jamais vraiment vu aucun membre de ce groupe.

— Ils ne se réunissent pas ici, alors ?"

Nash indiqua une note de bas de page sur le programme. Il y avait un astérisque à côté de l'heure du meeting de SURE. En bas on lisait la légende : "Meetings si et quand nécessaire."

Miranda jeta le prospectus sur la table où se trouvaient tous les autres pamphlets et papiers concernant les réunions.

"Et les couleurs, Miranda, tu en penses quoi ?" demanda Nash comme s'ils avaient déjà entamé une nouvelle conversation. Elle lui lança un sourire indécis.

"Tu en penses quoi de tout ce vert et noir ?"

Elle haussa les épaules.

"Pas mal…

— Je crois vraiment que ça vient des bandes dessinées. Je sais ce que tu penses des militants environnementalistes, mais ce sont eux les empêcheurs de tourner en rond ces derniers temps, il faut bien le reconnaître. Tu as vu le drapeau vert et noir des types de l'éco-anarchie ? Il a de la gueule.

Avec les couleurs et matériaux paramilitaires adéquats. Ça, c'est puissant. En plus, les guérilléros se sont toujours inspirés de l'armée. Ces gosses mélangent super-héros, fringues militaires élimées, acronymes et argot. Sans compter ces affiches imprimées par gravure sur bois – un petit côté constructivisme soviétique. Pour moi c'est une stratégie symbolique légitime. Avant, les Indiens d'Amérique intégraient les motifs du drapeau américain dans leurs vêtements afin de voler le pouvoir de l'homme blanc en s'appropriant ses symboles.

— Ah ouais ? Et ils ont gagné la partie, les Indiens d'Amérique ?"

Nash se mit à rire. Miranda était très contente lorsqu'elle parvenait à le faire sourire ou, encore mieux, rire.

"L'intérêt ce n'est pas de gagner. Ils ne gagneront jamais, bien sûr. Ils rendent seulement la beauté de leur opposition persuasive et puissante.

— Ouais, j'imagine. Mais est-ce que ça ne serait pas aussi génial de gagner ? D'après moi, on doit s'y efforcer. Sinon c'est juste un geste. Ce n'est pas vraiment suffisant."

Nash ne répondit pas. Il se contenta de croiser les bras et de la regarder. Elle avait remarqué qu'il adoptait souvent cette position.

Elle se détourna puis recommença à faire le ménage. Quand elle eut fini, elle sortit s'adosser à la porte du fond pour s'allumer un joint. Sissy lui en avait donné quelques-uns, et Miranda les trouvait vraiment apaisants. Nash la rejoignit et s'appuya contre le chambranle. Il n'était pas très costaud, mais parfois, quand il se déplaçait, Miranda avait remarqué chez lui une forte nervosité sous-jacente, une sorte de puissance subtile. Elle prit une taffe puis lui tendit la cigarette.

Nash l'ignora et désigna la table de réunion déserte.

"J'adore ce gosse qui a une Terre noire peinte sur la veste. Il ressemble à un terroriste, c'est pas un petit geek rondouillard comme la plupart des autres.

— Y a que l'esthétique qui t'intéresse. Et les débats, alors ?

— Et puis le fait qu'ils épinglent leurs badges au lieu de les coudre. Tous ces écussons imprimés à la planche ou sérigraphiés – ils se donnent beaucoup de mal pour les faire, et pour obtenir cet, euh, aspect recyclage. Et puis il y a aussi les mitaines, les bas filés. Cette façon dont, sans même le vouloir, ils s'accordent tous les uns avec les autres. Cette solidarité de clodos.

— Les fringues sont superficielles.

— Non. Ce que tu portes te rappelle qui tu veux être. Si tu veux être agressif, effrayant, ou discret. Les voilà, les débats. Les vêtements font partie de la stratégie. Ils communiquent.

— Mais toi tu ne portes pas de vêtements agressifs. Tu t'habilles comme…" Elle s'interrompit, le toisa du regard. Un pull bleu foncé, détendu et pelucheux, et un jean large sans ceinture.

"Comme un assistant de laboratoire de troisième catégorie. Comme un vigile en civil. Comme un type dont le patron est plus jeune que lui, proposa Nash.

— Ouais, bon.

— Exactement.

— Quoi ?

— Ecoute, moi, je suis hors sujet. Ça fait un moment que je fais attention à ce genre de choses, et je suis très exigeant. J'essaie d'éviter d'être exubérant et ennuyeux. Ce n'est qu'aux gens de ton âge qu'on pardonne d'être, tu sais, si instinctifs.

— Tu me trouves trop déterminée.

— Non, je t'assure que non. Je crois que jamais je ne pourrais juger quelqu'un trop déterminé.

— Exubérante, tu me trouves exubérante."

Il sourit. Elle prit une autre longue taffe.

"Mais pourquoi donc te préoccupes-tu de ce que je pense ?" Nash la regardait à travers la fumée de cigarette. "Miranda." Il dit simplement son nom, isolé, en le séparant suffisamment de la phrase précédente pour qu'il n'eût pas l'air d'en faire partie. Elle resta muette. Elle ressentait une gravité dont elle ne savait dire exactement si elle venait de lui ou d'elle. Mais elle était bien là, à présent, entre eux. Nash se passa les doigts dans ce qui lui restait de cheveux poivre et sel bouclés.

Comment pouvait-on se revendiquer hors sujet ?

Il détourna les yeux le premier, et elle se rendit compte qu'elle aimait vraiment, vraiment beaucoup, Nash.

VESPÉRALE

HENRY ÉTAIT ASSIS sur le canapé de son salon. Télé éteinte, lumières éteintes. Il était assis dans la semi-obscurité, incapable de l'arrêter. Submergé.

Il porte un uniforme. Ils sont trois à bord d'un avion. Le ciel est beau, du bleu-vert des petits matins. En bas, l'eau est presque de la même couleur. Seule la jungle est différente. D'un vert charnu, le jaune-vert pâle du ventre des serpents et des jeunes feuilles.

Henry était assis sur le canapé, dans son salon. Il ne dormait pas – ses yeux étaient ouverts. Il transpirait, se tordait les mains, enfonçant ses ongles dans ses paumes.

C'est un C-123 Provider vert camouflage. Henry ne se trouve pas dans le cockpit. Il se voit, lui l'opérateur de l'aérosol, à côté des portes du bombardier, en train de manipuler et de vérifier les gigantesques barils marqués de peinture orange, blanche et bleue. Ils sont alignés par quatre, solidement fixés ; à travers la trappe dans le plancher de l'avion, Henry voit le jet de l'aérosol blanc laisser une traînée derrière eux. Ils volent très bas. Frôlent les rizières et les villages. Objectif : saturation totale du feuillage. Mais il n'y a que du feuillage, putain, pas vrai ? C'est une jungle. Un peu de liquide l'éclabousse quand il ajuste les tonneaux.

Il entend les batteries antiaériennes au-dessous de lui. Ils volent tellement bas que les balles semblent rebondir sur le sol. L'une d'elles perce un bidon et le défoliant se déverse sur son bras et sa poitrine. L'avion remonte en flèche, gagnant de l'altitude à une vitesse étourdissante. Henry s'éloigne de la trappe pour aller vers l'intérieur de l'appareil.

L'odeur n'est pas celle de la décomposition mais de la disparition, de la désintégration. Un rongement invisible. Mais ce n'est pas ainsi que ça fonctionne, le produit ne ronge pas comme l'acide. Il s'immisce dans le métabolisme des choses et les stimule à l'excès jusqu'à ce qu'elles meurent. Il accélère démesurément la croissance jusqu'à ce que l'organisme se décompose. *Herbicide*, songe Henry, est un terme plus approprié que *défoliant*, mais ni l'un ni l'autre n'évoque l'insinuation sans fin de cette chose, son siège. Henry inspire le jet froid – lourd, huileux, métallique. Presque inodore, il s'accroche pourtant à vous, il s'insinue entre vous et votre transpiration puis pénètre votre peau.

Plus tard Henry se lavera le visage et les mains. Se mouchera. La chose est dans ses cheveux, sa gorge, ses yeux. Il a la gorge irritée en permanence ; il se frotte les yeux – ils piquent mais ne pleurent pas. Ce ne sont pas des larmes mais le produit lui-même qui enfle juste sous ses paupières. Toute la nuit Henry fait l'inventaire de ses invasions : une sensation poisseuse à présent, entre les jambes, sous les bras, après s'être douché. Tandis que la température monte pendant la nuit, il se rend compte que le produit lui sort des pores, fait désormais partie de son corps. L'habite, se diffuse dans ses poumons, ses cellules, son avenir, l'utérus de sa femme, à des milliers de kilomètres de là. La chose a sa vie propre, même tronquée, son héritage génétique. Elle apparaîtra dans le futur nouveau-né. Elle possède des cellules dormantes qui se cachent pendant quinze ans jusqu'au jour où soudain, sans prévenir, tu as son goût dans la bouche, une nappe d'huile dans ta salive.

Henry voit l'avion de l'extérieur, comme dans un film. Il survole toute l'étendue plate de la péninsule de Cà Mau. L'espace d'un instant, il y a un plan d'ensemble. Mais le voilà qui tombe, il suit la chute du jet comme s'il le chevauchait et le voit tomber sur des forêts de mangrove et de jacquiers, des rizières et des réservoirs d'eau de pluie. Il voit les gens lever les yeux, ahuris, debout sous les arbres. Il les voit manger et boire le produit qui recouvre tout sur son passage. Très gros plans saccadés à présent. Il déteste ça, mais il s'approche tellement qu'il voit des visages, des bouches. Il entend respirer. Il sent l'odeur de leur peau humide.

Dans ces cas-là, ça peut vraiment mal tourner.

Henry repousse cette pensée. En vérité, il parvient parfois à se forcer à revenir. Sa gorge se contracte, il a l'impression de tomber, comme quand on se réveille trop vite d'un rêve et qu'on sursaute dans son lit.

Il cligne des yeux et voit de nouveau l'intérieur de l'avion. Appuyé contre la paroi extérieure du cockpit, il reprend son souffle.

Il était allongé sur son canapé, se couvrait la tête, mais ça ne le lâchait pas.

Levant les yeux, il entend des coups de feu, une succession rapide, automatique, qui ricochent. Le pilote, visage jeune, souriant, se tourne vers lui, mais, tandis que Henry l'observe, des plaies rouges et enflées surgissent sur ses joues et sa bouche. Encore cette substance qui essaie de sortir. Henry détourne le regard. Il aperçoit le panneau rédigé

à la main en lettres blanches sur l'habitacle, sur-
monté d'un dessin de Smokey Bear* avec son fameux chapeau. On peut lire :

Vous seuls pouvez préserver les forêts

Quand cela cessait enfin, une sueur froide lui
recouvrait le corps. Son visage et ses bras se couvraient d'urticaire et de lacérations.

*

Liste non exhaustive des symptômes de Henry :

acné, ou chloracné (mûre, itinérante)
hyper-vigilance
insomnies (constantes, chroniques)
dépression (sous-jacente, avec de sévères crises oc-
casionnelles)
tendances suicidaires (voir ci-dessus, crises)
hallucinations / pensées intrusives / terreurs noc-
turnes
sentiment d'impuissance : à long terme, incura-
ble, accablant
honte
désespoir

* Smokey Bear (littéralement l'ours enfumé) : mascotte
d'une campagne publicitaire publique lancée en 1944 pour
sensibiliser les Américains au danger des feux de forêt. Le
slogan était : *Only you can prevent forest fires* ("Vous seuls
pouvez éradiquer les feux de forêt").

JOURNAL DE JASON

VOUS-ÊTES VOUS déjà demandé à quoi ressemblerait votre corps à quarante ans si vous n'aviez jamais fait de sport, pas même une fois ? Gage, mon voisin, a répondu à toutes les questions que je pouvais me poser à ce sujet. Récemment, il est revenu vivre chez ses parents. Sans rire. Apparemment c'est la grande mode chez les losers, ces derniers temps. Je qualifierais volontiers Gage – à l'apogée de sa gloire déliquescente – de pote. Lorsque je l'ai remarqué pour la première fois, il déchargeait en soufflant son barda sur la pelouse parentale, par un bel après-midi d'été. Il s'était replié sur le front familial pour des raisons encore inconnues. Mais l'important dans tout ça, c'est qu'il est arrivé avec je ne sais combien de caisses de 33 tours. Ce que je n'ai pas manqué de remarquer.

Mes amis – le peu que j'ai – sont le genre de mecs prêts à s'empoigner pour savoir si la rare version 45 tours commercialisée par le label Radio Corporation of America de la chanson "Eight Miles High" est meilleure que celle qui figure sur l'album *Fifth Dimension* des Byrds. Ce n'est pas le cas, mais c'est cool de se poser la question parce que ça prouve que tu sais qu'il y a deux versions, et que tu connais bien les deux. Et il est encore plus cool de soutenir que l'album – objet banal, réédité – est bien celui qui jouit de la meilleure version, et pas le 45 tours rare, difficile à dénicher. (Ce qui est vrai, en dépit du fait, peut-être sans conséquence, que la version vinyle est en réalité bien supérieure.) Dans ces milieux-là, il est paradoxal et très raffiné de soutenir que, le must, c'est l'objet banal et populaire. Seul un néophyte ou un véritable expert pourrait affirmer une chose pareille. Ça y est, vous voyez à peu près à quoi ressemblent mes potes ? J'ai tout de suite compris que Gage était l'un des nôtres. Ou plutôt, devrais-je dire, étant donné sa supériorité en termes d'années, que nous étions l'un des siens. Nous qui vivons pour les bonus, les versions parallèles, les rééditions, les démos, les albums piratés. Les reprises. Les obscures rééditions européennes ou japonaises en vinyles de cent quatre-vingts grammes. Ou les éditions originales, dans l'emballage d'origine. L'authenticité. Nous aimons l'histoire cachée, les secrets. Nous avons sans cesse l'impression qu'on nous refuse l'accès aux trucs les meilleurs, les plus cool. Autrement dit, il n'y a jamais assez d'informations. Toujours plus de choses à acquérir. Un nouvel original encore inconnu, une piste qu'on n'avait pas remarquée au bout d'un long silence sur une matrice. Dans un coffre-fort, dans un sous-sol. Passé inaperçu !

Gage avait des milliers d'albums protégés par des pochettes en plastique. D'innombrables boîtes de CD et des piles et des piles de 45 tours. Je l'ai regardé décharger le tout sur la pelouse. Il portait un jean et un T-shirt noirs, ce qui ne dissimulait pas sa brioche, malgré les vertus amincissantes qu'on attribue à cette couleur. Mais, comme nous le savons tous, le noir et surtout le noir intégral, est très rock'n'roll, très rebelle. Profondément subversif. Alors fais gaffe, OK ? Je me rappelle l'avoir observé tandis qu'assis, une bière à la main, il se reposait entre la camionnette qu'il déchargeait et sa chambre chez ses parents. Apparemment, monter l'escalier genre deux fois l'avait essoufflé. Je le regardais depuis notre cour, et, très probablement, je voyais mon avenir. A quinze ans, j'ai déjà un début inquiétant de future brioche. Bien que, à l'heure qu'il est, la mienne tienne davantage du boudin que de la brioche, je voyais néanmoins ce qui m'attendait.

Malgré le dégoût immense que m'inspirait une telle pensée, j'avais tellement besoin de parcourir la collection de Gage, que j'allai le rejoindre pour me présenter. Nous nous étions déjà vus au cours des cinq années précédentes, lorsqu'il rendait visite à ses parents, mais nous ne nous connaissions pas officiellement.

Sur le haut de sa pile de vinyles, je vis l'un des meilleurs albums "perdus" de tous les temps : *Oar*, de Skip Pence, le guitariste schizophrène du groupe Moby Grape. Il avait enregistré *Oar* (un album d'une beauté douloureuse, ardemment orphique, d'ailleurs) à vingt-deux ans, puis, bien sûr, comme tout génie du rock'n'roll digne de ce nom, avait passé les trente années suivantes à migrer d'un hôpital psychiatrique à l'autre, sans qu'on entende plus jamais parler de lui. J'ai tout de suite vu qu'il ne s'agissait pas là d'une réédition mais d'un original. Je résistai à la tentation de faire un commentaire, de le prendre entre mes mains, de le caresser sous sa gaine de protection en plastique. Etait-ce un dépliant ? Qu'y avait-il sur la face intérieure de la pochette ? Y avait-il un message crypté gravé dans le sillon extérieur ? Tout cela viendrait en temps voulu. Je ne voulais pas flatter Gage trop vite. Je l'ai joué cool, même si je bandais presque à l'idée de toutes les possibilités cachées derrière cet album de Skip Pence. C'est merveilleux de nourrir autant d'intérêt pour quelque chose d'aussi tangible, réel. Merveilleux de tirer une telle joie de quelque chose qui est à sa portée, d'un univers spécifique, configuré et circonscrit. Bref.

Gage se mit à justifier son retour provisoire dans la banlieue cossue, la saga de la progéniture déchue qui revient chez maman et beau-papa. Il esquissa un haussement d'épaules ironique en prononçant le mot *banlieue* ; et nous ricanâmes de concert à cette idée, mais de qui nous moquions-nous ? Si nous existons, c'est grâce à elle. La banlieue résidentielle, c'est le paradis des freaks, un monde de pièces vacantes à l'étage et de longs après-midi oisifs qui s'écoulent sans interférence. Un lieu où tu peux écouter tes 33 tours des heures entières. Tu peux vivre dans ta chambre, ta propre parcelle d'univers, sans loyer à payer, et créer un monde de plaisir et d'intérêt uniquement centré sur toi-même, ton esthétique, et ta logique personnelles. La banlieue, c'est l'endroit où tu peux jouir de ton individualité, si rance et absconse puisse être cette dernière : les énormes villas en lotissements et les garages trois places peuvent abriter d'infinies excentricités. Dans ta chambre, à l'abri des oreilles indiscrètes. Avec quelquefois un sous-sol entièrement meublé – pardon, un étage inférieur – destiné aux télés, aux chaînes hi-fi et aux tables de ping-pong ; aux jeux vidéo, aux ordinateurs et aux disques optiques numériques. Tu peux pirater des CD et télécharger de la musique, classer et graver, acheter et échanger, le tout le cul sur une chaise dans la salle de jeux. La salle de jeux : des pièces entières consacrées aux loisirs, à l'amusement et au divertissement. Là on trouve espace et temps, confort et bien-être. Il suffit de me regarder. De regarder Gage.

Après les présentations, quelques couplets de détails biographiques, nous avons enchaîné harmonieusement sur nos obsessions. Nous avons passé ces dernières semaines ensemble, dans une orgie de musique. J'étais soulagé de découvrir que Gage n'était pas un collectionneur du genre touche pas à mes disques. Il avait la passion d'écouter et de faire écouter. Assis dans sa chambre – pourvue d'une lampe à ampoule noire, je ne plaisante pas, et d'affiches psychédéliques adéquates pour rester dans le ton –, on se faisait des boulimies de musique, des heures d'intensité, passant sans transition de "Tu as ça ?" à "Attends d'écouter ça !". Mais, très vite, la nouveauté commença à s'estomper. Nous supportâmes bientôt avec moins de patience les centres d'intérêt de l'autre. Gage, lui, était à fond dans son trip années 1970, il s'adonnait en particulier à une écoute approfondie des albums du groupe Roxy Music sortis au milieu et à la fin des années 1970. Moi ça ne me posait pas de problème, sauf que j'avais déjà fait le tour de la question deux étés auparavant. Bien sûr Gage a essayé de lancer l'idée assez paradoxale que Roxy avait été au top pendant sa période disco à la fin des années 1970, et non lors de sa période expérimentale avant-gardiste aux accords déjantés. Un truc du genre : "la glorieuse *dance music* de 1979" (affirmation hyperbolique, tout à fait typique de Gage et des gens de cet acabit, et tout à fait fallacieuse).

"Eh, mec, écoute voir les percussions dans ce morceau. Entièrement produites sur un Jupiter 8. Un pur condensé de toute la *dance music* des années 1980, me disait Gage.

— Ouais, *mec*. Sacré héritage, que tu revendiques.

— Tu l'as dit. Rien à voir avec ces synthés analogiques de la fin des années 1970 en béton armé, ils avaient honte de rien ces synthés !"

C'était la mode – implicite mais omniprésente –, parmi certains fanas de musique, de se passionner pour les synthétiseurs, mais seulement pour ceux qui possédaient ce vibrato artificiel d'atterrissage de vaisseau spatial, d'une altière précision, et datant du début voire du milieu de l'ère prénumérique. Les Jupiter 8 de Roland. Les Minimoog. Mais bien sûr !

"Je sais pas, la production est vraiment plate. Y a pas de souffle."

Telle était ma réponse à la con, dire que la production n'a "pas de souffle", simplement parce que cette musique me pompe l'air en ce moment, et que j'ai plusieurs albums de choix en attente, tous enregistrés sans synthétiseurs, excepté un thérémine, peut-être, et dont la production pourrait apporter suffisamment d'oxygène pour nourrir à vie une armée de fumeurs asthmatiques. Et bien sûr Gage se comportait en facho fini par rapport à ce que nous devions écouter ensuite. Mais le truc, c'est que ce type était tellement à fond, immergé dans son obsession, son délire Roxy, qu'il pensait ce qu'il disait. Il sombrait dans le foutoir tourbillonnant de la relativité, le bordel mental induit par l'écoute en boucle, la perte de perspective qui survient quand on examine quelque chose de trop près. Je connais. Je suis passé par là. Faut pas s'amuser à me lancer sur les Beach Boys. Au moment même où j'écris, ils sont là. Au moment même où j'étais chez Gage à m'efforcer d'écouter ses disques, je caressais une édition originale 45 tours de "God Only Knows". Je fredonnais, non, vibrais, dans l'ordre toutes les chansons de l'album *Pet Sounds*. Et j'avais hâte de me laisser aller à mon obsession. Je savais donc exactement dans quel état Gage se trouvait, mais il manquait un peu de distance pour un type de son âge, non ? Il n'avait pas idée à quel point il était dedans, à quel point il manquait tragiquement de perspective. Moi je sais que le jour viendra où je ne ressentirai plus la même chose pour les Beach Boys. Je sais, au moins de façon théorique, que ce jour viendra. Peut-être dégoulinerai-je alors de bienveillance pour le génie des premiers albums de Little Feat ou des derniers Allman Brothers, ou un truc dans ce genre. Et quand j'en prends conscience, ça m'attriste un peu. Je pourrais être en train de lire un super bouquin, après tout. Ou faire un tour à vélo, ou rejoindre une fille à la piscine, ou pirater le compte en banque de quelqu'un. (Ou même prendre plus souvent des bains, nom de Dieu !)

Assis aux pieds de Gage – les yeux blessés par la lumière noire, à écouter contre mon gré les murmures pervers de Bryan Ferry –, je me demandais si ma vie allait consister en une succession d'immersions, un grand défilé de tocades superficielles pour l'impopulaire culture populaire, qui ne durent pas vraiment et ne signifient pas grand-chose. Parfois je soupçonne même mes obsessions les plus ancrées de n'être que les manifestations aléatoires de ma solitude ou de mon isolement. Peut-être que je donne à l'expérience ordinaire une espèce d'aura sacrée afin d'atténuer la platitude spirituelle de ma vie. Mais bon, encore une fois, peut-être pas.

Dès que je suis rentré chez moi, je me suis jeté sur le disque que je mourais d'envie d'entendre. En l'écoutant, je repensais au désespoir qui m'avait saisi : non, c'est beau d'être envoûté. Fasciné par quelque chose, n'importe quoi. Et le hasard n'est pour rien là-dedans. Si quelque chose vous parle, il y a une raison. Si on voulait, on pourrait le voir ainsi, et on se rendrait peut-être compte qu'on n'est pas en train de gâcher sa vie. Qu'on se redécouvre, qu'on redécouvre le monde, même si ce monde c'est seulement ce qu'on trouve beau, à l'instant même, à cette seconde.

Moi je crois faire partie de ceux qui se sentent à l'aise dans leur isolement. Même quelqu'un comme Gage (une personne avec laquelle, il faut bien le reconnaître, j'ai beaucoup de points communs, et dont on pourrait croire que j'apprécie la compagnie) ne tempère pas mon sentiment de solitude. L'effort qu'il m'a fallu fournir rien que pour le fréquenter et le tolérer m'a rendu plus seul encore. Je ne suis chez moi qu'au sein de *ma propre* solitude *personnelle*. La vérité, c'est que je ne me sens pas nécessairement proche de Brian Wilson ou d'aucun autre Beach Boys. En revanche, je me sens effectivement proche, je crois, de tous les autres gens, seuls dans leur chambre quelque part, qui ont *Pet Sounds* dans leurs écouteurs et ressentent ce que je ressens. Seulement, je n'ai pas vraiment envie de leur parler ou de traîner avec eux. Mais peut-être est-il suffisant de savoir qu'ils existent. C'est nos émotions qui nous donnent notre identité. Je sais bien que ce n'est pas la pure vérité. Que ce n'est qu'en partie vrai. Cependant écoutez ce qui va suivre : ces derniers temps, je me suis surpris à me poser des questions au sujet de la solitude de ma mère. Est-elle semblable à la mienne ? Ma mère est-elle à l'aise avec ce sentiment ? Et si moi je le suis, à peu près, pourquoi est-ce que je continue à l'appeler solitude ? Parce que (et j'ai l'impression que quelque part ma mère le comprendrait) il est possible de ressentir et de reconnaître qu'il y a une tristesse dans sa propre aliénation comme dans celle des autres, sans souhaiter pour autant fréquenter qui que ce soit. Je pense que si on se pose des questions sur la solitude des autres, ou même qu'on se contente d'y réfléchir, il est beaucoup plus facile de se sentir à l'aise avec la sienne.

Enfin bref, ce qui importe vraiment ici, la raison pour laquelle j'écris là-dessus date d'hier, peut-être un mois après que Gage et moi nous sommes mis à passer des après-midi entiers ensemble. Gage était chez moi, et l'heure du dîner approchait. En général, ma mère et moi passons ce dernier à regarder la télé ou à lire des magazines, voire les deux en même temps. Notre espace commun est du style *open space* version contemporaine, si courant dans le jargon décomposé des années 1970. En d'autres termes, chez nous, salle à manger, séjour et coin télé se fondent harmonieusement les uns dans les autres. Une maison conçue – portes vitrées coulissantes, grande hauteur sous plafond, cuisine américaine, le tout transparent et dépourvu de cloisons – pour des Californiens radieux, et non des gens du Nord sous un ciel gris. D'autres familles, du même genre que la nôtre, se sentent mieux dans de petites pièces basses de plafond, genre terrier. Il nous faut des recoins et de l'ombre. Des espaces séparés. La simultanéité de ces pièces à vivre ouvertes et emboîtées nous paraît obscène. Nous nous déplaçons furtivement, mal à l'aise, honteux de notre propre maison.

Cependant, l'*open space* présente bien un avantage. Non seulement il permet d'avoir l'autre à l'œil en permanence, mais aussi de garder en permanence un œil sur la télé, située dans la pièce la plus centrale. De sorte que, lorsque nous sommes à table, nous n'avons qu'à lever la tête pour voir l'écran. En fait, nous n'avons pas besoin de nous asseoir dans le coin télé : une telle contrainte n'est pas nécessaire. Il nous suffit de laisser le téléviseur allumé, et nous pouvons le regarder depuis n'importe quelle pièce. Attention, ne vous y trompez pas, il y a des règles, des normes. Nous regardons les infos. De temps en temps un film. Mais jamais les sitcoms ou les séries télé. Pas pendant les repas. Enfin, moi je m'en fiche, ce que j'aime c'est qu'elle soit allumée, c'est tout. En général j'ai aussi sous la main un de mes polars, le plus souvent une histoire de *serial killer*. J'aime les enquêtes policières, réalité ou fiction, peu importe. En revanche, je préfère celles qui sont vraiment glauques, du genre *thriller killer*, aux éternelles collections policières ringardes, mais, bon, je lis un peu n'importe quoi en fait. Et en permanence. Je dévore un bouquin par jour, sérieux. J'arrive à écouter de la musique, lire, et être sur Internet, tout ça en même temps. Et à regarder la télé. Attention, je ne m'en vante pas, je suis bien conscient que ce n'est pas un exploit de premier ordre. C'est plutôt banal au contraire, non ? Si je fréquentais les salles de sport (ce qui ne m'arrive jamais), je verrais des gens lire et écouter de la musique, les yeux rivés sur des écrans où passent des émissions de télé qu'ils n'entendent pas. Ou mieux encore : si ça se trouve ils regardent alternativement leur livre et plusieurs moniteurs tout en maintenant leur rythme cardiaque à l'objectif fixé et en s'hydratant avec leurs bouteilles d'eau. Tout ça en même temps. Alors je ne pense pas que ce que je fais suffise à me qualifier de génie ou de mutant à la mords-moi le nœud. Non, je cherche simplement à dire que j'ai l'habitude d'être soumis à un paquet de stimulations contrôlées simultanées.

Donc d'ordinaire, on s'assoit à table et moi je bouquine et je mange mon dîner en levant les yeux entre les pages ou les paragraphes ou pendant que j'avale une bouchée pour regarder Jim Lehrer le présentateur du journal – presque de la télé médicinale –, parfois maman fait un commentaire, sur lequel je rebondis sans interrompre mes activités.

Le temps que je finisse mon repas, ma mère, si on y prend garde, n'a toujours pas mangé grand-chose. Elle aura en revanche réussi à remplir son verre de vin à plusieurs reprises. Elle sort ensuite son fidèle briquet turquoise et argent datant de l'époque de *Tapestry*, et sa petite pipe métallique à shit coudée. Ouais. En général elle se défonce carrément là, à table. Mais, bon, c'est pas franchement une surprise. En attendant moi j'emporte mon livre aux toilettes, où, une fois encore, j'ai beau essayer, je n'arrive pas à faire une seule chose à la fois. Sinon je m'ennuie, même les trois minutes nécessaires pour couler un bronze. Ensuite je retourne dans ma chambre, consulte mes mails, le répondeur de mon portable et je finis de graver un album que j'ai téléchargé ou échangé avec un autre fondu de musique rencontré sur l'un des sites spécialisés.

Mais, ça, c'est le train-train habituel. Le jour où Gage s'était attardé dans ma chambre était inhabituel. J'étais en train de dévoiler ce que je possédais de plus précieux, de lancer le Saint-Graal de ma collection des Beach Boys. Le truc qui te laisse le cul par terre. Jusque-là, Gage n'avait paru que moyennement impressionné. Nous parcourions ma collection complète de démos provenant de l'album *Party !* des Beach Boys, imitation lo-fi, sans production, spontané, tout sauf l'album enregistré en studio, lorsqu'elle frappa à ma chambre. Je ne réagis pas, pensant qu'elle laisserait tomber. Mais elle persista.

"Oui ?" dis-je à travers la porte. Je suis toujours immédiatement exaspéré avec elle. Sa réponse me parvint étouffée. J'ouvris sans baisser la musique, ce qui était véritablement odieux, enfin, je veux dire, même *moi* ça m'a agacé. Est-ce bien raisonnable de faire des choses qui vous ennuient vous-même ? Mais j'aime bien l'énerver. Lui faire élever la voix. Elle se tenait là cherchant à regarder dans la chambre derrière moi.

"Quoi ? demandai-je.

— Est-ce que tu veux que je mette un couvert pour ton ami ?"

Elle jeta un œil à Gage, en grande partie caché derrière mon énorme pull taillé très large. Il était assis sur mon lit, entouré de piles de CD, de 33 et de 45 tours. Il salua ma mère de la main. Puis me regarda et haussa les épaules.

"Ouais, pourquoi pas."

Elle sourit, regarda alternativement Gage, le bazar entassé sur le dessus-de-lit, et moi, tout en tripotant l'ourlet de son pull, gestes que je fis semblant de ne pas remarquer.

"Dans dix minutes", dit-elle, mais j'avais déjà commencé à refermer la porte sur elle, ce qui l'obligea à crier : "Dans dix minutes !"

Gage tenait un 33 tours. On voyait sur la pochette un barbu en T-shirt délavé bleu-vert, avec des taches de sel. Debout sur une colline herbeuse, il avait l'océan derrière lui.

"Ouah. C'est… ?

— Oui.

— J'adorerais écouter ça. Tu l'as trouvé où ?"

Il s'agissait d'un album solo inédit piraté de Dennis Wilson, le batteur des Beach Boys. Cet album est significatif pour deux raisons, que je vais prendre le temps d'exposer étant donné que ça a un rapport direct avec une situation dont je vais bientôt faire le récit.

Tout d'abord, les albums perdus. Ce sont ces albums légendaires qui n'ont jamais connu de sortie commerciale, ou qui ne furent édités qu'en très petite quantité il y a fort longtemps. On raconte parfois que les bandes ont été détruites, mais il existe toujours une possibilité de les voir refaire surface. Les séances héroïno-musicales de Keith Richards et Gram Parsons dans le Sud de la France en 1971, par exemple. La légende veut que la musique ne vaille rien et que Gram ait balancé les bandes, mais on espère qu'un jour on les dénichera, peu importe si le son ressemble à une coulée de boue. Et puis il y a les querelles de labels, ou bien la mort de quelqu'un. Ou alors les jam-sessions destinées uniquement à l'usage privé. Ces dernières ont fini par apparaître sous forme légale après avoir été disponibles des années durant au black en version piratée. Le plus célèbre d'entre eux est l'album *The Basement Tapes*, de Dylan et du groupe The Band, que tout le monde préférait à ce que Dylan avait sorti officiellement (*Nashville Skyline*, que j'apprécie, bien sûr, et que je préfère d'ailleurs à *The Basement Tapes*). Il existe aussi des albums géniaux qui ne connurent qu'une brève parution initiale et sont désormais épuisés, ou qui furent enregistrés mais ne sont en fait jamais sortis pour une raison tragique quelconque, en général la mort. Par exemple, les démos en solo de Pete Ham, le chanteur de Badfinger (du power pop classique ultra-populaire), enregistrées quelques semaines avant son suicide. L'album solo de Chris Bell, membre obscur du non moins obscur groupe Big Star (du power pop classique impopulaire). Ou encore l'album de Skip Pence mentionné plus haut, ou de ses homologues britanniques, Syd Barrett et Nick Drake. Enregistrés, puis disparus. Il en existe des millions. Et s'ils sont vraiment géniaux, ils arrivent souvent à refaire surface. Pour finir dans des coffrets coûteux ou des boîtiers de CD enrichis de textes sur la pochette et de pistes bonus. Mais, avant cela, ils sont de véritables Saints-Graals pour les fans de musique – ce qui est sûrement dû au caractère fini de la production d'un artiste décédé. Et s'il y avait encore un autre album secret quelque part, ou encore une chanson ?

L'album que Gage avait dans les mains remplissait donc toutes les conditions : il comprenait un disque issu d'un album épuisé avec ses remastérisations – un authentique bijou jamais paru. Bien entendu, c'était une trouvaille. Mais ce qui est encore plus important c'est qu'il s'agissait d'un album de Dennis Wilson.

Dennis Wilson est un homme cher à mon cœur. La plupart des gens le considèrent toujours comme une blague tragique, un loser haut en couleur, un raté complet. Comment pourrais-je ne pas l'aimer ? Dennis était célèbre non seulement parce qu'il était le seul Beach Boys à avoir réellement fait du surf, mais aussi parce qu'il était tellement paumé les dix dernières années de sa courte vie qu'il s'est noyé dans moins de deux mètres d'eau après avoir plongé d'un bateau à Marina del Rey. Il était aussi le "beau gosse" du groupe. Et celui qui traînait avec Charles Manson histoire d'avoir drogue et cul à volonté. (Comme si être une rock star, riche et belle ne lui procurait pas déjà assez de drogue et de cul et qu'il avait besoin de se fournir chez Charles Manson ! Ou peut-être qu'il y avait quelque chose de particulièrement puissant dans la baise express, culte, et crado.) Mais ce que l'on sait moins à propos de Wilson, c'est qu'il a enregistré ces deux excellents (bien que mielleux) albums solos durant les années noires qui ont précédé sa noyade. Ma version piratée – un boîtier double avec un dépliant – contenait les deux. Le second est véritablement un disque "perdu", presque achevé mais jamais paru, et tout simplement magnifique. Seulement Wilson était bien trop déconnecté pour s'occuper de sa sortie. C'est vrai qu'il y a beaucoup de chansons au piano du genre plaintes larmoyantes, chantées d'une voix rouillée, à la tristesse presque gênante. Genre chant merdique franchement lugubre, ostensiblement empli d'apitoiement sur soi et d'émotion brute. Moi je trouvais cette musique très suggestive, l'expression accomplie d'un mec torturé, pas très fin, pas très doué, au bout du rouleau. Mais voilà, on peut dire ce qu'on veut sur l'habileté, la technique, la maîtrise, l'intelligence : ce truc est franchement émouvant. Pour moi en tout cas. Je ne sais pas pourquoi, mais, chaque fois que j'écoute cet album, je me mets à chialer, sérieux.

Enfin bref, Gage était assis sur mon lit à écouter ce joyau inestimable. Le son monté au maximum. Puis il s'est mis à lever les yeux au ciel, à esquisser un sourire et à rire un peu.

"C'est très gnangnan fleur bleue, non ?" gloussa-t-il avant d'émettre une sorte de gémissement. Passé quelques secondes, je me rendis compte qu'il essayait de parodier le chant de Dennis Wilson. Puis il s'interrompit.

"Pitoyable, vraiment, le mec bourré qui se lamente sur toutes ses souffrances, tous ses regrets clichés."

D'un coup sec, je relevai le saphir, interrompant la chanson, et arrachai la pochette des mains de Gage.

"A table", dis-je.

Nous nous dirigeâmes maladroitement vers l'espace salle à manger / coin télé / cuisine. Comme je l'ai dit, le train-train habituel n'était pas de mise. En l'honneur de Gage, la télé avait été éteinte. Et le couvert mis avec un peu plus d'apprêt que la normale. Ma mère avait même sorti un vin présenté dans une bouteille de soixante-quinze centilitres au lieu de la super bonbonne d'un litre et demi de gloire œnologique qu'elle se versait d'habitude. Elle remplit nos verres. Je pris alors conscience que Gage était un adulte à part entière, et guère plus jeune que ma mère, d'ailleurs. Pendant un millième de seconde une pensée affreuse me traversa l'esprit : ils éprouvaient une attirance mutuelle et finiraient par se mettre ensemble ; mais j'écartai cette idée lorsque ma mère se mit en devoir de le passer à la question plutôt que de lui faire la conversation.

Impossible pour Gage de vraiment fournir de réponses, tout du moins des réponses normales. Cependant il mangeait de bon cœur et parlait la bouche pleine, de sorte qu'à intervalles brefs et relativement réguliers de petits morceaux partiellement mâchés fusaient d'entre ses lèvres. Incroyable ! Ce n'était pas comme s'il disait quoi que ce soit de brillantissime ou d'une quelconque importance : nous aurions assurément tous pu attendre les trois secondes nécessaires pour qu'il avale sa nourriture et la fasse descendre à l'aide d'une grande lampée du vin à la robe dorée en provenance de la bouteille de soixante-quinze centilitres. Laquelle, soit dit en passant, fut séchée en un rien de temps.

Je n'aimais pas l'odeur de whisky-beurre de ce breuvage. Ni son éclat de jaune d'œuf cru, en revanche il me faisait un effet monstre.

"Pourquoi avez-vous quitté Los Angeles ? entendis-je ma mère demander tandis que nous entamions la bouteille numéro deux.

— Ma carrière de musicien n'a pas vraiment décollé.

— C'était votre gagne-pain ?"

Le vin me rendait plus généreux. Et, vous savez quoi, il me permettait de moins m'ennuyer. J'allais même jusqu'à écouter la conversation. Attentivement. Je la trouvais passionnante.

"J'ai donné quelques concerts, mais j'étais surtout barman et j'écrivais quelques critiques de rock, pour lesquelles j'étais rarement payé.

— J'aimerais bien en lire", dis-je. Et, en plus, je le pensais vraiment.

"Vous aimez autant la musique que votre fils ?"

Gage finit son assiette et la repoussa au centre de la table. Après avoir posé sa question, il se mit à lorgner la nourriture que ma mère n'avait pas terminée. Il se serait bien resservi, mais au lieu de ça il remplit son verre vide, faisant un sort à la deuxième bouteille.

"Bien sûr que j'aime la musique. Enfin, j'aimais ça, beaucoup, même. Mais je n'en écoute plus trop à présent."

Elle se leva pour débarrasser. Puis elle revint à la table avec une autre bouteille du même vin. Elle eut un léger sourire et retourna à la cuisine. On l'entendait laver la vaisselle. Gage ouvrit la bouteille.

"Alors, qu'est-ce qui est arrivé à ton père ? me demanda-t-il à voix basse.

— Mort", répondis-je à voix haute. Il hocha la tête comme s'il s'attendait à cette histoire.

"Il y a huit ans, un soir, il rentrait à la maison en voiture. Pendant une tempête de neige − tu te rappelles l'année où on a eu cette tempête monstrueuse ? Les routes n'étaient pas dégagées, du coup les conditions étaient très mauvaises. Mon père est sorti de la route et s'est écrasé dans un champ. Il a alors vu des lumières, qu'il a prises pour celles d'une maison voisine, je suppose, mais elle se trouvait en fait de l'autre côté du champ. Il est arrivé presque à mi-chemin avant de s'évanouir dans la neige. Il est mort d'hypothermie.

— Sans déconner !

— Il était complètement bourré. Et c'était aussi un dealer. Moi, je suis censé ignorer tout ça, bien entendu. Je sais seulement qu'il était entrepreneur et qu'il est mort dans un accident de voiture.

— Non !

— Il a même fait de la taule pour avoir dealé. Mais comme je le disais, je ne sais rien de tout ça.

— En fait, je crois bien en avoir entendu parler.

— Evidemment. Une enquête des plus basiques m'a suffi à vérifier ce qui s'était passé.

— Ça a l'air de la rendre encore très triste.

— Jette donc un œil à l'article de journal sur l'affaire. Ça te prendra cinq minutes d'aller sur Lexis-Nexis. Mais je ne lui en parle jamais. Il est évident qu'elle ne veut pas en discuter, alors je n'ai même pas besoin de faire semblant de ne pas savoir. Ça ne vient jamais sur le tapis. Un jeu d'enfant. C'est dingue comme il est facile de vivre sans parler des Choses Importantes. Et surtout celles du passé.

— Il doit lui manquer, elle a l'air…

— Elle a toujours été comme ça.

— Comme quoi ?

— Comme quand j'étais gosse, j'ai toujours eu l'impression qu'un jour, peut-être, elle irait chercher une bouteille de lait et ne reviendrait jamais. Qu'elle disparaîtrait pour toujours."

Gage leva les yeux. Ma mère avait réapparu.

"C'était quoi la musique que vous écoutiez juste avant de manger ?

— T'en as pensé quoi ?" demandai-je.

Gage secoua la tête.

"J'ai trouvé ça sympa", répondit-elle. Elle repoussa ses cheveux en arrière puis prépara sa

111

petite pipe tout en poursuivant. "Cette voix m'a semblé très familière. C'était qui ?

— Dennis Wilson. Le batteur des Beach Boys.

— Franchement, Jason, Dennis Wilson, je connais, quand même. J'ai grandi à cette époque. C'est toi qui ne devrais pas savoir qui c'est", répliquat-elle, à présent agacée.

Gage se mit à rire.

"Je ne m'étais pas rendu compte que tu étais branchée pop music.

— Et à quel point faut-il être branché pour connaître les Beach Boys ? On ne peut pas dire que ce groupe est resté dans l'ombre. Même Nancy Reagan les adorait ! Alors avec ça, le statut «culte», ils peuvent oublier."

A ces mots, Gage explosa de rire. Je n'avais pas l'habitude que ma mère se montre à tel point sarcastique mais, bon, je ne l'avais pas volé.

Je commençai calmement, patiemment.

"L'extrême popularité commerciale des Beach Boys est précisément l'une des raisons pour lesquelles ils sont cultes. De deux choses l'une : soit les figures-cultes sont des artistes aux œuvres véritablement inconnues qui méritent la reconnaissance (souvent accompagnées d'une musique assez conventionnelle, presque aussi pop que celle qu'on trouve dans les hit-parades, mais qui n'a simplement pas eu d'audience) soit ce sont des artistes standard célèbres qui ont mené une vie marginale secrète au cours de laquelle ils ont créé une œuvre expérimentale osée et provocatrice. Œuvre qui déconstruit très probablement leurs productions les plus commerciales. Voilà l'astuce, le paradoxe. Le truc subversif, voire courageux. Avec un prix à payer : il leur arrive de ruiner leur carrière, ou presque. En général ce sont leur label et les grands médias qui les détruisent. Ce genre d'objet-culte est rarement conventionnel, toujours radical et ambitieux à mort, folies alimentées par la drogue, qui détruisent les artistes émotionnellement et physiquement. Mais, bon, je ne m'attends pas à ce que tu comprennes le jugement que je porte sur les Beach Boys."

Ma mère hocha la tête en souriant. Elle sembla s'apprêter à parler, mais je n'avais pas fini.

"Dennis Wilson a écopé de la double peine : même s'il est connu pour être le seul beau gosse des Beach Boys, en tant que musicien il reste dans l'ombre de ce groupe très célèbre…

— J'ai rencontré Dennis Wilson, une fois, murmura-t-elle.

— … ses enregistrements en solo sont donc véritablement cultes…"

Elle me souriait. Je m'interrompis un instant. Elle tirait délicatement sur sa pipe.

"Quoi ?

— J'ai dit que j'avais rencontré Dennis Wilson, une fois.

— Tu rigoles ! Quand ?

— Dans un bar à Venice Beach. En 1979, je crois. Ou peut-être 1980."

OK. Un bar à Venice Beach. Est-ce que je lui demande ce qu'elle faisait dans un bar à Venice Beach ? C'est la période pré-moi, ma future mère, comment pourrais-je vraiment imaginer ça ? Pour moi elle n'a pas encore de forme, elle n'existe qu'en puissance dans mon esprit. Elle s'est donc mise à raconter cette fable sur une espèce de bar miteux dénommé le *Blue Cantina*.

"C'était là que se retrouvaient les surfeurs. Et les motards. Et aussi les Hells Angels."

J'avais du mal à imaginer ma mère au milieu de Hells Angels avinés. Mais je restais coi. A cet instant le public doit se faire oublier, au moins jusqu'à ce qu'il obtienne plus d'informations.

"A cette époque, vivre dans le Sud de la Californie était franchement déprimant. Rien n'était jamais satisfaisant, tu vois. Des accidents partout, la drogue et les maladies vénériennes. Tout était dissolu, misérable – c'est l'impression que ça donnait en 1980. Bref, j'étais toute seule quand j'ai remarqué un type très bronzé à la trentaine bien tassée. Malgré ses cheveux en bataille, sa barbe de deux jours et ses yeux bouffis, il était encore séduisant. Je me souviens qu'il portait une chemise blanche en lin déboutonnée, entièrement ouverte. Et un pantalon de travail de la même couleur. Il était encore musclé, les abdos encore fermes. Si on n'y regardait pas de trop près, il semblait très bien."

Elle posa sa pipe pour prendre son verre de vin.

"Il n'arrêtait pas de me regarder et j'ai alors remarqué qu'il n'avait pas de chaussures. Il avait de grands pieds crasseux, tout abîmés, et je me rappelle m'être demandé : Pourquoi l'ont-ils laissé entrer sans chaussures et pour ainsi dire sans chemise ? Il s'est dirigé vers moi. Je savais que cela arriverait car nos regards s'étaient croisés, ce qui, dans un bar de ce genre, équivalait à une véritable invitation."

Franchement, je me serais bien passé de savoir que ma mère connaissait la lingua franca des bars minables de motards.

"Il m'a dit «salut». Je l'ai regardé de près, il m'a paru très familier. Quelque chose sous la barbe et les cheveux hirsutes. Il avait le cou un peu court, mais était assez fascinant. Et si familier. «Je m'appelle Dennis», m'a-t-il dit.

— J'y crois pas, fis-je à Gage.

— J'ai compris qu'il s'agissait de Dennis Wilson, le mignon batteur-surfeur des Beach Boys. Il s'est assis en face de moi sur la banquette puis

114

a posé sa main sur la table entre nous. Je n'arrivais pas à cacher à quel point j'étais excitée et impressionnée de parler à Dennis Wilson, tout pieds nus et ébouriffé qu'il soit. Et ivre, ce que je compris également. D'ailleurs, il lorgnait plus ou moins mon verre.

«Vous en voulez un autre ? m'a-t-il demandé.

— D'accord, ai-je répondu en vidant mon verre. Une vodka pamplemousse avec du sel sur le rebord.

— Ça vous dérangerait de payer ? J'ai pas un rond, là.»

J'ai haussé les épaules et j'ai payé les consommations. Après être allé les chercher au bar, cette fois-là il s'est assis près de moi, de mon côté de la banquette.

— J'y crois pas", répétai-je dans un murmure.

Je fantasmais un instant à l'idée qu'elle s'apprêtait à me révéler que, en fait, j'étais le fils illégitime de Dennis Wislon (un parmi tant d'autres, sans aucun doute) ce qui eût expliqué non seulement l'aura mystérieuse que dégageait ma mère, mais aussi ma fascination pour tout ce qui se rapportait aux frères Wilson : Brian, Carl et Dennis. Mais bien sûr je ne suis né qu'en 1983, ce qui signifie que j'ai été conçu en 1982, or, quelque part, voyez-vous, le récit que nous entendions là ne semblait pas annoncer le début d'une histoire d'amour de trois ans. Non, je sentais qu'il s'agissait d'autre chose. Elle tira une nouvelle bouffée de sa pipe. Gage l'imita.

"Bref, j'avais un peu de peine pour lui. J'avais entendu comment Dennis et Brian Wilson enchaînaient les beuveries plusieurs jours de suite. Dans les bars, ils disaient aux gens : «Hey ! Je suis un Beach Boy, paie-moi donc un coup.» Parfois ils jouaient même du piano en échange de consommations gratuites. Mais il ne m'a pas parlé du groupe.

— Tu es sûre que c'était lui ?" demandai-je.

Elle soupira.

"OK, OK, continue. S'il te plaît.

— Il y avait un juke-box. Il est allé mettre une pièce, puis il m'a demandé si je voulais danser. La vieille chanson du groupe Procol Harum, «A Whiter Shade of Pale» s'est mise en route.

— Minute, c'est lui qui l'a choisie ou c'est toi ?

— Lui.

— Il a choisi une chanson de Procol Harum. Y avait quoi d'autre dans ce juke-box ?

— Je n'en ai aucune idée, Jason.

— Et après, qu'est-ce qui s'est passé ?

— Il m'a dit : «J'adore cette chanson.» Et moi j'ai demandé : «Elle veut dire quoi ?» et il m'a répondu : «Ce n'est pas de comprendre qui compte, mais de ressentir.»

— D'accord. Ouah. Il t'a fait des avances ?"

Cette question la fit sourire.

"Non, pas vraiment. Enfin tu vois, il avait sûrement plus envie de se bourrer la gueule que de bourrer quelqu'un.

— Ouais, bon.

— Mais, malgré tout, ça a été un moment agréable : la lumière de l'après-midi, cette chanson innocente et ce type triste qui se balançait avec moi. Le monde allait de mal en pis, ça faisait bien trop longtemps que je vivais à L. A., Ronald Reagan venait d'être élu président ; mais l'Amérique était toujours un endroit où l'on pouvait danser avec une rock star aux pieds nus dans un bar perdu, en semaine, en plein milieu de l'après-midi."

Ma mère était donc là à me raconter le moment qu'elle avait passé avec Dennis Wilson. Or elle n'avait aucune raison d'être à L. A. en 1980 ni de dire qu'elle y était depuis trop longtemps. Mais qu'est-ce que je savais, au juste ? Qu'elle avait eu son diplôme universitaire en 1972. Et qu'elle m'avait eu dans l'Etat de Washington en 1983. Il y a donc près de onze ans dont j'ignore tout. Je me rappelle l'avoir entendue dire une fois qu'elle avait quitté la Californie à la fin de ses études. Qu'elle s'était disputée avec ses parents et n'avait pas gardé contact avec eux. Mais je ne me souviens pas de lui avoir demandé des détails. Je tenais donc là une occasion parfaite de la questionner sur certaines choses, mais je me tus. Elle avait ce sourire vague, presque indiscernable, où une pâle excuse le disputait aux brumes de la drogue : la conversation était finie.

OK, voilà donc le truc. On ne met pas en doute de tels détails, pourquoi le ferait-on ? Mais quel genre d'engueulade peut-on bien avoir avec ses parents, après laquelle on ne leur reparle plus jamais ? Et, de plus, qui est cette femme qui boit seule dans les bars les après-midi de semaine ? Je n'y connais pas grand-chose, aux gens, mais là c'est sûr, il y a anguille sous roche.

VINYLE TOUT NEUF recouvert de PVC, sensible au toucher, face flexible et résistante aux UV. Un emballage d'immeuble, un communiqué. Pas un panneau d'affichage. Ce plastique-là étreignait la façade de briques. Gigantesque, il recouvrait l'ensemble du bâtiment, à l'exception d'une ouverture laissée pour la fenêtre qui se trouvait là. Cela agaçait Henry qu'on ne prenne même plus la peine de peindre. Les publicités fantômes désuètes encore visibles cinquante ans plus tard sur les vieilles briques. Non, là il s'agissait d'une image créée par ordinateur, lisse et instantanément reproductible. Mais redoutant au moins les effets d'un cutter, de tenailles ou de n'importe quel outil tranchant. Détacher ces emballages en vinyle à coups de couteau ne requérait pas de grandes prouesses techniques, finalement. En revanche c'était physiquement éprouvant – la simple ampleur de la tâche, les contraintes horaires de l'exécution, la faible luminosité à disposition pour accomplir ce travail –, tout contribuait à terrasser Henry, ou presque.

Trois fois, il avait détruit leur publicité : début mai, fin juillet, et le 3 septembre, jour de son anniversaire. Et trois fois cette même publicité avait été réinstallée. Ils avaient engagé un dialogue, un secret combat de volontés. Allez-y, pensait Henry, du temps, j'en ai à revendre. Mais c'était faux. Il était clair qu'ils résisteraient plus longtemps que lui. Et qu'aurait-il accompli, alors ? Il ne s'agissait pas d'une appropriation. D'un déplacement. D'une révision. D'une modification postmoderne ou d'une amélioration. D'un détournement. Rien de tout ça. Seulement de sa volonté d'agir vite. De son indéniable besoin d'agir vite.

TROISIÈME PARTIE

1972-1973

UNE POUSSIÈRE DANS L'UNIVERS

LE TEMPS QUE LE BUS arrive à Portland, dans l'Oregon, cela faisait deux jours que Mary était devenue Caroline. Elle avait noué ses cheveux désormais blonds en catogan. Puis laissé tomber sur ses oreilles deux mèches qu'elle avait enroulées en boucles serrées autour d'un doigt avant de les asperger de laque. Elle portait de grosses lunettes de soleil rondes en plastique. C'était incontestablement différent : Bobby et elle avaient toujours porté les mêmes lunettes à montures métalliques de type Sécurité sociale, et elle séparait toujours ses cheveux par une raie centrale avant de les aplatir derrière les oreilles. Un look insouciant travaillé avec soin. Il lui était arrivé de s'appliquer de petites touches de fond de teint discret, mais elle trouvait tout maquillage ostentatoire factice, frivole et superficiel. Désormais, en tant que Caroline, elle se mettait du rouge à lèvres corail et avait l'impression d'être en sécurité, méconnaissable. Et c'est en tant que Caroline qu'elle se rendit en stop à Eugene et obtint le premier boulot auquel elle postula : cuisinière dans un café. Elle aurait gagné plus d'argent comme serveuse, mais elle voulait travailler côté cuisine, à l'abri des regards. Et puis là, personne ne vous demandait de carte de Sécurité sociale, de permis de conduire, ni même d'adresse ou de nom de famille. On vous payait au noir, du liquide dans une enveloppe blanche, exactement comme les Mexicains clandestins qui préparaient la nourriture, faisaient la plonge et aidaient au service. Trouver un appartement n'avait pas été très difficile non plus : quelqu'un cherchait à louer la pièce au-dessus de son garage, une annonce fixée sur le tableau collectif de la coopérative. Il suffisait de verser une caution, on n'exigeait ni bail, ni garantie de solvabilité. Et puis il n'y avait aucune raison de ne pas faire confiance à Caroline. Elle travaillait dur, était soucieuse de sa personne et se fondait dans la masse ; mais la nuit elle s'asseyait dans son lit, le souffle court, la gorge contractée par la peur.

Dans sa tête défilaient des avis de recherche et sa photo d'étudiante. Dans ses rêves, elle tombait sur des gens qu'elle connaissait, camarades de classe et voisins. A qui elle essayait de dire : Non, je ne suis pas cette personne, vous devez faire erreur, mais ensuite elle s'embrouillait et laissait échapper son nom. Criait : Freya, Mary ! Caroline ! Elle rêvait de cellules de prison et de procès. Du matelas de Fred Hampton. Elle rêvait même qu'elle dénonçait Bobby à la police, le trahissant pour se sauver. Elle se réveillait alors perdue et honteuse. D'abord déboussolée, elle était peu à peu soulagée de se rappeler qu'elle n'avait pas été arrêtée, qu'il ne s'agissait que d'un cauchemar, mais ensuite l'horreur la saisissait : elle réalisait qu'elle était en cavale ; or cela n'était pas un rêve, mais sa nouvelle vie. Elle était Caroline, originaire de Hawthorne en Californie. Caroline Sherman. Qui avait connu une déception amoureuse. Qui avait quitté Los Angeles pour repartir de zéro. Cela suffirait : les gens croiraient bien volontiers une femme capable de changer de vie à cause d'un chagrin d'amour.

Cela faisait quinze jours. Des années allaient s'écouler avant qu'elle arrête de compter les jours.

Elle tranchait des légumes puis les empilait. Les mains mouillées, elle éminçait des poivrons rouges jusqu'à en avoir mal. Elle coupait les champignons et les entassait dans des boîtes Tupperware pour les cuisiniers. Ma *mise en place**, disait-elle, et les autres gars en cuisine la dévisageaient. "Quoi, ton Mister Plas ?" Ils riaient. Elle savait qu'elle était le *garde-manger*** mais ils se contentaient de l'appeler le frigo. C'est tout à fait moi, tiens, le frigo. Elle jetait de la laitue dans des saladiers en acier inoxydable, ainsi que des pousses, des graines de tournesol et juste ce qu'il fallait de vinaigrette. Elle la versait d'une seule main dans le récipient qu'elle tenait par le rebord et qu'elle faisait tourner par petites saccades de son avant-bras.

Elle fit une découverte étrange : personne ne lui demandait *rien*. Elle avait soigneusement mis au point son histoire de chagrin d'amour, avec juste assez de Bobby pour que ça sonne vrai. Elle se rendait compte ou devinait qu'un jour elle ne pourrait même plus distinguer le vrai de l'imaginaire. Elle ne mentirait plus, alors, bien qu'une partie de ce qu'elle dirait fût faux. Le jour viendrait où le temps transformerait les mensonges en histoire. Mais elle n'y était pas encore, loin de là. Heureusement, il existait une espèce de code dans la restauration, qui voulait qu'on ignorât le passé des gens. Durant la préparation du dîner ou du déjeuner on parlait de baseball, de la chanson qui passait à la radio, de la pénurie d'essence, du Président, du montant exorbitant des loyers, ou encore de ce type, aux infos, qui avait tué sa femme

* En français dans le texte.
** En français dans le texte.

125

et ses deux enfants en bas âge. Personne ne demandait : "Qu'est-ce que tu fais ici, Caroline ?", "Où habite ta famille ?", "Quel âge as-tu ?", "Quel est le nom de jeune fille de ta mère ?", "Quel est ton numéro de Sécurité sociale ?".

A la fin de la journée de travail, quelques serveurs et quelques cuistots allaient à côté, au *Wheat Pub*, pour boire un verre de bière épaisse brassée dans la région ou un cocktail. Caroline disait toujours non, qu'elle était fatiguée, mais même ça provoquait à peine un hochement de tête de la part des autres. Elle se débrouillait bien, supposait-elle. Vingt-huit jours qu'elle était là et toujours aucun problème à part la terreur asphyxiante qui l'étreignait obstinément chaque soir.

Le temps passait. Bien sûr il y avait les informations. Elle n'y prêtait guère attention. Elle regarda les prisonniers de guerre américains du Viêtnam descendre d'avion puis tomber à genoux sur le tarmac pour embrasser le sol. Le Président semblait aller droit au désastre, lentement mais sûrement. Ces événements n'avaient rien à voir avec elle, rien à voir avec eux, absolument rien. Elle ressentait les choses de loin. Elle ne suivit pas le scandale du Watergate. Mais il flottait dans l'air qu'elle respirait. Enfreindre la loi était devenu endémique. Elle vit la sueur au-dessus de la lèvre supérieure du Président. Elle ne ressentit rien. Ni euphorie, ni satisfaction. Au lieu de ça elle ne pouvait s'empêcher de repenser à Martha Mitchell qui s'était sabordée en direct à la télé. A ses tristes cheveux permanentés. A la manière dont, même soumise à tout ce stress et dans cet état manifestement hystérique, et peut-être alcoolisé, elle avait conservé cette coiffure élaborée et une permanente impeccable. Et puis à Mrs Dean, également sortie de chez le coiffeur, moins mise en plis mais tout aussi blonde, rouge à lèvres pâle, visage lui-sant, lisse. Deux femmes restées fidèles à leurs maris trempés de sueur.

Doucement, discrètement, elle se hasardait à penser que nul ne se souciait de ce qu'elle avait fait. Elle était comme John Dean, qui se décrivait dans les journaux comme une simple "poussière dans l'univers". C'était à la fois profondément rassurant et effrayant au dernier degré. Le temps passait.

Presque chaque soir, Caroline se rendait à pied à la coopérative. Elle achetait du pain et des légumes, ainsi que de la bière locale vendue en cubi rechargeable de trois litres et demi. Elle trouvait qu'un ou deux verres d'alcool rendaient le passage de la veille au sommeil moins angoissant. Elle s'était liée d'amitié avec l'une des caissières. Une grosse fille blonde, les seins nus sous un débardeur ostensiblement détendu. Au début, elle se contentait de sourire à Caroline, ensuite elle se mit à dire : "Salut, comment ça va ?" D'abord agréable, ce type de connaissance devient fatigante, étant donné qu'il n'y a pas grand-chose d'autre à répondre que : "Bien. Toujours des courses à faire. Et vous ?" C'est alors qu'on commence à souhaiter que la personne change de boulot, pour pouvoir faire ses courses sans avoir la même conversation en boucle. C'est ainsi que ça finirait, se disait Caroline. Elle fut donc surprise lorsqu'un jour cette femme se présenta, environ un mois après leurs premiers échanges.

"Je m'appelle Berry, annonça-t-elle, la main tendue.

— Caroline."

Berry lui adressa un beau sourire franc. Fraîche et séduisante, elle ressemblait davantage à un bébé Cadum qu'à une mère, même avec ses cheveux qui s'échappaient de leur pince et ses aisselles poilues, que l'on pouvait difficilement ignorer car elle s'adonnait souvent à de longs étirements, bras au-dessus de la tête. Chaque fois qu'elle bipait les provisions, en attendant que le client payât, elle se passait un bras derrière la tête et se servait de l'autre pour tirer sur son coude replié.

"Je fais partie d'un groupe de réflexion féministe, et ce soir on organise un dîner où tout le monde apporte un truc à manger. Vous savez, la conquête du pouvoir, le refrain habituel de la prise de conscience, blabla. Mais on se marre bien, y a des gens sympas. Bière, bouffe. Ça vous dirait de venir ?"

Berry patienta un instant, puis se mit à mettre les achats de Caroline dans des sacs. Ici, les clients étaient censés emballer eux-mêmes leurs provisions, mais la jeune femme avait peut-être besoin de s'occuper en attendant la réaction de son interlocutrice. Tout en la regardant finir sa tâche, Caroline se disait : Quel mal y aurait-il à ça ? Un peu de compagnie, c'était ce dont elle avait désespérément besoin.

"D'accord." Elle sourit à Berry. "Je ferai un gâteau de patates douces.

— Super !" répliqua l'autre en lui adressant un clin d'œil.

Caroline rentra chez elle, serrant dans sa main l'adresse gribouillée. Elle se demandait si Berry était lesbienne. Peut-être que la jeune femme allait tomber amoureuse d'elle et l'aider d'une manière ou d'une autre. Elle se rappela vaguement l'avertissement que lui avait donné Bobby. C'était tellement compliqué : elle ne devait pas se montrer sociable, mais ne pouvait pas non plus être ouvertement asociale. Surtout ne fréquente pas les extrémistes ni les milieux syndicaux. Mais ce groupe-là n'avait pas l'air bien radical, plutôt provincial et gentillet.

Caroline se souvenait de la première fois où elle avait participé à un groupe de réflexion féministe. Quand on arrive dans une réunion politique sans aucun homme, on ressent une espèce d'exaltation. On se rend compte que l'on peut dire ce qu'on veut, inutile de s'efforcer de gagner l'approbation de la gent masculine, son attention, ou de s'inquiéter des relations de pouvoir. Dans ces meetings, les femmes essayaient vraiment de se poser des questions profondes, fondamentales : tout, dans l'identité, est potentiellement factice, relevant de la création artificielle d'un statu quo culturel (toujours patriarcal et suspect). Au début, cela lui avait semblé courageux et revigorant. Elle avait de la considération pour les problèmes soulevés, mais en réalité elle aurait résisté à n'importe quoi qui eût impliqué de remettre en cause et d'exclure Bobby. Elle refusait la prévalence de la solidarité sur l'intimité. Etre "avec" Bobby empêchait une remise en question totale − or ces groupes avaient pour objectif le questionnement fondamental, à des fins d'ouverture d'esprit un peu plus franche. A quoi s'ajoutait une bonne dose d'auto-analyse psychologique. Après quelques réunions, elle avait stigmatisé le narcissisme de ces méthodes. Les autres femmes trouvaient ses doutes suspects, voire carrément contre-révolutionnaires. Et elles avaient peut-être raison. Sa réticence était lâcheté. Toutefois elle pouvait se justifier : d'autres problèmes, d'autres choses lui tenaient à cœur, et elle leur accordait plus d'importance qu'aux droits des femmes. Elle se concentrait sur l'opposition à la guerre − or, comparés à la guerre, que valaient les problèmes des femmes ?

Mais aujourd'hui elle était Caroline, une femme seule. Le Rassemblement des Femmes d'Eugene n'avait rien à voir. Elle se sentit aussitôt en sécurité.

Et ce groupe semblait s'être depuis longtemps guéri de la colère réactionnaire des commencements pour se diriger vers quelque chose de plus attrayant. Il s'agissait moins d'un conseil de sorcières en furie composé de lesbiennes misandres (possibilité qui la faisait secrètement paniquer) que d'un groupe social doté d'un programme politique. De telles sous-cultures, modelées sur l'amour maternel qui pardonne et instruit, lui avaient manqué, supposait-elle. Rien à voir avec ces clans de chipies, au lycée et à la fac, où la beauté était reine et où tout tournait autour des hommes. Les femmes d'Eugene ne faisaient pas de manières et étaient sympathiques. Elles mangeaient et buvaient, puis passaient, presque à regret, à l'ordre du jour de la discussion : les droits des femmes, bien sûr, mais aussi le végétarisme, l'écologie et le commerce local. Deux d'entre elles dirigeaient le Collectif du Livre *Black & Red*. La première avait une coupe afro à la Angela Davis, et le comportement calme et militant qui allait avec. Maya. La seule femme noire de la réunion, du coup les autres s'en remettaient toujours à elle. La seconde, Mel, sans jamais toucher Maya n'en faisait pas moins comprendre qu'elles formaient un couple. La discussion portait sur la politique locale, l'université de l'Oregon et le chauvinisme des organisations activistes des étudiants.

"Moi je préfère encore les bûcherons à ces radicaux de l'UO malades de l'ego. Au moins les bûcherons ne font pas semblant de s'intéresser aux droits des femmes, s'exclama Beth, une femme très mince aux cheveux noirs.

— Ouais, ces mecs-là réclament l'amour libre et après ils te font faire leur lessive."

Et ainsi de suite ; Caroline se contentait d'écouter en silence.

"Assez causé des mecs. On ne va pas passer la soirée à parler d'eux, ni même à les critiquer." Ça, c'était Mel.

Caroline écouta la jeune femme puis remarqua que celle-ci l'observait avec attention. Elle pensa à l'image qu'elle renvoyait. Elle était probablement la seule à avoir les jambes rasées. Et assurément la seule à porter du rouge à lèvres, bien qu'il fût assez neutre, couleur pêche, presque invisible. Elle trouvait qu'il allait bien avec sa teinture blonde. Ça ne lui ressemblait pas, mais justement c'était le but. Toutefois personne ne semblait y prendre garde. Elle se sentait bien ici, inspirée, même. Ces femmes se réinventaient : lesbiennes politiques, ou simples membres du ML. ML… Ah ! Mouvement de libération ! Comme d'habitude, il avait fallu quelques minutes à Caroline pour comprendre quels mots se cachaient derrière les abréviations, ou à quoi initiales et acronymes faisaient référence. Elle avait toujours eu du mal avec ça, cette façon dont tous les groupes et mouvements raccourcissaient les termes et les rendaient argotiques, ou inventaient des noms dans le seul but de former des acronymes correspondant à la manière dont ils voulaient être qualifiés : la WITCH par exemple, Women International Conspiracy from Hell*. Une dénomination à l'intention des initiés ; élitiste et consciente de son statut, quand on y réfléchissait. De plus, les prépositions lui posaient chaque fois problème lorsqu'elle essayait de se rappeler ce que les lettres des acronymes remplaçaient. Ce fonctionnement n'était pas naturel à son cerveau. Bobby, lui,

* Nom donné à différents groupes féministes indépendants créés aux Etats-Unis entre 1968 et 1969. Le sigle WITCH (sorcière) signifie Conspiration internationale terroriste des femmes venue de l'enfer.

adorait ça, il créait acronymes, initiales, ou surnoms dès que l'occasion s'en présentait. Il soulignait l'origine militaire de ce phénomène, comment toute subculture finit systématiquement par imiter l'armée, matrice de tout sous-groupe élitiste. Mais, selon Caroline, il ne pouvait s'agir uniquement d'élitisme. Si l'armée utilise énormément d'argot et d'acronymes, c'est parce qu'elle a grand besoin d'euphémisme. Et que peut-on déduire de cette affirmation ?

Elle était persuadée que l'échec du langage trahissait des échecs plus profonds au sein de la contre-culture. Le divorce entre les noms et leur signification se creusait de plus en plus, voilà tout. Quel était l'intérêt de faire un tel usage de la langue ? Un nom ne doit-il pas vous rappeler qui vous êtes, ou tentez d'être ? Pourquoi vouloir à tout prix qu'il soit partie prenante d'un langage secret et élitiste, devenant un club désireux d'exclure et d'obscurcir délibérément les choses pour le profane ? Ce besoin d'élitisme trahissait-il une attitude réactionnaire, oppressive, voire patriarcale ? Caroline savait qu'elle tenait là une piste, elle apprenait la façon dont les choses échappaient aux gens. Comment, petit à petit, ils… Ils devenaient justement ce à quoi ils cherchaient à échapper.

Que manigançaient ces femmes ? Elles essayaient de rejouer leur vie sans hommes. D'oublier la culture dans son entier, de remettre en question tout ce en quoi elles avaient cru leur vie durant. Et pourquoi Caroline n'avait-elle pu y parvenir ? Pourquoi n'avait-elle pas pu être une séparatiste radicale, à la marge ? Quelle différence cela eût-il fait d'essayer de se sauver soi-même plutôt que de sauver le monde ? Mais c'était bien ce qu'elle était à présent devenue : un mouvement formé d'une seule personne. La plus radicale de tous les séparatistes. Mû par le désir de sauver le monde, vous vous voyez ensuite réduit à tout organiser pour uniquement vous sauver vous-même.

Mel exerçait un ascendant sur les autres : lorsqu'elle parlait, même si c'était toujours d'une voix douce, toutes les conversations cessaient pour l'écouter. Ses lunettes d'aviateur à montures métalliques emprisonnaient quelques mèches sous les branches, devant ses oreilles, façon Gloria Steinem. Elle parlait autosuffisance entrepreneuriale, pas vie familiale. Elle voulait agrandir la coopérative. Obliger les banques à accorder des prêts à faible taux d'intérêt aux entreprises tenues par des femmes. Sur l'avortement, la pilule, ou la hiérarchie des orgasmes, elle n'avait rien à dire. A la fin de la réunion, Berry raccompagna Caroline chez elle.

"Bizarre, ce groupe, hein ?"

Caroline sourit.

"Melinda ne me respecte pas parce que je baise encore des hommes", ajouta-t-elle.

Caroline hocha la tête. Mel s'appelait donc Melinda. Elle détestait déjà ce nom : Caroline. Elle se jura que, la prochaine fois qu'il faudrait qu'elle se rebaptise, elle en choisirait un dont le surnom serait un prénom masculin.

"Mais elle essaie de se libérer de tout ce baratin aliénant dont on nous gave dès la naissance. Moi je suis d'accord, regarde ces femmes qu'on voit au cinéma et à la télé. Et demande-toi ce que nous vend le pouvoir."

Caroline acquiesçait mais l'ennui la gagnait. Elle était lasse de ces mots. *Autodétermination, pouvoir, complexe militaro-industriel. Chauvinisme masculin, impérialisme. Syndicalisme. Gauchiste. Marxiste. Maoïste.* Tout ce bombardement rhétorique l'oppressait, les *istes* et les *ismes* l'épuisaient spirituellement. Si elle avait eu envie d'y réfléchir, elle aurait compris que cette langueur était intrinsèquement liée au guêpier où elle se trouvait, mais elle n'en avait pas envie, pas encore.

Sa première année de cavale avait été empreinte d'une innocence manifeste. Avant sa bourde monumentale (qu'elle aurait franchement dû voir venir), elle avait mené l'existence d'une nonne. La peur permanente qu'elle ressentait organisait sa vie et lui donnait un but. Tout se ramenait au maintien de sa liberté, rien d'autre ne comptait. Chaque décision, chaque moment de veille ou de sommeil était circonscrit et ordonné par son statut de fugitive. Parfois, allongée dans son lit, elle envisageait la possibilité de se rendre. Mais elle savait ce qui arrivait aux gens comme elle lorsqu'ils se rendaient : à moins de donner des informations sur leurs collègues, ils écopaient de longues peines de prison.

Le temps passait. Tel un courant sur lequel elle se serait branchée depuis l'événement ; cela lui rapporterait peut-être quelque chose, songeait-elle. Plus tard, elle regarderait le temps comme on regarde le paysage par la vitre d'un train : une façon de voir ce qui passait à côté d'elle, ou ce à côté de quoi elle passait. Un anniversaire, un de plus, celui de sa sœur ou de sa mère. Les années s'accumulant, elle songeait de moins en moins à se rendre : son statut de fugitive devenait son identité, le voyage son but, sa raison d'être. Une réalisation, ainsi lui apparaissait sa vie clandestine, en soi, par nature. Elle avait changé de rôle, et il devenait de plus en plus difficile de ne pas continuer. Prisonnière ou fugitive ? Mais pourquoi lui eût-il été impossible de vivre à jamais à la marge tout en menant une belle et nouvelle existence ? Arrivée à l'été de sa première année de cavale, elle jouissait même, parfois, de périodes de quiétude.

Elle continua à cuisiner pour les réunions du groupe de réflexion féministe. Chilis végétariens. Crumbles à la rhubarbe. Miches de pain aux noisettes et lasagnes aux épinards. Tout le monde adorait ses plats. Elle se lia même d'amitié avec Mel. Celle-ci pensait que les femmes devraient se réapproprier leur savoir traditionnel à des fins personnelles. Elle essaya d'aider Caroline.

"Tu devrais démissionner du café pour venir travailler à la librairie. On pourrait servir des rafraîchissements dans le fond du magasin, là où se trouvent les tables de lecture. On pourrait commencer par des pâtisseries et du café."

Mel remonta ses lunettes. Elle se tenait bien droite. Elle ne portait pas de soutien-gorge, mais, de toute façon, ses pulls dissimulaient sa poitrine. D'ailleurs, lorsque Berry arpentait la pièce, le chemisier débraillé, on voyait bien que Mel trouvait tout ça un peu trop voluptueux. Cette réaction agaçait Caroline, car elle trahissait une complexité et une injustice chez Mel.

"Je trouve Berry charmante", lui dit un jour Caroline, tandis que, assises sur le canapé, elles mangeaient un chili.

Il y avait un espace salon à l'étage de la librairie, où elles tenaient souvent leurs réunions de groupe. Caroline ignorait pourquoi elle avait fait cette remarque, si ce n'est que Berry se passait distraitement les doigts dans les cheveux et qu'elle avait effectivement l'air charmante. On avait toujours l'impression qu'elle était en train de se toucher, ce qui la rendait suggestive et sybaritique. Mais elle ne le faisait pas pour se montrer, se donner en spectacle. Elle était simplement naturelle, et se sentait libre d'apprécier les mille et deux délices minuscules de son propre corps.

"C'est une feignasse. Elle a ce côté flower power boulimique. Une vraie perte d'énergie, répliqua

Mel sans hésiter. Partisane du moindre effort, voilà l'impression qu'elle donne.

— Un peu léger, comme extrapolation. Les gens coriaces doivent-ils avoir l'air coriaces ?"

Mel toisa Caroline du regard.

"Oui, parce que si tu en as l'air, alors on te traite d'une manière particulière et cela t'aide à devenir ce que tu veux être.

— Et toi c'est ce que tu veux, être dure ?

— Résistante, plutôt. Immunisée contre les caprices du corps. Et si j'ai des faiblesses, c'est mon affaire."

Mel se détourna, Caroline comprit que la conversation était terminée. Cette femme avait une telle assurance ! Mais elle ne vitupérait pas, ne fanfaronnait pas. Caroline admirait cette attitude. En quelque sorte, Mel échappait à la suffisance parce qu'elle ne disait jamais un mot de trop. Les vitupérations donnaient toujours l'impression que celui qui les proférait essayait désespérément de se convaincre de quelque chose. A moins que le vitupérateur ne s'investisse tellement dans la rhétorique de son discours que convaincre n'est plus la question. On est seulement dans le langage, le schéma, la répétition. Dans la décharge de mots et d'adrénaline alors que les paroles se déversent, véritable logorrhée qui épuise toute opposition. Mel n'avait rien d'évangélique.

Etrange que Caroline perçoive ainsi les choses à présent. Bobby n'avait-il pas, au fond, élevé la vitupération au rang d'art ? Des jours entiers s'écoulaient sans qu'elle pensât à lui. Déjà.

DE MOINS EN MOINS

CAROLINE ET BERRY dînaient à la petite table de Caroline tout en regardant Nixon prononcer un discours à la télé. Caroline remarqua à nouveau la transpiration au-dessus de sa lèvre supérieure. C'était dur de l'écouter. Il parlait de lui à la troisième personne et décrivait les "assauts plutôt rudes" que le Président devait essuyer. Il se tenait derrière le pupitre et souriait d'une façon étrange et forcée. Cette expression de ressentiment mêlé d'humiliation était tout à fait représentative. Mais de quoi ? Caroline secoua la tête. De la vulnérabilité. Le salaud. Il se liquéfiait sous leurs yeux, et ce n'était pas beau à voir. Berry ne prêtait pas attention à la télé. Des bulles animées vantèrent les mérites du nettoyant Dow pour salle de bains. "Nous bossons, vous bullez." Caroline éteignit le poste.

Berry sirotait du vin dans un mug en terre cuite. Elle décrivait en détail sa dernière rupture. Sa dernière aventure sexuelle. Caroline l'écoutait en buvant et la regardait s'entortiller une mèche de cheveux blonds autour d'un doigt.

"Je ne sais pas pourquoi je couche, des fois."

Berry libéra sa mèche, et la bouclette rebondit sur son visage comme un ressort.

"J'ai l'impression que, quand je n'en ai pas envie, je stresse, ou je sais pas quoi. Tu vois, on est censées être larges d'esprit et affectueuses, non ? Et ne pas faire du sexe un de ces jeux de pouvoir entre les hommes et les femmes, mais un jeu d'équilibre.

— N'empêche, le lendemain matin tu es mal.

— J'ai encore des blocages.

— Peut-être que tu n'as tout simplement pas envie de faire l'amour chaque fois. C'est interdit, ça ?

— Non j'en ai envie, simplement je pense que cela signifie toujours des choses différentes mais que nous faisons tous semblant que ce n'est pas le cas."

Caroline versa le reste de la bouteille dans son mug. Berry alluma un joint fiché dans un fume-cigarette et aspira une bouffée.

"Peut-être que je devrais devenir lesbienne, tout simplement. Comme Mel."

Berry tendit le joint à Caroline. Celle-ci prit une taffe et inspira lentement. Au début elle trouvait ça risqué, mais maintenant ça allait. Entre les phrases, le temps s'étirait, se dilatait. Elle se sentait bien, et, l'espace d'un instant, en parfaite fusion avec l'endroit où elle se trouvait.

"C'est vraiment comme ça que ça marche, il suffit de le décider ?"

Berry se mit à glousser. Caroline trouva ça amusant, elle aussi, et l'hilarité la gagna. Etrange sensation, de s'entendre rire.

"Tu ne vois pas que Mel n'a qu'une envie, me sauter ? s'exclama Berry, toujours hilare.

— Ouais, j'avais remarqué. Tu la mènes par le bout du nez." Caroline s'étrangla de rire avant de se mettre à tousser entre deux hoquets.

"Tout le monde a envie de toi, Berry.

— Normal, non ?"

Berry bomba la poitrine et prit une expression langoureuse. Caroline ouvrit une autre bouteille de vin. Berry fourragea dans le sac de son amie, à la recherche de cigarettes. Elle sortit une Parliament cassée en deux.

"Tu devrais le bazarder, ce sac à main. Débarrasse-toi de ce fatras que tu traînes partout avec toi. T'en as vraiment besoin ?

— Non, c'est vrai", répondit Caroline en regardant son sac d'un air bizarre. Il lui semblait être un objet étranger et ridicule. Elle restait là, perplexe, hypnotisée par ce sac en cuir à bandoulière. Elle s'efforça de recentrer son attention sur son amie et chercha quelque chose à dire, quelque chose qui maintienne l'ambiance. Mais elle n'aurait pas dû s'inquiéter, jamais Berry n'eût laissé une conversation s'enliser pendant trop longtemps. Elle avait seulement besoin de tirer encore sur son joint. Elle bascula sa chaise en arrière jusqu'à ce que le dossier heurte le mur et sourit à Caroline.

"Alors ? Est-ce que tu vas te décider à me parler du gros chagrin d'amour qui te rend si triste ?"

Caroline haussa les épaules.

"Allez, c'est pas un secret, quand même ? C'était un homme marié ? C'était une femme ?"

Caroline sirota son vin.

"C'était un républicain."

Berry gloussa et s'étouffa en buvant.

"Moi-même j'ai toujours eu un faible pour David Eisenhower, dit-elle. Ou même pour Nixon. Sans rire. Je le regarde s'écrouler à la télé, en colère, tout tremblant, l'haleine empuantie par le whisky, les épaules rentrées dans son horrible costume. Et je crois que j'éprouve une attirance perverse. Sa répression…

— OK, ça suffit.

— Tu crois que je devrais sortir le truc à la prochaine réunion ? Oh, Mel, j'aimerais parler de mes fantasmes sexuels à propos du Président.

— Je l'ai rencontré pendant une manifestation.

— Où ça ?

— A Berkeley. Il militait dans les groupes habituels, tu sais. On a l'impression de toujours voir les mêmes gens aux manifs. Eh bien, lui, il sortait du lot. Il venait de Los Angeles, mais il s'était investi dans les activités du campus aux alentours de San Francisco. Il s'impliquait à fond dans les événements, tu vois, tout le contraire de moi.

— Moi aussi j'ai rencontré Sandy dans une manif. Je l'ai emballé la première fois que je l'ai vu", dit Berry.

Quand elle ne jouait pas avec ses cheveux, elle mâchonnait un gros bâton de bretzel en forme de cigare, entre bouffées de cigarettes et gorgées de vin. Des miettes tombaient sur sa poitrine, elle les balayait d'une main sans vraiment rompre le rythme de sa mastication.

"Tu veux savoir ce que je lui ai dit ?

— Bien sûr !

— C'est vraiment ce que je lui ai dit, Caroline. C'est pas des blagues.

— Quoi donc ?

— Je lui ai dit : «Tu veux venir à la maison pour planer et baiser ?»

— C'était malin, tiens.

— Il m'a suivie sans un mot.

— Sans blague ?

— J'étais très fière de moi. Je l'emballe, et hop, l'affaire est dans le sac. Il s'appelle comment ? demanda Berry à travers son bâton de bretzel désormais tout mou, toujours coincé comme un cigare au coin des lèvres.

— Qui ça ?

— Ton homme. Le bourreau des cœurs.

— Bobby."

Caroline était passablement défoncée, et puis elle voulait seulement prononcer ce nom, le sentir s'échapper de ses lèvres, l'entendre planer dans les airs un instant. Mais lorsque, ensuite Berry le répéta et que Caroline l'entendit l'articuler, elle aurait voulu pouvoir le retirer. Son ventre se creusa, puis l'alcool lui donna la nausée. Berry sourit et attendit qu'elle reprenne la parole. Et puis merde ! pensa Caroline.

"Il avait un tas d'idées novatrices sur le monde. Il était gai et accessible comme peu de gens le sont. Il est tombé amoureux de moi, et c'est ce qui m'a certainement le plus impressionnée."

Berry croisa les jambes sur sa chaise et se pencha en avant. Elle était jolie à la lumière de la bougie. Les deux amies écoutaient le dernier album "come-back" de Dylan, *Pat Garrett and Billy the Kid*. Berry passa "Knockin' on Heaven's Door" trois fois de suite. Elles s'accordaient à dire que c'était la seule bonne chanson de l'album. Caroline pensa que Berry ressemblait aux femmes sur lesquelles Dylan écrivait : clinquante, échevelée, ensorcelante, rococo de corps et d'esprit, tout du moins c'était l'impression qu'elle donnait de là où Caroline était assise, dans les vapes et un peu ivre.

"Très peu d'hommes se sont intéressés à moi, reprit Caroline.

— Arrête ton char. C'est pas vrai.

— Si, c'est vrai. Mais je n'ai jamais cherché à faire carrière auprès des hommes. Alors ce n'était pas un problème. Ce qui m'intéressait, c'était… la société. Le progrès. La perfection morale. J'aurais pu être bonne sœur. Mais lui il était joueur et passionné. Toujours très brillant, convaincant à tous les coups. Et il avait une confiance incroyable dans ses opinions.

— Par exemple ?

— Par exemple ?" Caroline se tut pour rassembler ses idées. Elle haussa les épaules. "Hmm. Par exemple, Si Dylan est génial c'est *parce qu'*il est passé à la guitare électrique. Ou encore mes disques des Beach Boys sont superficiels, voire réactionnaires ; ou alors on ne fume l'herbe qu'avec une pipe ; ou bien le monde des affaires constitue un ennemi plus grand que le gouvernement ; il faut être végétarien. Il était sûr de beaucoup de choses. Moi non, mais j'apprenais à le devenir. Bref, j'étais sûre de lui, à un moment donné.

— Et que s'est-il passé ?"

Caroline regarda Berry se lever et traverser la pièce. Elle suçait son bretzel tout en marchant et jeta le disque qu'elle avait passé sur une pile d'autres vinyles hors de leur pochette. Elle choisit un album de Roberta Flack et le posa sur le tourne-disque. Elle se mit à chanter avec la musique, le regard fixé sur Caroline.

"Je ne peux pas encore en parler. Si tu n'y vois pas d'inconvénient."

A ce moment-là Caroline était bien trop fatiguée, et planait trop pour réfléchir à la manière de mentir ou de ne pas mentir. "Je peux pas en parler."

Il y eut un silence. Berry engloutit enfin son bretzel, le mastiqua un instant puis l'avala.

"The first time ever I saw your face*", chanta Berry à l'unisson du disque, avant de se mettre à rire.

Caroline l'imita, soudain soulagée, puis chanta un peu avec elle, en riant encore plus fort. Berry s'étouffa avec les miettes de bretzel coincées dans la gorge.

"Désolée, s'exclama-t-elle en riant de plus belle.

— Non, c'est marrant.

---

* La toute première fois que j'ai vu ton visage.

— L'amour, c'est jamais évident", affirma Berry, l'hilarité passée.

Caroline commençait à comprendre qu'elle pouvait se contenter de ne rien dire : les gens inventeraient leurs propres mensonges pour elle. Elle devait seulement se souvenir d'en dire de moins en moins. D'en dire et d'en faire de moins en moins.

En août, Caroline ouvrit un petit café dans le fond de la librairie *Black & Red*. Cela faisait seulement quelques semaines qu'elle y travaillait lorsque Bobby revint sur le devant de la scène. Mel parlait au téléphone, assise dans le bureau du fond. Elle hocha la tête en voyant Caroline entrer. Celle-ci regarda les livres et les journaux spécialisés sur le bureau de Mel. Elle devait être abonnée à toutes les feuilles de chou existantes de la contre-culture. Sur le dessus de la pile, se trouvait le numéro de *Rat* qui contenait la déclaration tristement célèbre de la Lesbienne Radicale. Caroline supposa que Mel l'avait mis là exprès. La couverture était floue, difficile à lire. Pourquoi faut-il toujours que les révolutions utilisent une police merdique et de l'encre de mauvaise qualité ? Pourquoi cette laideur ? Enfin, Mel dit : "OK, merci", puis raccrocha le téléphone.

"Bobby veut que tu saches qu'il va bien", annonça-t-elle à Caroline.

Celle-ci sentit l'air déserter sa poitrine.

"Quoi ?"

Mel la regardait en silence.

Respire, pensa Caroline, ne dis rien. Mais elle avait bien entendu Mel.

"Comment as-tu su ? demanda-t-elle enfin d'une voix entrecoupée.

— Je ne savais pas, j'avais seulement des soupçons.

— Tu as parlé à Bobby ?

— Non. Je crois qu'il a été dans une maison sûre à Los Angeles il y a un petit bout de temps, mais je ne sais pas où il est maintenant."

Le soulagement submergea Caroline. Il était en sécurité, quelque part. Puis le soulagement fit place à la souffrance : il n'avait pas vraiment essayé de la contacter. Il n'existait en réalité aucun message. Quelque chose en elle continuait malgré tout à croire qu'elle entrerait en contact avec lui. Mais il n'y avait que Mel, qui la regardait fixement.

"Ecoute, je n'ai pas envie de parler de ça avec toi. Pour l'instant tu es en sécurité ici. Je suis la seule à avoir compris. Mais qui sait combien de temps ça va durer ? Tu ferais mieux de te préparer à changer d'endroit sans tarder. Tu es toujours recherchée par les flics, tu es au courant, non ? Tu dois continuer à bouger, surtout pendant les deux premières années, et partout où tu vas, tu constitues une menace."

Caroline, tête baissée, regardait la poussière du plancher. Pourquoi les sols étaient-ils toujours sales ?

"Caroline ?

— Oui ?

— Tu n'as pas le droit de rester dans le coin : c'est dangereux. Dangereux pour toi et pour nous, tu comprends ?

— Tu as raison. Je suis désolée."

Mel rassembla les papiers sur son bureau comme si elle venait d'achever un rapport d'activité harassant, une lettre de licenciement, ou de blackbouler quelqu'un.

"Il y a des endroits où tu peux aller. Je connais des lieux sûrs où soit les enquêtes n'existent pas, soit elles ne dérangent personne, ou alors où tout le monde se cache, alors un de plus ou un de moins…

— Nos intentions… dit rapidement Caroline.

— … Ecoute, je ne soutiens pas les tactiques qui donnent au gouvernement une excuse pour harceler encore davantage la gauche. Enfin bref. Ce qui est fait est fait.

— Mais…

— Je ne veux pas en entendre parler. C'est déjà trop. Tout est trop.

— Oui."

SUNDAY MORNING COMING DOWN

CAROLINE ÉTAIT FREYA et les fédéraux tambourinaient à sa porte. Elle se trouvait de nouveau au motel, mais bizarrement il y avait des armes partout dans la chambre. Elle portait une minijupe et de grandes bottes, comme Bernardine Dohrn*, ainsi qu'une ceinture de munitions en travers de la poitrine, façon commando. Ils tambourinaient à la porte. "Ouvrez !"

Elle se réveilla dans son appartement à Eugene, pas de pistolets, pas de tenue à la Bernardine Dohrn, seulement Caroline, la blonde délavée. Cependant quelqu'un tambourinait effectivement à sa porte. Elle se leva d'un bond, regarda l'heure sur son réveil. 3 h 30.

"Caroline, c'est moi, Berry. S'il te plaît, ouvre-moi, je t'en supplie."

Berry frappait et suppliait derrière la porte ; elle sanglotait et criait de plus en plus fort.

"Berry ?" demanda Caroline, puis elle déverrouilla la porte, défit la chaîne et fit tourner le pêne. Son amie était appuyée au chambranle. Son nez saignait, sa lèvre supérieure aussi. Elle pressait son écharpe contre sa bouche.

---

* Dans les années 1960, Bernardine Dohrn, en tant que leader de l'organisation Weather Underground qui s'opposait à la guerre du Viêtnam, dirigea des actions terroristes contre le gouvernement américain.

"Oh, mon Dieu, que s'est-il passé ? Que t'est-il arrivé ?

— Oh, Caroline, c'est vraiment moche !" s'exclama son amie avant de se remettre à sangloter.

Caroline l'attira à l'intérieur, et Berry la dépassa pour se précipiter dans la salle de bains. Elle était secouée de haut-le-cœur et vomissait dans la cuvette des toilettes tandis que Caroline lui maintenait les cheveux en arrière. Berry reprit son souffle et grimaça. Elle toucha sa lèvre fendue.

"Ça fait super mal", gémit-elle avant de se remettre à vomir.

Quand les haut-le-cœur cessèrent, Berry s'affala par terre, à côté de la cuvette. Caroline humidifia une serviette afin d'essuyer précautionneusement le visage de son amie.

"Fais-moi voir. Que s'est-il passé ? Qui t'a fait ça ?"

Berry recommença à pleurer. Caroline essuya le sang qu'elle avait sous les narines et sur les joues. Berry grimaça et repoussa sa main.

"Ça fait si mal que ça ?

— Non, pas trop, mais je suis complètement cuitée, là. Regarde-moi. J'ai la gueule en bouillie. Et en plus, demain j'aurai des yeux au beurre noir."

Sa lèvre enflait déjà. Caroline passa dans l'autre pièce pour aller chercher un bac à glaçons dans le petit freezer de son mini-frigo. Elle fit tomber la glace dans un torchon.

"Il faut mettre de la glace, sinon ça va enfler."

Berry restait par terre, immobile, les jambes étendues devant elle. Elle portait de légères sandales en cuir indiennes, avec juste deux brides, une sur le dessus du pied et une sur le gros orteil. Elle avait les pieds sales. Sa robe de paysanne en gaze violette était remontée au-dessus du genou et des gouttes de sang perlaient sur l'encolure retenue par un cordon, comme un chemisier. D'une main, elle essayait d'écarter les bouclettes blondes de son visage, tandis que de l'autre elle maintenait le sac de glace sur sa lèvre et son nez. Ses larmes continuaient à couler en silence.

"Je suis désolée.

— Tu n'as plus envie de vomir ?

— Je ne crois pas.

— Tu veux t'allonger ?"

Berry secoua énergiquement la tête.

"Surtout pas. Si je ferme les yeux, je vais être très malade.

— Bon, lève-toi et va sur le canapé alors. Ce sera déjà ça."

Berry hocha la tête. Caroline l'aida à s'asseoir puis lui enroula les jambes dans un cafetan orange fluo.

"Tu veux peut-être manger ? J'ai fait du pain aujourd'hui, et j'ai de la crème de sésame pour le tartiner."

Nouveau hochement de tête. Avec sa lèvre enflée, Berry ressemblait à une petite fille boudeuse qui, tout en pleurant, aquiesce à l'idée de la nourriture.

Elle se laissa glisser par terre. Jambes croisées, le dos appuyé contre l'armature du canapé, elle mangeait doucement et avec précaution le pain de Caroline recouvert de crème de sésame et de confiture. Elles sirotaient du thé, Berry cessa de pleurer. Entre deux bouchées, elle pressait la glace contre son visage.

"Ça va mieux ?

— Merci."

Caroline haussa les épaules.

"Je prenais un verre au *Timberline*.

— Dans un bar de bûcherons ? Qu'est-ce que tu fichais là-bas ? T'étais avec qui ?

— Personne. J'y suis allée toute seule.

— Pourquoi ?"

Berry haussa les épaules en reniflant. Elle s'essuya le nez avec l'extrémité du torchon.

"J'avais envie. Tu vois, j'avais envie d'aller dans un bar toute seule, de voir des hommes avec des bras musclés. Je cherchais pas la perle rare. Je voulais voir des hommes, des vrais : des types qui sont beaux dans leurs jeans. Je sais que les femmes ne vont pas dans ce bar-là toutes seules. Mais c'est précisément ça que je cherchais. Je ne voulais avoir peur d'aller nulle part."

Caroline hocha la tête.

"Je voulais voir si j'étais capable de draguer un type dans un vrai bar. Il ne s'agissait pas d'entamer une relation, mais juste de me servir d'un gars comme d'un objet sexuel. Je voulais dépasser mes blocages concernant le sexe, tu comprends ? Et je voulais me trouver un type ringard que mes manières libérées émoustilleraient. Sans compter qu'il y en a parmi eux qui sont sexy.

— J'imagine.

— Enfin bref, je pensais qu'il y aurait un gars du genre Kris Kristofferson, tu vois, classe ouvrière…

— Sans prétention.

— Ouais, le mec terre à terre et au moins un poil reconnaissant que je m'intéresse à lui, qui ne considère pas ça comme un droit ou une banalité, contrairement aux chevelus du coin, tu vois ?

— J'imagine, sauf que Kris Kristofferson et un membre de Rhodes Scholar, c'est pareil. En plus il a des cheveux longs. Et une barbe.

— OK, t'as raison. Je suis débile, je sais. Mais je me sentais seule et j'avais besoin d'un peu d'attention.

— T'inquiète, je comprends très bien.

— Non tu ne comprends pas, mais bref. Je me suis assise au comptoir, et un groupe de mecs se sont aussitôt mis à parler de moi entre eux, en murmurant mais sans se cacher le moins du monde. Genre murmure ostensible. Tout s'est passé très vite. Les nanas hippies sont prêtes à baiser n'importe qui, c'est bien connu, pas vrai ?

— Ou du moins les femmes qui vont seules dans des bars à bûcherons.

— Le truc, c'est que je ne m'attendais pas à cette atmosphère de groupe, tu vois ? A ce qu'ils se branchent direct en mode hostile."

Caroline hocha la tête, sourcils froncés. Elle déplia l'une des jambes de Berry pour lui défaire sa sandale et la lui retirer, puis défit l'autre.

"Mais tu sais bien que les femmes comme toi effraient les hommes, non ?

— Pourquoi donc ? Les hommes, ils veulent baiser. Alors une femme sexuellement libérée, c'est le pied, non ?

— C'est pas vraiment l'amour libre qu'ils cherchent. Ils ne se sentent pas à l'aise avec les femmes. Ce qu'ils veulent, c'est du sexe pur et dur. Aller au bar, se retrouver entre hommes, sans femmes. S'ils vont là-bas, c'est pour ne *pas* avoir à draguer. Mais dès que toi tu arrives, dès qu'il y a une femme dans la salle, il faut qu'ils essaient de te baiser, tous tant qu'ils sont, et ça les fout en rogne, parce que le seul truc qu'ils veulent c'est boire une bière sans avoir affaire aux nanas. S'ils recherchaient l'amour libre, ils iraient chez une pute et ils raqueraient pour ça."

Berry soupira et mastiqua sa dernière bouchée de pain. Elle n'avait plus l'air aussi larmoyante et bourrée.

"Et qu'est-ce qu'il s'est passé, alors ?

— Un type s'est effectivement approché de moi et il m'a sorti la super vanne comme quoi j'avais oublié mon soutien-gorge. Les autres gars qui l'accompagnaient se marraient en me matant. Dégueulasse ! Ce type était bien trop agressif. En plus, à la base c'est moi qui voulais draguer, faire des avances. C'était tout l'intérêt. J'ai les pieds crades.

— Effectivement. Tu veux prendre un bain ?

— Non, pas vraiment. Après j'ai vu un mec mignon dans le fond, tout seul. Il te reste du pain ?"

Caroline en coupa une tranche et la lui tendit sur une serviette.

"Merci. Donc, ce mec tout seul était très jeune, dix-neuf ou vingt ans peut-être, il sirotait une bière et fumait une cigarette comme si c'était encore tout nouveau pour lui. Comme s'il n'était pas sûr de faire les bons gestes."

Caroline vint s'asseoir à côté de Berry. Elle portait l'ample chemise de nuit brodée en coton que son amie lui avait offerte. Elle se mit à lui masser la plante des pieds, où elle enfonçait ses articulations, pétrissant lentement. Elle aimait bien s'occuper des gens. Elle se sentait ainsi moins blessée, plus solide. Berry avait toujours préféré s'asseoir par terre, et de nouveau Caroline remarqua quel effet remarquable cela produisait : l'impression d'être en lien avec la terre, proche de la nature, en sécurité. Impossible de tomber ou de se faire renverser. Les meubles se dressent tout autour de vous, mais vous êtes autosuffisant, comme libéré du dispositif des chaises et des canapés. Si stupide que cela puisse paraître, la chose était indéniable. Assis par terre, on est un certain type de personne et pas un autre. Disons qu'on imagine mal Spiro Agnew ou Henry Kissinger dans cette position. Voilà un test sans appel, un parmi tant d'autres : vous les imaginez, par terre, assis en tailleur ?

"Je suis allée vers lui et je lui ai demandé si je pouvais m'asseoir. Il m'a répondu : «Bien sûr», et ensuite il s'est levé pour m'avancer ma chaise. Je te jure. Je lui ai dit : «Arrête, je peux m'asseoir toute seule. Je peux faire un tas de trucs toute seule.» Enfin bref, je lui ai demandé si, par exemple, je pouvais lui payer une bière. Il m'a répondu que c'était lui qui allait m'en payer une. Alors j'ai dit : «Pas question, c'est moi qui paie, sinon je m'en vais.» Du coup il m'a laissée faire. Il a regardé les autres types, qui, bien sûr, avaient tous les yeux fixés sur lui. J'ai commandé un shot de tequila. Puis un deuxième.

— Au moins tu agissais prudemment."

Berry fronça les sourcils.

"Désolée. Mais aussi qu'est-ce qui t'est passé par la tête ? T'en bois même pas de la tequila, si ?

— Je n'en bois pas avec toi, Caroline, mais autrement, si. J'en bois quand je veux me donner du courage. Je voulais vraiment aller jusqu'au bout. Mais je dois avouer que, les voir tous là à me dévisager, ça m'a foutu les jetons. Et aussi je crois que j'étais un peu ailleurs, alors j'ai mal analysé la situation. Je n'ai pas tardé à lui demander de partir avec moi, d'aller dans ma chambre, c'est comme ça que je l'ai formulé. Je ne voulais pas minauder, faire de l'esprit ni utiliser je ne sais quel euphémisme à la con. Je voulais seulement être sincère, aller droit au but. Résultat, lui il rougit. Sans déconner. Il me répond OK d'un ton qui se veut décontracté, mais il est écarlate, même dans l'obscurité du bar."

L'aube approchait. La lueur grise des matins de l'Oregon commençait à emplir la pièce. Une lumière plate, sans charme ni nuance, sans éclat ni tendresse. Les couchers de soleil, humides, étaient subtils et charmants ; mais les levers, eux, étaient dilués, troubles, sans intérêt.

"Quand on est partis, les autres types ont fait des commentaires. Des trucs vraiment salauds, du genre : «Regarde-moi ça, elles ont des couilles ces féministes !» ou «Fourre-la avec une queue de billard cette gouine !». Là je commençais à avoir la nausée. C'était pas encore marrant. Je me disais que j'avais peut-être pas eu une bonne idée. Mais bon, une fois dans la rue, loin du bar, je me suis approchée du type pour l'embrasser. Il avait un goût de Budweiser et de cigarettes sans filtre. Il m'a aussitôt fourré sa langue dans la bouche. Et attrapé les seins. Apparemment, quand tu mets pas de soutif, ça les rend obsédés du nichon, même quand tu portes une robe super large. J'ai fait : «Holà, holà, on se calme», genre il pourrait pas me faire des bisous dans le cou un petit peu. Il s'est pressé contre moi et a avancé une jambe entre mes cuisses. Moi j'étais excitée, mais un peu dé-goûtée aussi, tu vois ? Les deux à la fois. J'arrive pas vraiment à l'expliquer, mais j'hésitais, alors il m'a plaqué la main contre sa bite et m'a sorti un truc ringard du style : «Tu sais bien que c'est ça que tu veux.» Tout d'un coup j'ai eu l'image d'un film porno que j'avais vu une fois, tu sais, où le mec besogne la nana et elle elle rebondit dans tous les sens ou presque, et l'ensemble est super agressif, rien à voir avec Kris Kristofferson, tu vois, et alors je me suis dit : Je refuse de faire ça. Je veux pas me faire tringler par ce type, et peu im-porte que moi je sache qui tringle qui, lui il pen-sera toujours que c'est lui qui m'a baisée. Pour une fois j'ai vraiment compris que, me faire foutre par un réac puant qui se dit «elle va voir ce qu'elle va voir», ça n'allait pas m'exciter des masses. Alors, d'un coup, j'avais plus envie. Je lui ai dit : «Déso-lée, je le sens pas, faut que j'y aille.»

— OK, je vois le tableau.

— Alors il m'a attrapée et je lui ai dit : «Lâche-moi.» Il a lu la peur sur mon visage et il m'a frappée comme une brute. Il m'a cognée, putain, un seul coup, les jointures contre le nez et la bouche, paf ! Après il s'est tenu la main comme s'il s'était fait mal et j'ai couru.

— Ma pauvre !

— Ouais, et surtout comment je vais expliquer ça ? Mel saura dès le premier regard. Les filles ne comprendront jamais, c'est pas comme toi. Toi tu me connais. Tu sais que je ne suis pas une idiote, que je suis une vraie personne, qui réfléchis aux choses.

— Bien sûr. Et tu ne te contentes pas d'y réfléchir. Tu agis sur elles et tu te places en première ligne.

— Elle, elle va dire que c'est une attitude destructrice et masochiste.

— C'est toi qui prends les coups. Ça ne la regarde pas.

— Je l'emmerde, cette ville. Je devrais me barrer d'ici. Il faut que je parte, vraiment. Oh, bon Dieu, ça commence à me faire un mal de chien."

Elle se passa la langue sur la lèvre supérieure. Puis se leva pour aller vers le miroir de la salle de bains.

"J'y crois pas. J'ai la gueule bousillée. Quel con, ce mec ! Il a cru que je me foutais de lui, mais honnêtement je pense pas. Y a pas intérêt à ce que j'aie des cicatrices."

Caroline appela Mel le lendemain matin.

"Je crois que tu as raison. Je devrais quitter la ville.

— C'est pas une mauvaise idée. Avant qu'il y ait une vraie raison. Je connais quelqu'un qui peut t'aider. Elle vit dans une communauté de femmes, à quinze kilomètres au nord de New Harmon, dans l'Etat de New York. Elle n'a pas le téléphone, mais je lui enverrai un message pour lui dire que tu vas venir la voir.

— Elle s'appelle comment ?

— Elle se fait appeler la Mère l'Oie.

— Sérieux ?

— C'est des lesbiennes paysannes sous acide – tout le monde porte un nom «spécial», du genre Alice ou la Mère l'Oie ou Médée.

— Je vois." Caroline prit une grande inspiration. "Mel ?

— Ouais.

— On ne s'attendait vraiment pas à ce que ça se passe comme ça. On faisait super attention, je te jure.

— Tu plaisantes, j'espère."

Caroline appuya le combiné sur son front, en larmes.

"Ça n'a plus d'importance à présent. Ce qui est fait est fait, dit Mel.

— Je sais, je sais.

— Et, Caroline ?

— Oui.

— Ne m'appelle plus et ne me contacte plus jamais, d'accord ? Tu as déjà fait de moi ta complice après coup, et moi je refuse d'être mêlée à votre merdier. Je ne veux plus entendre parler de toi, jamais."

QUATRIÈME PARTIE

Automne et hiver 1998

JOURNAL DE JASON

JE SUIS LE CENTRE de la culture. La genèse, le héraut, le précurseur. Le point zéro germinal absolu : voilà, c'est moi. Je suis le soleil qui satellise toute l'Amérique. En fait, l'Amérique, c'est moi, j'existe davantage que d'autres Américains. L'Amérique est le centre du monde, et moi je suis le centre de l'Amérique. J'ai quinze ans, je suis blanc, de classe moyenne et de sexe masculin. Des hommes et des femmes d'âge moyen cherchent frénétiquement sur quoi se porte mon attention. Sur quels sites je me rends. Ce que j'achète. Quels sont mes désirs. Quels films je regarde. Ce que et qui je veux ; quand et comment je le veux. Il y a des gens qui gagnent un sacré paquet de fric pour réfléchir aux moyens de nous atteindre, moi et mes pairs.

Tout est adapté à ma personne. Dans les films d'action, ces gros plans chaotiques où la caméra se rapproche du visage du héros par soubresauts et en changeant de direction à un rythme délirant, c'est pour moi qu'ils sont conçus et pour personne d'autre. Le film est réalisé afin de ressembler à un jeu vidéo ou, plutôt, à un jeu d'ordinateur. Mais oui : la technologie supérieure singe la technologie inférieure, laquelle essayait au départ de ressembler à un film. La grammaire visuelle maniérée typique du graphisme informatique devient le truc cool en soi. Le cool incarné. Mais voici la vraie question : si vous n'y pigez rien, pourquoi donc regardez-vous ces films ? Ils nous sont destinés, à moi et à mes pairs. Nous seuls pouvons les déchiffrer. Les explosions d'effets sonores accélérés et saturés de percussions, c'est notre grammaire, notre argot visuel, notre rythme. La technologie la plus avancée faisant référence à et imitant la technologie inférieure. Ne vous inquiétez pas si vous ne comprenez rien : c'est le principe. Vous êtes exclus.

Je devrais être fier. Le simple fait d'être jeune me confère un pouvoir incroyable. Je sens le monde tourner autour de moi, le NASDAQ, le Dow Jones, chaque indice et indicateur, le groupe témoin, les *trendspotters*, les sniffeurs de tendances… tout. Alors pourquoi cette impression ? L'impression d'être plus exclu que jamais. Plus que jamais singulier, bizarroïde, seul. Je m'en balance, des jeux d'ordinateur. Et de ceux qui y jouent. Je ne suis pas un de ces gosses adipeux qui passent leur temps sur Internet, avant d'embarquer une mitrailleuse à l'école dans une sorte de confusion perverse de la vie et du jeu, ou de finir affalés au milieu de cartons de pizzas et de mouchoirs remplis de foutre quand leur cœur a fini par lâcher, la main récréative paralysée, tandis que les parents, pétris de culpabilité, se répandent en excuses douteuses, mettant sur le compte de leur carrière et de leur maison de six cents mètres carrés avec garage trois places la distance qui s'est établie entre eux et leur progéniture.

Moi je ne suis pas du tout comme ça.

Oui, bien sûr que je passe du temps en ligne. Oui, mon corps est de ceux, empâté, gras, qui un jour développeront un diabète de type 2 si ce n'est une obésité pathologique. Oui je m'achète des trucs. Mais ma vie n'a rien d'insouciant. Plus rien. Quelque chose a changé. Je n'ai plus le privilège d'être totalement égocentrique. En ce moment, ce dont j'ai le plus besoin, c'est de découvrir son secret. J'en suis arrivé à la conclusion qu'elle cache quelque chose. Je ne pense pas être en train de fantasmer, bien que tous les romans policiers que je lis influent significativement sur le degré de ma paranoïa. Ils mettent en œuvre un univers ordonné, systématique, mais néanmoins pourri. Où les apparences sont toujours trompeuses.

Hier soir, je l'ai suivie. Je me suis mis à tout remettre en question à son sujet. Elle donne des cours de cuisine deux fois par semaine – du moins c'est ce qu'elle prétend. J'ai attendu qu'elle quitte la maison. Elle prend sa Nissan même si le centre social n'est qu'à quelques centaines de mètres. J'ai enfourché mon vélo, événement rarissime, et je l'ai suivie. Quand je suis arrivé au centre, sa voiture y était garée. J'ai parcouru les couloirs en espionnant sournoisement par les petites vitres sur la porte des salles de classe, les panneaux de verre Securit renforcés de fil de fer donnaient l'impression d'un grillage ou d'une ligne de mire de carabine. J'ai entendu la voix de ma mère. Je me suis arrêté et me suis appuyé contre le mur. Des briques peintes d'un blanc industriel. Je fixais des yeux le revêtement moucheté du sol en vinyle composite. Je n'arrivais pas à voir à l'intérieur de la salle, et les gens qui s'y trouvaient ne pouvaient pas me voir non plus.

(Soit dit en passant, si vous n'avez jamais traqué un de vos proches, je vous recommande vivement l'expérience. Observez la manière dont ils s'en trouvent transformés. Dont ils deviennent autres, et à quel point la traque se révèle infiniment nécessaire et justifiée lorsque vous prenez conscience du peu de choses que vous savez d'eux, et à quel point chacune de leurs facettes prend des allures mystérieuses ainsi examinée, à distance et avec attention.)

"Il est important de rincer l'intérieur et l'extérieur de la volaille."

Avez-vous déjà fermé les yeux pour écouter la voix de votre propre mère ?

"Il faut ensuite sécher la peau et l'intérieur de la volaille en les tamponnant avec une feuille d'essuie-tout. Sinon l'assaisonnement n'adhérera pas comme vous le souhaitez."

Voyez-vous, elle existe à part entière dans le monde, loin de moi. Elle parlait lentement, avec une emphase voulue. A l'entendre, elle paraissait autoritaire, mais sans avoir besoin de hurler. Ni respiration difficile ni fins de phrase étouffées. Ni gamine, ni contrite. Pas sexy non plus, mais douce et sérieuse.

"Moi j'aime bien mettre des gousses d'ail et des truffes sous la peau. Et aussi des noix de beurre. Ça rend le blanc tendre et la peau croustillante et savoureuse."

Cependant je n'étais pas là pour admirer sa voix ni écouter ce qu'elle disait. Je ne savais pas trop pourquoi j'agissais ainsi ; puis j'ai compris que j'essayais de situer son accent. Est-il vraiment californien, ou a-t-il une pointe de côte est ou de Midwest ? Tandis que j'écoutais, adossé à la froide brique blanche, je n'arrivais pas à me rappeler ce à quoi ressemblaient tous ces accents.

Je me suis dirigé vers le parking avant d'aller m'asseoir derrière un bouquet d'arbres qui donnaient sur sa Nissan Maxima. D'un bleu-vert métallique, hautement saturé. J'ai attendu. Quoi, je ne sais pas. Est-ce que je pensais qu'elle allait retrouver quelqu'un après les cours ? Est-ce d'une simple liaison que je la soupçonnais ? J'ai attendu. J'ai remarqué plusieurs autres voitures garées là, de cette même couleur indéfinissable. Ou d'un rouge profond moucheté de reflets dorés. Ou noir brillant. A propos, vous avez remarqué qu'on ne voit plus de voitures beiges ou marron ? Je sais qu'elles ont existé autrefois : je les ai vues dans de vieilles séries télé du genre *Hawaii police d'Etat* ou *Les Rues de San Francisco*. Marron, chocolat, ou de cette couleur beige taupe, comme les imperméables. Etrange de voir comment les agencements de couleurs évoluent selon les époques. Il fut un temps où les gens aimaient le marron, le vert militaire, les couleurs crème ou moutarde.

Vous savez quoi ? Elle n'a pas une seule photo d'elle bébé. Je trouve ça bizarre. Elle a quitté ses parents, mais je suppose qu'ils existent quelque part. Pour une raison ou pour une autre, elle a tout laissé en plan derrière elle.

Apparemment, quelqu'un a décidé que personne ne voulait plus de voitures marron. Sans doute un adolescent de quinze ans a-t-il décrété, à l'occasion d'un sondage d'opinion, que le marron était dépassé, pas cool ou lui coupait l'envie de conduire. Et l'affaire avait été entendue.

CONTRE-INDIQUÉ

LES PILULES ÉTAIENT VENDUES dans un flacon en plastique opaque. Pour l'ouvrir, il exerça une forte pression sur le bouchon tout en le dévissant. Sur une feuille de papier pliée, fixée à la bouteille, figuraient des chaînes de molécules chimiques, des études de cas, et de longues listes d'effets secondaires. Des tableaux indiquaient le pourcentage de personnes ayant souffert de certains des troubles suivants (entre autres) : neuropathie périphérique, œdème facial et testiculaire, impuissance, AVC, hallucinations, infarctus du myocarde, mort subite et inexpliquée.

Les pilules étaient des ovules, formes innocentes. Pacifiques. Elles s'appelaient Blythin. Le supplément amélioré à son traitement au Nepenthex. Il en avala deux. Parce que. Il s'agissait d'un nouveau médicament, destiné à augmenter les effets de ceux qu'il prenait déjà. Jamais on arrête de prendre un remède, on en ajoute simplement de nouveaux ou on modifie la posologie. Mais son état avait tellement empiré ces derniers temps.

Henry n'arrivait pas à dormir, il décida de prendre un bain. Il alluma toutes les lumières chez lui. Si par hasard il avait regardé par les fenêtres (ce qu'il ne faisait jamais, et surtout pas la nuit) il aurait vu des visages qui l'observaient (enfin il en aurait sûrement vu), aussi fermait-il les rideaux. Même l'idée de ces fenêtres couvertes lui déplaisait, tant il imaginait facilement ce qu'il craignait de voir. Pour des raisons similaires, il évitait aussi les miroirs. Jamais il n'avait été aussi mal auparavant. Son état se dégradait. Il n'arrivait plus à prendre de douches parce qu'il n'entendait pas assez bien à travers le bruit de l'eau (entendre quoi, exactement ?). Il lui arrivait cependant de prendre un bain au beau milieu de la nuit en laissant ouverte la porte de la salle d'eau, dans lequel il restait la plupart du temps jusqu'au matin sans être dérangé. Il pouvait ensuite plonger dans son lit, épuisé. Là, allongé, il écoutait. Le bruit de son souffle.

Henry est de nouveau dans un avion. C'est un B-52. Il règne une obscurité crépusculaire. Il est dans sa baignoire, mais il sait qu'il survole la province de Quang Binh. Il entend le decrescendo des bombes qu'on lâche. Il regarde à travers la trappe sous ses pieds. Des averses de phosphore blanc aux courbes florales, organiques, symétriques, éclairent le ciel, décrivant des lignes gracieuses. Elles sont surréelles, ces traînées électriques, avec leur lueur qui s'estompe déjà. La lumière se reflète dans l'eau, des étincelles brillent à travers la fumée. Puis les bombes s'écrasent au sol, et ça explose de partout.

Henry ne sent plus l'eau sur ses membres ; il ne voit plus la salle de bains. Il est à terre, sous l'avion, pas tout à coup mais comme s'il avait suivi la chute de la bombe, le sol se rapprochant dangereusement en une succession de faux raccords muets. Il atterrit brutalement, une bombe explose, et, aussitôt, l'oxygène déserte ses poumons, déserte tout autour de lui. Les cieux sont en flammes, l'air est saturé. C'est alors qu'il sent la brûlure sur sa peau. Il y a quelque chose de collant dessus, qui la ronge. Il court, et ça le brûle davantage, creusant sa chair. Ça pue l'essence. Il sait ce que c'est. Ça se gélifie sur son dos et ses bras. Il frotte, ça ne part pas, mais lui brûle les mains. Il saute dans une flaque d'eau saumâtre, s'immerge complètement. Mais ça colle encore, et à présent il sent vraiment l'odeur : essence, plastique en combustion, chair en combustion. NP2, ou napalm. Assommé, il regarde cette saloperie qui lui consume la peau jusqu'à l'os. Il hurle et plaque ses mains sur ses plaies. On dirait que ça l'apaise un peu, mais dès qu'il retire ses mains, la brûlure reprend sa progression en lui.

Henry se débattit dans son bain puis se pencha par-dessus le rebord de la baignoire pour vomir. Il vit une espèce de substance visqueuse blanche et crayeuse : le Blythin, peut-être. Il peine à respirer. Je suis poursuivi par du feu et du soufre, mais un feu qui brûle sans flamme, simple constance chimique. Il sentait encore de forts relents d'essence. Elles l'horrifiaient, ces odeurs venues de nulle part qui se matérialisaient mystérieusement. Comment peut-on connaître des choses qu'on ignore ?

AGIT-PROP

MIRANDA S'ATTENDAIT à ce que la journée du 5 août (date annuelle des principaux tests, choisie parce qu'elle commémorait l'action tristement célèbre des Wobbly à Seattle dans les années 1920*) catalysât toutes les actions dont les groupes de Nash discutaient. Ce jour arriva puis passa, nombreux furent les groupes à participer, mais, parmi ceux de Nash, personne n'entreprit rien. Et nul n'en fit état non plus. Le week-end de la fête du Travail fut également riche en tests et actions de toutes sortes. Mais, de nouveau, rien de la part des comités de Nash et pas le moindre mot. Le jour de la réunion logistique suivante, celle de la Nation Souveraine des Terrassiers et Niveleurs Mystiques, Miranda commença enfin à comprendre ce que Nash avait vraiment en tête. Ses groupes n'avaient nullement l'intention de faire quoi que ce fût. Aucun d'entre eux. Ni les Manipulateurs de Code-barres. (Qui confectionnaient de fausses étiquettes pour remplacer les vrais codes-barres. Tous les produits passaient alors en caisse à cinq ou dix centimes. Ce traitement était exclusivement

* On soupçonne le Wobbly, surnom d'un mouvement syndicaliste américain (Industrial Workers of the World), d'avoir organisé la première grève générale d'ouvriers aux Etats-Unis, à Seattle, en 1919.

réservé aux chaînes de supermarchés non syndiqués.) Ni les Nouveaux Provos Américains (qui, inspirés par les provos hollandais anti-travail, se faisaient embaucher chez Wal-Mart afin d'y effectuer les sabotages *ad hoc*). Ni les Juxtaposeurs Radicaux (qui louaient des films grand public chez Blockbuster afin d'introduire en début de bande de fausses publicités qui instillaient désordre, menaces et perturbations). Semaine après semaine, on retrouvait les mêmes marginaux bizarres, avec des noms différents, de nouvelles idées, de nouvelles actions, de longues discussions sur des tests et des tactiques astucieuses. Mais rien ne se concrétisait. Evidemment ! Il s'agissait de para-activistes, qui n'agissaient pas concrètement mais se contentaient d'exister en marge. Cependant comme personne ne le reconnaissait ouvertement, il était impossible de se rendre compte de quoi que ce fût à moins d'avoir assisté aux réunions et d'y avoir fait preuve d'attention. C'était pourtant logique après tout : Nash répétait sans cesse qu'ils devaient être les seuls bénéficiaires de leurs actions, que ces dernières n'étaient pas censées éduquer ni humilier le public, quand bien même il se fût agi des pires bureaucrates du monde des affaires. Elles servaient à alimenter leur propre rébellion. L'action directe pour vous empêcher d'être absorbé puis détruit. Pour que vous gardiez les idées claires. Elle prit conscience que Nash n'avait nulle intention de sauver le monde, ni d'éclairer les gens ou de changer quoi que ce fût. Consternée et impressionnée à la fois, elle avait hâte que les réunions du jour se terminent pour pouvoir lui parler. Elle voulait lui faire savoir qu'elle l'avait percé à jour.

"Tu en veux une ?" demanda-t-il, quand tout le monde fut parti.

Il lui tendait une bouteille de Coca-Cola de soixante centilitres, dont la forme de sablier en plastique imitait ou rendait hommage aux vieilles bouteilles en verre de vingt-cinq centilitres.

"Un jour, dit Miranda, j'ai eu une conversation avec mon entraîneur de foot en primaire.

— C'était où ?

— A Bellevue. Juste de l'autre côté du lac. On avait fait un beau match, alors après l'entraîneur nous avait emmenées manger une pizza. Même dans notre jolie ville de banlieue plantée d'arbres, il y avait un homme, l'air désespéré, qui faisait la manche devant la pizzeria.

— Bellevue, Woodinville, Avondale. Où vont-ils chercher ces noms ? Enfin franchement, Belle-vue, qui croient-ils berner avec ça ?"

Nash se leva. Miranda l'imita.

"On est toutes passées devant lui sans le regar-der, même à huit ans on savait déjà comment l'ignorer : à quel âge apprend-on à faire ça, hein ? Y a-t-il seulement une personne qui s'en rappelle ? Bref on était là à se gaver de pizzas bien garnies et à parler du match."

Aussitôt dehors, Miranda sortit une des Marl-boro de Sissi, coupées avec du shit.

"J'y crois pas !" s'exclama Nash en montrant le paquet de cigarettes. Elle haussa les épaules et inspira.

"Il y a davantage de subversion dans la contra-diction assumée que dans la capitulation ou l'op-position manifeste, rétorqua-t-elle.

— Bien sûr, comment pourrais-je penser le contraire ?"

Même si Miranda ne flirtait pas, elle appréciait la façon dont les hommes plus âgés (c'était lié à l'âge, supposait-elle, même si c'était la première fois qu'elle avait ce type de rapport avec un homme plus âgé qu'elle) trouvaient du charme à ses faiblesses. Et quelqu'un comme Nash savait apprécier la capacité de la jeune fille à retourner son jeu contre lui, à souligner les vanités qu'il chérissait le plus. Il savait apprécier l'attention rare que révélait cette attitude : Miranda buvait ses paroles. Or, au fond, où eût été l'intérêt de tout cela si nul n'y avait prêté attention ?

"On est retournées au minibus et on est passées devant le type allongé à l'entrée. Personne ne l'a regardé, et comme on était toutes joyeuses et qu'on avait le ventre bien rempli, c'était encore pire.

— Mais toi, Miranda, tu es revenue en courant pour lui donner ton argent de poche."

Elle regarda longuement Nash. Il avait les bras croisés et lui souriait.

"Ecoute, je fume uniquement des joints que j'ai gratos ou que je pique.

— Et tu t'es rendu compte, à cet instant précis, là-bas, que toi et toi seule étais différente, voire spéciale. Oui, que toi, Jeanne, allais bouter les Anglais hors de France.

— Et puis je les fume seulement quand je suis avec des gens comme toi, qui se préoccupent tellement de ce que font les autres."

Elle lui sourit à son tour, mais elle était vexée et n'avait plus envie de lui parler. Elle ne lui raconta pas comment elle avait passé le trajet du retour à regarder par la vitre en ignorant ses coéquipières. En observant les grosses maisons construites en retrait de la route et en se rappelant la fois où son père, avec toute la famille, était passé en voiture devant la cité HLM de la ville et où, quand les passants avaient croisé son regard, elle avait détourné les yeux.

Assise en silence à l'arrière du minibus, Miranda écoutait ses amies discuter. Le rythme monotone de leurs jeunes voix insouciantes. Et puis finalement, sans pouvoir se retenir, elle avait crié : "Comment pouvez-vous être heureuses alors qu'il y a des gens qui n'ont ni maison ni rien à manger ? Hein, comment ?" Il y avait eu un silence. Ensuite une des filles avait gloussé. Imitée par une autre.

"T'es vraiment qu'une idiote ! lui avait lancé Miranda dans un sifflement vertueux.

— Ouais, je dois vraiment être complètement idiote, parce que je suis heu-heu-heureuse !" Gloussement. Pffff… ! Miranda s'était sentie rougir et s'était mise à pleurer à chaudes larmes.

Une fois à l'école, Mr Jameson, l'entraîneur de foot, lui avait demandé d'attendre un instant. Elle avait hoché la tête et s'était mouchée. Il était passé à côté du siège où elle se trouvait et s'était assis dans la rangée parallèle. Puis il s'était tourné vers elle, sérieux, sourcils froncés, et s'était efforcé de sourire, crispé.

"Miranda, il faut que tu comprennes…"

Elle le fixait. Oui, elle voulait comprendre.

"Dans ce monde, il y a des gens qui sont nés chefs indiens et d'autres qui sont nés Indiens courageux. C'est comme ça, point. Et ça ne changera jamais. Te priver de plaisir n'y fera rien. Ça te rendra malheureuse, c'est tout."

Telle avait été sa réponse ; il lui avait vraiment dit ça, et elle avait aussitôt réalisé qu'il s'agissait d'un mensonge. La vérité, on la connaît : soit on améliore le monde, soit on l'empire. Quiconque affirme le contraire ne cherche qu'à justifier sa propre inaction. A douze ans, elle s'était juré de ne jamais s'habituer aux situations manifestement injustes et anormales.

Miranda s'éloigna de la librairie pour se diriger vers la Maison Noire avec l'envie de rester pour continuer sa conversation avec Nash. Elle s'en voulait de s'être montrée aussi susceptible et d'être partie après lui avoir souhaité bonne nuit. Elle aurait voulu lui parler de l'entraîneur de foot, de ses propos. Et lui dire, surtout, qu'elle avait tout compris, qu'elle avait enfin saisi l'astuce : le Culte de l'Invasion Matérielle Durable, ainsi se dénommait-il dans le prospectus de la semaine, ne concrétisait jamais aucune des actions évoquées. En d'autres termes, le fait de discuter et d'organiser l'action constituait l'action elle-même. Il s'agissait d'un groupe d'action directe conceptuel, sans que nul n'en fasse état : tu le comprenais, ou pas.

Elle aurait voulu lui dire qu'elle avait identifié sa posture de para-activiste et que cela ne suffisait pas. Absolument pas. Qu'il ne s'agissait là que d'un autre genre de mensonge. Mais ce n'était pas tout. Voyez-vous, ce n'était pas seulement à cause des Marlboro au hasch. Oui, il lui arrivait de manger des hamburgers au McDo. Elle était même la première à utiliser des mètres de papier-toilette et une quantité astronomique de Kleenex. Et ça allait même plus loin que ça. Quand personne ne regardait, elle jetait parfois des trucs à la poubelle. Des journaux et des bouteilles en verre. Des trucs faciles à recycler. Direct à la poubelle. Et elle les enfonçait bien pour les cacher. Même sa mère ne jetait pas ce genre de trucs aux ordures. Parce qu'elle ne pouvait pas s'en empêcher, Miranda le faisait, point, et se sentait coupable après. Voilà l'une des raisons pour lesquelles elle parlait à Nash. Parce qu'il était là aux réunions à boire du Coca-Cola.

Et enfin elle aurait voulu lui dire que le monde pouvait être affreux, qu'il le payait au prix fort d'une réelle souffrance, et que ne rien faire pour changer cet état de fait ou y remédier rendait notre existence injustifiable, non ? Et que faire le malin ou le cynique face à ça, eh bien, c'était mal. Elle envisageait la vie de façon bien trop vertueuse ou naïve ? Et alors ? Et peut-être aurait-elle voulu dire quelque chose d'autre, sauf qu'elle ignorait encore quoi.

CHARGÉ

APRÈS AVOIR ASSISTÉ jusqu'au bout à une des réunions de Nash, Henry s'attardait après le départ des gosses. Miranda n'était pas là et Nash se rendit compte qu'il avait passé la soirée à se demander pourquoi. Toute la journée il avait attendu de lui parler. Ça se passait toujours comme ça entre les femmes et lui. Il lui arrivait rarement d'être subjugué mais, lorsque cela se produisait, il découvrait immanquablement que cette femme était, par un chemin compliqué, parvenue à s'insinuer jusque dans les plus profonds retranchements de son psychisme. Elle devenait un composant essentiel de son bien-être. Il était content que Henry fût là pour le distraire.

Celui-ci buvait sa bière, allongé sur la grande table commune. Nash mit de la très vieille musique folk des Appalaches (*Anthology*, de Harry Smith, que Sissy avait gravé à Miranda et que Miranda avait prêté à Nash) et s'attela à la fermeture du local pour la nuit.

"Comment ça se fait qu'on ne te voie plus ?" demanda-t-il.

Henry haussa les épaules. Il paraissait plus maigre que jamais. Il sentait la bière aigre et la cigarette.

"Tu crois que c'est possible… commença Henry.
— Quoi donc ?"

Dock Boggs était en train de parler de miel et de sucre sur un rythme énergique de banjo.

"Rien." Henry finit sa bière et en tira une autre du pack de six. "Hé ! C'est ton anniversaire, pas vrai ? T'es un quinqua maintenant.

— Pas avant la semaine prochaine.

— Joyeux anniversaire, mec."

Nash fit un geste de dénégation.

"A tes cinquante balais. Le début de la fin. Moi je sens passer chaque minute de mes cinquante-deux ans, je te jure, chaque jour je prends un coup de vieux.

— C'est marrant, moi j'ai pas l'impression de les avoir."

Henry se tourna sur le côté, appuya sa tête dans sa main et étudia les prospectus posés sur la table.

"Je vais avoir cinquante ans, et ce n'est que maintenant que je réalise que le temps m'est compté. Je blague pas. J'ai toujours eu l'impression que ma vie était circonscrite, mais je croyais que c'était ma faute, à cause des choix que j'avais faits. Aujourd'hui je comprends − et aujourd'hui seulement, j'ai honte de le dire − que ma vie est circonscrite par définition. Nous sommes tous circonscrits par la finitude, tu vois ? Il y a un sacré paquet de trucs que je rate et dont je ne ferai jamais l'expérience. Quoi que j'aie pu faire, je suis passé à côté d'une quantité infinie de choses. Et tu sais ce que j'en déduis ?"

Henry secoua la tête.

"J'en déduis que la vie n'est pas censée être un voyage exhaustif. Elle n'est pas censée être catholique ni encyclopédique. Jusqu'ici, j'ai tracé quelques sillons dans ma vie. Quelques-uns. Ce que je dois faire, à présent, c'est m'accroupir pour les approfondir et les rendre inaltérables. Il n'est plus temps d'en creuser de nouveaux, tu comprends ?"

Henry se redressa.

"Je crois. Mais…

— Il est temps de sonder. D'aller chercher la profondeur.

— Mais…

— Ouais ?

— Et si on n'a pas creusé les bons sillons ? Si on a fait des erreurs ? Ne devrait-on pas essayer de les réparer, quel que soit le temps qui s'est écoulé ?

— Euh, bien sûr.

— Hé ! Je peux te demander un truc ?

— Quoi ?

— Est-ce que tu sais quel genre de plastic fonctionne le mieux avec un détonateur à retardement ?"

Nash s'arrêta net de boire sa bière et jeta un regard en coin à son ami.

"Non, je n'ai pas la réponse à cette question. Pourquoi ?

— Pour rien. C'est juste une information que j'aimerais avoir, tu sais, au cas où. Je pensais que tu serais peut-être au courant parce que tu as l'air d'en connaître un rayon sur le plastique.

— OK. L'explosif n'est pas vraiment fabriqué à base de plastique. Le HMX et le RDX sont des explosifs à base de nitrate d'ammonium. On les combine avec un plastifiant, par exemple l'huile de paraffine. Le liant et le stabilisant sont constitués d'un précurseur du plastique, le styrène par exemple, mais pas la substance explosive elle-même. On appelle ça plastic parce que ça se présente sous une forme malléable.

— Je vois.

— Parce que ça a de la plasticité.

— Merci.

— Je t'en prie."

CELLOPHANE

"TU DEVRAIS vraiment éviter de boire du Coca. En acheter, c'est souscrire complètement à l'hégémonie commerciale américaine", déclara Miranda.

Nash hocha la tête et déglutit.

"Moi je préfère parler de boisson non alcoolisée en bouteille. Ou de la compagnie Coca-Cola. Je n'utilise jamais les noms Coca ou Pepsi. Ni McDo pour McDonald's, ni KFC pour Kentucky Fried Chicken. Ce ne sont pas mes amis. Pourquoi devrais-je leur donner des surnoms ?

— Une boisson non alcoolisée en bouteille, hein ?"

Nash hocha la tête.

"Il existe un mouvement générique qui prône de ne jamais utiliser de noms de marques. C'est une espèce d'hygiène mentale.

— Pas de Kleenex. Mais des mouchoirs en papier.

— C'est ça, pas de Q-tips, mais des cotons-tiges. Pas de Jell-O. Du dessert à la gélatine. Il y a un groupe qui a pour nom Combattons la Contamination Commerciale. Ils militent en faveur des appellations génériques. Et luttent contre l'infiltration des labels dans notre langage quotidien. Pas d'acronymes de sociétés "rigolos", pas de marques déposées, et, pour l'amour de Dieu, pas de surnoms.

— Il n'y a quand même pas un groupe pour ça, si ?

— C'est plus difficile que tu ne le crois.

— Pas d'exceptions ?

— En fait, il y a toujours quelques exceptions. Certains noms sont tellement parfaits, tellement appropriés, tellement chargés de promesse et si magnifiquement éponymes que ne pas les utiliser équivaudrait à refuser au monde un peu de ravissement et de vérité.

— Par exemple ?

— Cellophane." Nash croisa les bras. "Cellophane. C'est beau. Beaucoup mieux que film plastique. Et l'argot se l'est également approprié pour désigner une drogue : un genre de LSD posé sur de petits carrés de films solubles.

— Et tout le monde sait à quel point tu raffoles des appropriations. Mais tu sais quoi ? C'est la même chose pour le mot Coca.

— Ouais, mais la coke c'est une saloperie. Et puis cellophane c'est obsolète. Ça fait des années que ça a disparu. La cellophane Dupont a été remplacée par le film étirable Dow. Qui, soit dit en passant, était composé de chlorure de polyvinyle et non pas de cellulose, il s'agissait donc d'un plastique beaucoup plus synthétique que la cellophane. Et doté d'un nom bien moins efficace. Cellophane est une marque morte et enterrée, je ne fais donc aucune publicité lorsque j'utilise ce mot. Ce qui m'arrive rarement, il faut bien le dire. Mais si je lui accorde un passe-droit, c'est surtout parce qu'il est beau."

Miranda était charmante. Oui, vraiment. Telle fut la première pensée qui traversa l'esprit de Nash au réveil, le jour de son cinquantième anniversaire.

Elle ne s'en rendait pas tout à fait compte. Un peu, mais sans en prendre l'entière mesure, ni l'analyser.

La veille au soir, Nash l'avait observée alors qu'elle discutait au magasin avec l'un des testeurs approchant la vingtaine. Elle souriait, parlait, mais l'autre se contentait de regarder derrière elle, sans sourire, hochant à peine la tête. Nash se rappelait cette période de son adolescence. Il aurait voulu secouer ce type, le choper par sa veste en jean déchirée et le houspiller : Regarde, tu veux, regarde et fais attention s'il te plaît, ouvre les yeux pour voir comme cette femme est belle, comme elle est parfaite, le chef-d'œuvre qu'elle est avec ses cuisses douces et ses ongles rongés ! Si seulement il avait su, à dix-neuf ans, ce qu'il savait aujourd'hui : comment aimer une fille comme Miranda. Ne pas avoir peur qu'elle puisse attendre des choses de vous. Le souhaiter, au contraire.

Il n'avait pas envie de la protéger, ni qu'elle l'aide à retrouver sa jeunesse. Rien de tout ça. Il ne savait pas ce qu'il souhaitait, au juste. Enfin si : être proche d'elle, plus proche que personne d'autre. Elle était maladroite et impatiente. Trop sensible. Elle ne portait pas les bons vêtements, ceux qui l'auraient mise en valeur, il lui restait encore à s'habiter elle-même de manière convaincante. Elle ne semblait pas receler d'ambivalence et elle débordait d'énergie : tous les livres qu'il mentionnait, elle les lisait en entier, ou presque, le soir même. Elle était combative, critique, révoltée. Elle l'éblouissait littéralement. Quel embrouillamini de femme ! Quels sentiments exaltés il ressentait pour elle !

Et là, le jour de son cinquantième anniversaire, étourdi par ce béguin, allongé dans son lit, avec un début d'érection, il la désirait. Etre allongé dans son lit et désirer quelqu'un constituait un plaisir en soi. Il se sentait ridicule, heureux, idiot.

Mais elle l'aimait bien, non ? Ça aussi ça l'épatait. La veille, elle était apparue à sa porte. Elle avait acheté une bouteille de vin et lui avait même préparé à dîner ! Elle voulait lui fêter son anniversaire. C'était mignon, l'incompétence totale dont elle faisait preuve dans une cuisine. Luttant contre son côté enfant gâtée, elle avait même fait la vaisselle.

"Arrête de me prendre pour une gamine", lui avait-elle demandé, mais ce n'était pas le cas, elle avait simplement mal interprété l'expression de son visage. Plus tard, les joues empourprées par le vin, elle avait flirté avec lui. Il avait senti qu'elle avait envie de lui, et il l'avait laissée se pencher sur la table pour lui toucher la main. Lorsqu'elle avait fermé les yeux et s'était avancée pour l'embrasser, ça avait été le paradis. Il en avait tellement envie. Ensuite elle s'était doucement reculée, avait ouvert les yeux et lui avait souri. Elle s'était de nouveau approchée, mais, à son tour, il avait reculé.

"Je suis désolée.

— Non, non, ne sois pas désolée.

— Je crois que j'ai un petit faible pour toi", avait-elle déclaré avec un grand sourire, dans un désir soudain de s'en remettre entièrement à ses sentiments.

Il avait jeté un regard circulaire à la pièce, et soupiré.

"Je te trouve géniale, avait-il fini par dire.

— Tu trouves tout ça absolument adorable, pas vrai ?

— Oui.

— Ouais, et je sais que tu es sincère. C'est ça que j'aime chez toi. Bon, je ferais mieux de m'en aller avant de me rendre complètement ridicule."

Nash lui avait tendu son pull. Elle s'était mise à rire quand elle s'était levée, apparemment un petit peu plus soûle que prévu.

"Doucement, avait dit Nash en lui prenant le bras.

— Je suis juste un peu pompette, tu sais. Mais ce n'est pas pour ça que je t'ai embrassé.

— Ah non ?

— Non, je ne t'ai pas embrassé parce que je suis soûle. Je me suis soûlée pour pouvoir t'embrasser. C'est différent."

Elle se dirigeait vers la porte quand Nash lui avait attrapé les deux mains et les avait serrées.

"Fais attention, Miranda", avait-il soufflé.

Il l'avait relâchée, elle était partie, et il avait supposé qu'elle avait compris : attention, c'était lui qui allait l'embrasser si elle s'attardait davantage. Mais en réalité ce qu'il avait voulu dire c'était : Fais attention à moi. S'il te plaît. Je t'en prie.

La première fois que Miranda adressa la parole à Josh, ce fut sous les auspices de *Prairie Fire*. Donc, de fait, sous les auspices de Nash, ce qu'elle trouvait ironique. Après le dîner d'anniversaire, elle les avait évités, lui et sa librairie, pendant quelques jours. Elle s'attendait à ce qu'il l'appelât ou prît de ses nouvelles. Mais non.

Sept jours s'étaient passés et elle n'en pouvait plus.

Elle se dirigea tout droit vers le fond du magasin, passa à côté de Nash et commanda un thé noir à Roland.

"Salut Miranda, lança Nash de la table où il était assis.

— Hello", répondit-elle. Les mains autour de sa tasse, les yeux rivés sur son thé.

Elle sélectionna un livre et se mit à le lire, sourcils froncés, concentrée. Elle lisait et relisait les phrases mais ne pensait qu'à une chose : Pourquoi a-t-il fallu que je vienne ici le chercher ? Après tout, c'est moi qui l'ai embrassé. Elle se repassa encore le film de ce fameux soir, comme elle l'avait fait toute la semaine.

Non seulement elle l'avait embrassé, mais il ne lui avait pas vraiment retourné son baiser, n'est-ce pas ? Il s'était contenté de lui tendre son pull lorsqu'elle avait annoncé son départ. Quelle idiote elle faisait ! Quand Nash vint la rejoindre, Miranda était au bord des larmes.

"Pourquoi tu n'es pas venue ?

— J'étais occupée.

— On organise une grande session plénière ce soir... tu te rappelles ?

— Avec tous tes groupes ? Ça promet d'être intéressant vu qu'ils ont tous les mêmes membres."

Nash éclata de rire et elle le fusilla du regard, refusant de l'imiter.

"Il n'y aura aucun de mes groupes, promis. C'est le groupe des Activistes Verts et Noirs. Les AVEN. Moi je me contente de faire le lien. Tu devrais venir.

— Peut-être."

Elle haussa les épaules et tourna une page de son livre.

"Miranda."

Elle regarda sa montre puis se leva.

"J'essaierai."

La session plénière des AVEN n'avait bénéficié d'aucune promotion, les gens n'étaient au courant que par le bouche à oreille. Malgré tout (ou pour cette raison) l'ensemble des habitants de la Maison Noire, y compris Sissy et Miranda, s'y rendit.

Nash était intervenu dans une discussion sur l'action directe, il ne dirigeait pas le débat bien sûr, mais il le modérait, le guidait. Faisait le lien. C'est ça, pensa Miranda. Au moins un quart d'heure qu'il parlait.

"Nous ne pratiquons pas tant l'action directe pour obtenir tel ou tel résultat, vous voyez, par exemple faire passer des lois afin de lutter contre le réchauffement de la planète. Nous agissons pour agir. La finalité, c'est l'action.

— Mais nous voulons aussi diriger cette action contre quelque chose, non ? demanda Miranda.

— Bien sûr que oui. Je dis simplement que dans notre quête d'objectifs quels qu'ils soient nous devrions nous assurer que les tactiques elles-mêmes reflètent ces objectifs. Si nous bloquons la circulation en dansant dans les rues, ce n'est pas parce que nous voulons passer à la télé pour diffuser notre message, mais parce que nous aimons danser dans les rues. Le monde dans lequel nous voulons vivre, c'est celui-là." Nash prit une grande inspiration et sourit malgré lui. "C'est une attitude naturelle, originale, et emplie d'une solidarité grisante dont il est rare de faire l'expérience.

— Alors, autant se contenter de parler d'actions sans jamais les réaliser. Pas danser mais penser à danser. Ça, ce serait vraiment subversif", répliqua Miranda d'un ton neutre, en regardant fixement par terre un point entre ses chaussures.

Elle détestait lorsque Nash employait des mots comme *naturel* et *solidarité*. A l'entendre on eût dit un hippie, pire, une caricature de hippie. Lui, mieux que personne, aurait dû savoir que la subversion commence avec le langage qu'on utilise. Pourtant, bien que blessée dans son orgueil, elle ne pouvait s'empêcher d'avoir de la peine pour Nash. Elle savait que les autres ados ne l'écoutaient pas vraiment. Par exemple, le type avec un drapeau vert et noir sur sa veste en jean, il n'avait qu'une hâte : exploser la vitrine d'un Starbucks à la moindre occasion.

"J'ai quelques idées au sujet d'une action qu'on devrait faire en ville. Dans le nouveau centre conçu autour du shopping. On s'habille en costard-cravate et on se poste à différents endroits le long de la Quatrième Avenue. Ensuite, à 12 h 30 précises, l'heure du pic de circulation, on se dirige tous vers le refuge situé au milieu de la rue. Parfaitement synchrones, serviettes en main. Soit dit en passant, c'est là que l'ensemble des caméras de surveillance converge."

Nash croisa les jambes. Miranda se disait qu'il aurait dû employer un ton moins calme, plus agressif. Faire en sorte que, à sa voix, on comprenne qu'il y avait un enjeu. Mais ce n'était même pas ça. C'est qu'il ne pouvait s'empêcher d'être lui-même, pas vrai ?

"Donc on s'approche du refuge exactement au même moment, on serait peut-être trente ou quarante. Il faut que nos vêtements soient impeccables. Pas de problème s'il y a des dreads qui pointent ou je ne sais quoi, mais il faut le costume, la cravate et la serviette. Les femmes, elles, peuvent mettre un tailleur, la cuirasse des cadres. Le but c'est d'être uniforme et de sembler appartenir à une catégorie facilement identifiable. Au départ on voulait installer sur des voitures des stéréos qui auraient joué *Le Lac des cygnes* ou un truc comme ça. Mais à mon avis on se ferait arrêter en moins de deux pour avoir utilisé des haut-parleurs sans permission.

— Et alors ?" Le type au drapeau vert et noir. "Qu'ils nous arrêtent.

— Le problème, c'est que, si on nous arrête, l'action tombe à l'eau. Le but ce n'est pas simplement de se faire choper. En tout cas, ce n'est pas le mien, répliqua Nash. L'idée, c'est de réaliser une espèce de chorégraphie à la Busby Berkeley, un spectacle sérieux, impassible, synchronisé, avec les serviettes brandies en l'air. On empêche les gens d'entrer dans les magasins et de se livrer à leur frénésie de consommation, pas parce qu'on les arrête physiquement mais parce qu'on les divertit un instant, qu'on les amuse, qu'on les intrigue. Là, au beau milieu des panneaux publicitaires scintillant que des boîtes paient des millions, nous détournerons l'attention de tout un chacun en vertu de notre simple et bon plaisir."

Au dernier rang, une fille prit la parole.

"Mais c'est quoi alors, le but, putain ? Est-ce qu'on aura au moins des infos à donner aux gens sur les ateliers clandestins qui fabriquent les chemises Gap qu'ils achètent ? Ou sur la façon dont leurs fast-foods détruisent l'écosystème ?" Il y avait dans le ton de sa voix — copie conforme d'un authentique gémissement — une espèce de trémolo qui hésitait en permanence entre accusation et flot de larmes lasses et résignées. Miranda le trouva effroyablement déplaisant. "C'est quoi le but ? répéta la fille.

— Le but c'est que, l'espace d'un instant, nous, les joueurs, et peut-être eux, les spectateurs, on n'ait pas l'impression d'avoir AOL, Time Warner, ou MTV tatoué sur le cul", répondit Nash.

Miranda se mâchonnait l'ongle. Il avait raison.

"En plus, la perturbation c'est libérateur, surtout s'il s'agit d'une perturbation formelle et organisée", intervint Miranda. Nash lui sourit. "Le chaos pur et simple provoque l'angoisse. Le sermon didactique provoque l'ennui. Mais une perturbation formelle…

— Peut atteindre à une sorte de beauté, poursuivit Nash. Et c'est là qu'on commence à être vraiment dangereux."

Après la réunion, elle sortit fumer un de ses joints mal tassés. Nash, assis tout seul, buvait un soda. Elle passa juste à côté de lui pour rejoindre Sissy qui parlait à une autre fille. Puis partit avec son amie, bras dessus, bras dessous, en attendant le début de la réunion du groupe suivant.

Il s'agissait des piractivistes : des geeks qui prônaient l'action directe en forme de piratage informatique sur la toile. Miranda voulait les écouter, mais surtout elle voulait voir ces types capables d'enfreindre la loi et de détruire des données, tranquillement, depuis l'ordinateur familial. Elle ne leur faisait pas confiance – c'étaient tous des mecs, bien sûr. Elle s'imaginait des pauvres types, pâlots, sans vie sociale, qui se masturbent sans arrêt devant des images pornos en ligne : et même pas des photos de vraies femmes, que des héroïnes de BD et de jeux vidéo, ces pin-up qui brandissent des armes, leurs fesses rebondies débordant de mini-shorts moulants déchirés, et qui ont été créées par un autre de ces types pâlots et moites, quelque part dans une chambre. Elle voulait, de ses yeux, voir le genre de gars qu'excitaient ces femmes virtuelles, dessinées par des hommes.

Un groupe de jeunes types s'assemblaient au fond de la librairie. Ils n'avaient pas l'air si différents de la faune habituelle, hormis quelques types maigrichons dont les T-shirts proclamaient *OPEN SOURCE* ou *COPY LEFT* – *GNU/LINUX* ou simplement *FUCK MICROSOFT*. Nash était assis dans les premiers rangs, une expression de condescendance à peine voilée sur le visage. Tout à coup, Miranda eut à nouveau de la peine pour lui. Elle aurait voulu le prendre par la main et lui montrer comment utiliser un serveur mail ou un truc comme ça. Et puis, de but en blanc, une image lui traversa l'esprit. Celle de Nash à la Maison Noire, dans sa chambre, son espace. Elle s'imaginait qu'elle l'embrassait, et qu'il hésiterait au début, avant de l'embrasser à son tour. Elle s'imaginait en train de se déshabiller avant de l'attirer sur le lit. Elle s'imaginait qu'il la regardait avec adoration. Ça l'excitait d'avoir dix-huit ans face à Nash. C'était tellement plus marrant que d'avoir dix-huit ans face à quelqu'un du même âge. A cette idée, elle rougit jusqu'à la racine des cheveux, Nash lui sourit car elle le regardait fixement, aussi détourna-t-elle très vite les yeux avant de se concentrer sur le devant de la salle, où un fou du e-porno s'apprêtait à prendre la parole.

C'était Josh. Josh Marshall, qui avait fréquenté le même établissement qu'elle. Etant donné qu'il avait obtenu son bac deux ans avant elle, elle ne le connaissait pas très bien, en tout cas elle le voyait tous les jours au lycée. Ce n'était pas le petit marginal moite. Non, on ne pouvait guère faire plus classique que Josh Marshall, se disait-elle. Grand et séduisant, dans un style discret et propre sur lui. Son uniforme consistait en une chemise boutonnée de haut en bas, un pantalon basique ou un jean sans un pli et des mocassins marron. La chemise obligatoirement rentrée dans le pantalon.

"Je m'étais dit qu'on pourrait se concentrer avant tout sur le fonctionnement des attaques de type refus de service ou DDOS et – ma spécialité – sur le piratage des sites. Vous vous rappelez peut-être comment l'adresse pour les réunions du FMI avait été redirigée vers le site des anarchistes écolos. Ça a duré au moins vingt heures. Leur site n'avait pas été altéré, on avait seulement inséré un programme qui redirigeait vers un autre portail tous ceux qui accédaient à leur adresse."

Il jeta un œil à Miranda et, la reconnaissant, lui sourit. Ce qu'il n'avait jamais fait au lycée. Elle essaya de mettre un peu d'ordre. Josh était sans conteste un type intelligent. Mais alors cette allégresse, et ce destin tout tracé dans les hautes sphères de l'establishment ? Tandis qu'il parlait, elle commençait à comprendre. Il était d'une normalité extrême au point de confiner à la perversité. Personne ne pouvait être aussi clean, désinvolte, discret. Aussi timide.

"La meilleure forme de piratage consiste à créer un site alternatif dont l'apparence et le fonctionnement sont identiques au vrai. Moi j'appelle ça des parasites. Vous modifiez les liens, vous réorganisez les informations afin de pouvoir disséminer la vérité, mais aussi afin d'injecter un peu partout de faux renseignements sur les lieux de réunions et autres éléments logistiques, sans compter quelques déclarations irrévérencieuses, histoire de ridiculiser ces gens et de souligner leur hypocrisie.

— Vous avez combien de temps avant de vous faire choper ? demanda Nash.

— Si on agit de façon progressive, sans abattre toutes nos cartes d'un coup, on peut les faire marcher pendant plusieurs semaines. Il en a fallu deux à Monsanto pour réagir. Les gens regardent leurs sites mais ne les «lisent» pas vraiment en intégralité. Alors si on imite leur langage et leur design, il est souvent possible de falsifier de manière approfondie et sur le long terme.

— Mais on finit par vous repérer.

— Oui, bien sûr. Surtout si on donne de faux renseignements sur les réunions et ce genre de choses. Il faut reconnaître qu'il s'agit là d'une action limitée, mais qui permet de bien humilier les concepteurs de ces sites d'entreprises. Et ces organismes."

Qui l'eût cru, Josh ? C'était comme ça qu'il fallait s'y prendre, pensa-t-elle. Sembler, en apparence, classique et respectueux des lois, tout en subvertissant en réalité le statu quo. Faire quelque chose de véritablement subversif.

A la fin de la réunion, Josh vint lui demander ce qu'elle avait fait depuis le bac. Elle l'invita à jeter un œil à la Maison Noire, au bout de la rue. Elle n'hésita pas une seconde : Josh était le genre de type qui ne lui accordait en général aucune attention. Elle aimait l'écouter. Et elle aima vraiment beaucoup s'en aller avec lui.

Une fois tout le monde parti, Nash s'assit un moment. Il n'avait pas envie de débarrasser les prospectus et les tasses à café tout seul. Il n'y avait même pas Henry pour le distraire. Il s'allongea alors sur l'un des bancs pour écouter l'album *Mingus Ah Um*.

Rien que de plus normal : Josh avait l'âge de Miranda, c'était dans la logique des choses. Et puis ce garçon était plus intelligent qu'il n'aurait cru. Tous les doutes et toutes les réticences qu'il avait à l'égard de la personnalité de Josh ou de ses intentions ne se fondaient sur rien d'intelligible ni d'objectif. Il reconnaissait qu'une légère jalousie faussait son jugement. Et, à la vérité, il se sentait soulagé, aussi. Ça lui fut même égal, ou presque, lorsqu'elle cessa complètement de venir. Il savait que, avec le temps, tous ses pincements au cœur s'estomperaient puis finiraient par disparaître. Il le savait parce qu'il avait déjà vécu des séparations auparavant, comme tout le monde. C'était triste mais, il fallait bien l'admettre, l'oubli constituait une libération lente et progressive. Cependant, être conscient de cela prouvait également que, quelque part, vous n'oubliez pas complètement les épreuves traversées. Seulement, elles s'estompent au point qu'on a presque l'impression qu'elles ont été vécues par quelqu'un d'autre.

Il finirait par s'habituer à ne plus la voir dans le magasin. Et, plus tard, quand il les verrait marcher ensemble dans la rue, il se rassurerait en se disant que c'était bien pour elle, et peut-être était-ce le cas.

SANS BOUCHES

CERTAINS JOURS, Henry pensait uniquement au soir qui allait venir. Il parcourait la ville pour s'assurer du bon état de ses immeubles, et, clignant des yeux dans le soleil, il tremblait d'appréhension.

La plupart du temps, il parvenait à se focaliser sur autre chose. Cinq semaines s'étaient écoulées sans qu'il ne se passe rien. Ils étaient enfin partis pour de bon, songea-t-il avant de se reprendre et de repousser cette idée. Ses craintes superstitieuses s'étaient empreintes de ferveur. Chaque pensée, chaque geste semblait requérir d'être contredit, au cas où.

Il était allongé sur son lit, et rien ne venait. Il s'employait à éviter les idées noires. Il regardait la télévision. Le sommeil le gagna, ou du moins une léthargie agitée et soporifique, puis, au bruit assourdissant d'une page de publicité, il se réveilla en sursaut, les épaules compressées dans le canapé, la gorge desséchée.

Il sentit la peur, d'abord lointaine, puis plus intense, comme si son approche se faisait ludique, voire espiègle. Ne regarde pas l'horloge. Eteins le poste et rendors-toi.

Mais, en se levant du canapé, il jeta un œil à la pendule murale : 3 heures. Ne trouvant pas la télécommande, il appuya directement sur la veilleuse de la télévision. Le silence se fit d'un seul coup dans la pièce. Il sentit l'adrénaline monter doucement alors qu'il écoutait la nuit. Il essaya l'autodérision pour se contrôler : ne commence pas à te mettre à l'affût.

Les battements de son cœur s'accéléraient. Il entendait une multitude de bruits nocturnes ténus dominer le silence de la maison, comme quand les yeux s'adaptent peu à peu à l'obscurité du dehors jusqu'à distinguer les milliers d'étoiles, les arbres et les ombres projetées sur le sol par la lune. Il entendit son réfrigérateur se mettre à ronronner. La pluie crépiter sur les carreaux et le toit. La chaudière s'éteindre.

A l'aube, il s'éveilla à nouveau en sursaut. Soulagé : non seulement il ne se rappelait aucun rêve d'aucune sorte mais le bon vieux soleil pâle était là, ainsi que la belle lumière diffuse d'un matin du Nord-Ouest. Il se rallongea, la tête sur l'oreiller, avec l'impression de se trouver très loin de ses ruminations angoissées de la nuit. Puis, progressivement, presque imperceptiblement, il eut la sensation d'une brise étrange : une lente chaleur tropicale lui balayait paresseusement le visage.

Merde.

Henry se trouve dans une ruelle. Il ne sent pas l'odeur des palmiers qu'il longe, ni celle du trottoir brûlant qu'il foule. Une infecte pestilence l'agresse : l'odeur irritante, à la fois huileuse et astringente du formaldéhyde. Il bifurque vers une porte. C'est l'hôpital de Saigon. Qui s'appelle Ho Chi Minh-Ville à présent, et si Henry est là, c'est pour une raison bien précise.

Il longe un couloir, en direction d'un département spécial. Tout est calme. D'une main il pousse une porte battante, puis entre.

A présent, l'odeur de formaldéhyde est suffocante ; il plaque ses mains sur son visage, en vain.

Il voit, d'abord sous forme d'ombres, puis plus clairement, des rangées de pots en verre. Il doit y en avoir deux cents. Puis ses yeux s'adaptent. Il distingue des formes en suspension dans le liquide. De minuscules êtres, de frêles fœtus. Des formes doubles avec un corps qui s'est à moitié développé dans l'autre. Des visages sans bouches. Des membres sans doigts. L'odeur de formaldéhyde persiste, et, dans les bouteilles, les corps revêtent un aspect translucide. Aucune constante parmi ces catastrophes, sinon la raison de leur présence ici, dans ces bocaux, et leur signification.

Quand Henry s'arrêta il ne vomissait pas, ne pleurait même pas. Il regardait fixement les reflets du soleil dans la pièce. Que peut-elle pour moi, cette lumière ? Il savait que dans un jour, dans un mois, il sentirait de nouveau ce formaldéhyde visqueux dans son nez et sa gorge, au beau milieu de la journée.

Autres éléments qui effraient Henry :

*Le gaz chloracétophénone
à l'odeur de bourgeons de pommiers.
L'agent cyanure d'hydrogène
à l'odeur d'amandes grillées.*

et

Les suffocants, vésicants, irritants

et

La liste des choses dont on doit répondre est sans fin.

SUR LA MÊME LONGUEUR D'ONDES

"FAIS COMME chez toi."

Ils sortaient ensemble depuis plusieurs semaines, mais leurs rapports évoluaient lentement. C'était la première fois qu'il invitait Miranda chez lui (enfin, chez ses parents). Josh se dirigea aussitôt vers ses ordinateurs. Il possédait deux écrans plats brillants dotés de tours protoplasmiques grisbleu translucides et de claviers silencieux et souples, à la courbure centrale ergonomique. Pas de désordre ni de bric-à-brac. Pas de papiers épars.

"Moi j'aime les claviers qui font du bruit", dit-elle.

Il regardait l'écran. Il utilisait rarement la souris, se servant plutôt de tous les raccourcis clavier existants.

"Je n'aime pas les claviers souples", poursuivit-elle.

Il consultait ses mails. Apparemment il avait quelque chose comme deux cents messages. Il en ouvrit un dans la liste et le parcourut rapidement. Etrange que Josh vécût dans la banlieue cossue de Bellevue. Il avait passé quelques nuits avec elle en ville, était resté dormir, mais sans jamais lui faire l'amour (pas à fond en tout cas, ce qui, quelque part, leur allait très bien à tous deux, même s'ils n'en parlaient pas). Peu importait à Miranda qu'il ne s'attardât pas après l'aube. Ou qu'il préférât sa chambre chez ses parents.

"Je réponds juste à ce message. Deux secondes.

— Trop doux, trop souples..."

Miranda se détourna de lui. Rien de ce que Josh faisait ne la surprenait vraiment : il était surprenant à dessein, ce qui, bien sûr, devenait tout sauf surprenant.

Il fallait bien le reconnaître, après s'être enfin rendue chez lui, elle ressentit un pincement de regret pour les faubourgs immaculés, quand pour la énième fois elle enjamba un gosse à la Maison Noire. Ou ne serait-ce qu'à l'odeur du frigo. D'autant que, selon Miranda, la maison de Josh incarnait la banlieue riche dans toute sa splendeur. Sa chambre était immense. Passé le bureau et l'entrée, on atteignait le lit en descendant une marche recouverte de moquette. La pièce était peinte dans les tons gris-bleu métallisé. Lisse, immaculée. Pas de photos du Che, pas d'ouvrages de Noam Chomsky. Dans le coin chambre se trouvait un grand lit double fait avec soin, et, derrière, deux portes-fenêtres qui ouvraient sur une sorte de balcon. Au-dessus du lit, un velux. A droite, une porte donnant sur sa salle de bains particulière. C'était le genre de maison contemporaine où il y a au moins autant de salles de bains que de chambres.

"Voilà, c'est fait."

Il fit pivoter sa chaise tournante vers elle et tendit la main vers un tiroir pour en sortir un sachet de hasch. Puis il se mit à rouler un joint.

"Tu le gardes, là, comme ça, sans le planquer ?"

Josh sourit.

"Oui, bien sûr. Jamais mes parents ne regarderaient dans mes tiroirs sans ma permission."

Miranda secoua la tête.

"Entre nous, est-ce que cette pièce ressemble à la chambre d'un loser qui fume des joints ?

— Non, on ne dirait même pas la chambre d'un être humain.

— Leçon numéro un. C'est toi qui contrôles ce que les autres pensent de toi. Tout est susceptible de manipulation. Il est extrêmement simple d'éviter les interférences. La plupart des gens restent très superficiels dans leurs jugements. Parents compris."

Pourquoi tout le monde croit-il nécessaire de me donner des leçons ? se demanda Miranda.

Josh s'assit par terre près du balcon, en faisant bien attention de souffler la fumée par la porte ouverte. Elle remarqua un petit symbole fixé au mur au-dessus de son bureau. Légèrement à gauche des écrans d'ordinateurs. Il s'agissait d'une petite linogravure représentant un chat stylisé, formé de carrés futuristes noirs et blancs. Le chat noir, totem anarchiste du sabotage. Cette incongruité inquiétait, là, parmi les ordinateurs en titane et les souris à infrarouge.

Elle vint s'asseoir à côté de Nash et prit une taffe. Tandis qu'ils fumaient, la lumière rasante du soleil couchant entrait dans la pièce, conférant une teinte à la limite du rose argenté aux gris métalliques, dont les reflets chaleureux scintillaient, rougeoyaient.

Josh avait aussi un minuscule chat noir tatoué sur la poitrine. Miranda le remarquait chaque fois qu'elle lui déboutonnait la chemise, dévoilant ainsi son torse lisse, presque glabre, sa peau blanche et nette, et le petit tatouage, précis et noir. Ce symbole l'impressionnait et la rassurait à la fois. Josh était comme ça depuis un bon moment. Engagé. Miranda mesurait la force de l'engagement à cette volonté de graver à vie ses convictions sur sa peau. Là, dans un lotissement de maisons avec garage trois places, hauts plafonds et quinze pièces ; là, avec ses deux cents e-mails et ses manipulations précises et cliniques, il possédait déjà une authentique vie secrète. Ces réflexions l'accompagnaient tandis qu'elle l'attirait vers le lit.

Une peau si laiteuse et si lisse qu'elle évoquait à la jeune fille des statues en marbre, des assiettes en mélamine, ou des tours d'ordinateur ultramodernes. Il commença à lui embrasser doucement le ventre, se contentant d'effleurer ses seins gainés dans son soutien-gorge, en en faisant le tour avec une retenue qui la mettait au supplice. Ses lèvres étaient douces, couleur corail. Sa bouche semblait légèrement gonflée d'avoir frotté sa peau : mignon, il faisait presque efféminé. Il ne ressemblait pas du tout à Miranda, aux courbes abruptes, et aux parfums subtils. Elle avait l'impression d'être mouchetée de couleurs : marques de bronzage, taches de rousseur, un bleu, une bosse, un vaisseau éclaté. Des heures durant, leur sembla-t-il, ils s'enchevêtrèrent sur le lit, les vêtements dégrafés mais pas tout à fait retirés, et échangèrent de longs baisers sensuels qui, après avoir déstabilisé Miranda, ne firent qu'accroître son désir. Elle laissait dériver ses pensées dans la chambre gagnée par l'obscurité, ni musique, ni paroles, seulement la bouche généreuse de Josh et ses mains qui lui caressaient le bas du dos et ses longs cheveux, qui, elle le reconnaissait elle-même, devaient être agréables à toucher.

Elle n'était pas encore amoureuse de Josh. Pas encore. Mais...

Lui, ce n'était pas n'importe qui, pas vrai ? Une personne sérieuse, un tacticien, un expert. Un certainiste. Il lui redonna sa veste avant de la conduire sur le balcon. De là ils grimpèrent sur le toit, où le seul arbre proche de la maison offrait un semblant de camouflage. Il faisait presque jour grâce à la lumière diffuse des lampadaires, aux reflets "télévisés" scintillant à travers les portes coulissantes, aux piscines éclairées avec goût, dans un style contemporain, non pas du bleu turquoise en vigueur dans les années 1970, mais d'un vert mousse, éconaturel, provenant des éclairages identiques à ceux utilisés pour les monuments. Ils étaient là, allongés sur le toit, et fumaient de nouveau. Elle avait mal au dos et aurait voulu grimper sur lui. Au lieu de quoi ils se tenaient côte à côte, se touchant presque, les yeux fixés au ciel. Josh lui parla de toutes les actions qu'il avait effectuées, puis dévoila ses futures cibles. Et expliqua les raisons de son choix.

Depuis leur perchoir secret, le regard plongé dans la nuit périphérique, elle écoutait.

Miranda trifouilla le poste de radio. Le bouton "recherche" détecta un signal puissant, s'immobilisa quelques secondes, puis passa au signal suivant.

"Tu ne trouveras jamais les stations de la fac avec ça, dit Josh.

— Je déteste quand on capte mal.

— Pourtant toutes les stations alternatives émettent des signaux faibles.

— Il faut que j'aille aux toilettes."

Ils avaient pris l'autoroute 5 jusqu'à hauteur d'Ashland, dans l'Oregon. Puis avaient bifurqué à l'ouest pour rejoindre la nationale 1, qui longeait la côte. Ce détour, c'était l'idée de Miranda. Elle adorait cette route. Il s'agissait d'une nationale, pas d'une autoroute, et on constatait un véritable changement de décor. On voyait séquoias et paysages côtiers. De vieilles villes de bûcherons décrépites qui semblaient davantage faire partie de l'Oregon que de la Californie. Des vignes à perte de vue. De tristes motels construits à l'intention des touristes venus admirer les arbres du parc national. Le tunnel kitsch creusé dans la base du tronc d'un séquoia millénaire gigantesque qui permettait que l'on pût le traverser avec sa voiture en s'émerveillant devant sa taille. Elle aimait le craquement solitaire des arbres lorsqu'on marchait dessous, et leur taille. Pas parce que les objets massifs l'impressionnaient en soi, mais parce que, devant eux, elle se sentait pleine d'humilité et parvenait enfin à envisager sa propre vie dans une perspective historique planétaire. Elle avait l'intuition d'une spiritualité, sentiment qu'elle avait lu mal à éprouver en parcourant la Quinzième Avenue, en parlant à ses amis, ou en se brossant les dents. Elle adorait l'idée que ces arbres lui survivraient. Et à quel point sa vie était minuscule, un clin d'œil à l'échelle de l'univers. Cette pensée la rassurait : elle ne se sentait pas insignifiante, seulement intégrée dans un long et vaste processus, hors de sa portée. Le monde, au-delà de sa vie et de ses désirs. C'était alors qu'elle ressentait ouverture d'esprit et générosité.

"Il n'y a nulle part où aller aux toilettes. Si on prenait l'autoroute on pourrait s'arrêter sur une aire", dit Josh en regardant sa montre. Miranda éteignit la radio.

"Pourquoi tu éteins ?

— Il y a un café, là. Et de toute façon j'ai faim.

— On devrait quand même arriver à capter au moins une station publique."

Josh avait eu l'idée de descendre en voiture à Alphadelphia. Mais Miranda avait insisté pour qu'ils prennent la nationale 1, même si le trajet s'en trouvait rallongé d'au moins trois heures. Alphadelphia l'intriguait. Ou, du moins, les gens qui y vivaient. Son inauguration, par la société Allege-com, son commanditaire, avait fait la une des journaux. Allegecom – cette gigantesque entité commerciale qui fabriquait de tout, depuis les produits pharmaceutiques (à travers la filiale Phe-rotek) jusqu'aux graines génétiquement modifiées et les pesticides qui allaient avec (à travers Versa-gro, son bras armé biotechnologique) – avait ac-compli la prouesse sans précédent de générer puis de gérer une communauté entière. Ensuite la presse avait brutalement cessé de s'y intéresser, selon sa coutume, et personne n'en avait plus re-parlé. Combien de temps s'était-il écoulé, de-puis ?

"Cinq ans. Aujourd'hui, la ville compte cinq mille habitants."

Au tout début, trois personnes postulaient cha-que fois qu'un logement se construisait. Elle se rappelait avoir eu vent des critères de sélection. De la manière dont les gens essayaient d'acheter leur entrée. Du règlement strict d'Allegecom.

"Il s'agit de capacité ciblée. La taille qui permet d'avoir une population diversifiée au maximum avec un risque d'aliénation minimum.

— Cinq mille exactement.

— Juste assez de monde pour empêcher l'iso-lement de te rendre barjo et la propagation de la consanguinité, mais pas trop, pour avoir encore l'impression d'être entouré de visages familiers. C'est ce qu'a déterminé un programme scientifique et social précis, mis au point par la super équipe de perfectionnisme humain d'Allegecom."

Josh connaissait son sujet sur le bout des doigts. Il avait été branché sur l'attaque d'Alphadelphia par l'un des groupes anarchistes auquel il s'était inscrit sur Internet. La compagnie faisait partie des cibles. Apparemment, à l'occasion du cinquième anniversaire de sa communauté, Allegecom avait d'importantes déclarations à faire au public à propos du beau résultat venu récompenser un travail acharné et des dépenses considérables autour d'une expérience sociale, la Première Techtopie Autarcique de l'Amérique. Et ils allaient annoncer leur projet d'installer une autre communauté, encore plus perfectionnée, sur la côte est. La cible parfaite pour une action, mais Miranda ne savait pas encore en quoi elle allait consister, à moins que Josh n'eût pas encore trouvé de plan d'attaque.

Il n'y avait finalement pas grand-chose à voir. Des habitations et des culs-de-sac. Beaucoup d'arbres et une architecture uniforme, d'une extrême modernité. Maisons horizontales de verre et d'acier. Orientées plein sud et intégrées dans une végétation locale mais cultivée. Miranda trouvait ça plutôt chouette.

"Ce n'est ni kitsch ni trop homogénéisé, dit-elle.

— Ce n'est qu'un lotissement fermé, composé de maisons individuelles affichant un semblant d'innovation. Superficiel, insidieux, grotesque. Une parodie de communauté. Le développement durable, tu parles !"

Josh examina la brochure publicitaire qu'il avait en main. Sur la couverture on lisait :

Allegecom
Constructeur de Communautés Qui Marchent
en Douceur mais en Beauté sur la Terre

Alphadelphia ne leur inspira aucune action particulièrement subversive. Toutefois, lors des mois qui suivirent, Josh concocta un parasite sophistiqué pour pirater la page de recrutement de la nouvelle communauté d'Allegecom. Au premier abord, le site ressemblait en tout point à l'original, mais Josh l'avait entièrement infiltré de parodie.

Il avait changé le sous-titre Eco-Monde en Ecu-Monde, et dévoilé toutes les contreparties de l'écotopie que la compagnie prétendait créer et qui s'accompagnait d'un gros battage médiatique. Si les visiteurs cliquaient sur la petite icône du wagon rouge, l'endroit où Allegecom parlait des projets de services de la communauté, ils étaient dirigés vers un lien évoquant le procès que, en Amérique centrale, une communauté de dix mille personnes avait engagé contre la branche biotechnologique de la compagnie. On y voyait des photos d'animaux et d'enfants malades, auxquelles succédaient les campagnes publicitaires de la compagnie pour ses divers pesticides et graines génétiquement modifiées, ainsi que l'estimation des recettes d'Allegecom dans les pays du Tiers Monde. Ce genre de piratage et de parodie n'était pas illégal. Pas encore. Mais ces actions barbotaient dans une sorte de purgatoire, et les principaux intéressés savaient tous qu'elles allaient vite devenir des activités illégales.

En décembre, on avait même parlé de Josh dans le *New York Times*. Un article sur les pirates politiques paru dans la rubrique "Styles" comprenait une description de la dernière attaque de Josh sur Allegecom : L'icône de l'histoire de l'entreprise (une rigolote petite graine germée anthropomorphique) sur la page Engagement & Communauté vous emmenait sur un site abrité par Josh, où il était expliqué que, même si Allegecom commercialisait pléthore d'antidépresseurs et d'anxiolytiques, la société avait, auparavant, vendu de la dioxine au Pentagone par l'intermédiaire de Détriterre, une subdivision protopesticide dorénavant défunte. Le site apportait la preuve que le groupe continuait ses activités de recherche, développement et vente de dioxine bien que, depuis les années 1940, des expériences internes eussent révélé les effets tératogènes et cancérigènes de ce produit. On pouvait ensuite cliquer sur une icône en forme de tête de mort pour connaître toute la triste histoire de l'agent orange, et comprendre la difficulté de poursuivre en justice une branche de la corporation désormais éteinte, disparue, chaque division et subdivision ayant une identité distincte, chacune assumant ses responsabilités spécifiques.

Douze jours plus tard, Allegecom avait démantelé tout le boulot de Josh. Mais beaucoup de gens en avaient déjà pris connaissance et de nombreux journaux avaient publié des reportages à ce propos. Non seulement l'article du *Times* dévoilait que Josh était l'auteur de cette intervention mais il publiait même une photo de lui à son ordinateur, l'air sérieux mais sympathique, le non-pirate par excellence. Parler à un journaliste semblait à Miranda quelque peu imprudent. C'est tout juste si Josh ne suppliait pas de se faire arrêter.

"Tu sais quoi ?" Josh sourit et ferma les yeux, allongé sur son lit. Ils se trouvaient dans sa maison propre et parfaite. Maintenant ils passaient plus de temps là-bas qu'à la Maison Noire. Josh préférait. Plus d'intimité. Moins de puces.

"Quoi ?

— Les ressources humaines d'Allegecom m'ont écrit.

— Pourquoi ?

— Ils voudraient me payer un vol pour New York le mois prochain afin que je rencontre Leslie Winters, la directrice de projets de leur nouvelle communauté."

Miranda se mit à rire et secoua la tête.

"Tu rigoles !

— Je crois qu'ils veulent me proposer un job. Changement de tactique : au lieu de me poursuivre, ils m'embauchent. Style : promotion d'un responsable syndical au sein de la direction.

— Tu leur as dit d'aller se faire foutre ?

— Tu rigoles ou quoi ! C'est une super occasion de voir Allegecom de l'intérieur." Il se redressa et lui pressa la main. "Tu ne veux pas venir avec moi ?"

Si.

VISITEURS

HENRY AVAIT ENVIE de sortir prendre une bière avec Nash. Ils se rendirent au bout de la rue, dans un pub anglais pas piqué des hannetons et s'assirent dans un des box du fond. Henry n'avait pas l'air dans son assiette. Il fumait, son inhalateur posé sur la table. Il essuya d'un revers de main la sueur sur son front.

"Qu'est-ce qu'il t'arrive ? On dirait que tu n'as pas dormi", dit Nash.

Henry jeta un rapide coup d'œil derrière son épaule.

"Ecoute, il faut que je te parle.

— D'accord.

— Enfin, y a des trucs que je vais te dire, je sais pas.

— T'en fais pas.

— Au point où j'en suis, je m'en fous."

Henry avala une grande gorgée de bière.

"Parfois je fais ces rêves – enfin pas tout à fait –, des cauchemars qui me réveillent.

— Comme des terreurs nocturnes.

— Ouais, mais des transes cénesthésiques baroques, interminables.

— Quoi par exemple ?

— Par exemple des hallucinations ultra-détaillées où je pulvérise de l'agent orange au-dessus des jungles et sur les bords des fleuves. Au-dessus des villages.

— C'est affreux.

— Je lâche du phosphore blanc et des bombes au napalm. Je le vois – je le sens brûler à travers la peau. La mienne aussi." Henry baissa les yeux. "J'en ai eu une atroce : des bocaux remplis de formaldéhyde où flottaient de sinistres fœtus. Je voyais ces visages et je me suis réveillé avec des relents de formol dans les cheveux, et un arrière-goût bizarre dans la bouche."

Nash observa Henry qui écrasait sa cigarette. Sa respiration se faisait de plus en plus difficile, de plus en plus courte.

"T'as déjà entendu parler d'un truc pareil : des exhalaisons incongrues, inexplicables ? Les odeurs dont on ignore la provenance sont parfois profondément perturbantes… J'ai essayé de me renseigner là-dessus, expliqua Henry.

— Ce sont des hallucinations, c'est comme avoir des visions ou entendre des voix.

— Les cadavres des saints ne sentent pas la décomposition, tu sais. Ils sentent la rose et le parfum. On appelle ça l'«odeur de sainteté».

— Et alors ?

— Moi c'est un genre de contraire : des remugles fétides pour des choses diaboliques."

La main tremblante, Henry sortit une autre cigarette et l'alluma. Il aspira la fumée puis se mit à renifler. Il attrapa une serviette en papier posée sur la table pour s'essuyer le nez et le front.

"Bon Dieu, c'est l'horreur, ce truc ! s'exclama Nash. Ton service, ça a dû être quelque chose. Pas étonnant que tu souffres de ce genre de traumatisme des années plus tard."

Henry, qui hochait la tête, s'immobilisa, les yeux fixés sur Nash.

"De quoi tu parles, là ?

— De ce qui t'est arrivé. Au Viêtnam.

— Nash, il m'est arrivé un truc, c'est sûr, mais je n'étais pas au Viêtnam.

— Névrose post-traumatique. Très fréquent chez les vétérans…

— J'ai été réformé à cause d'un trouble de l'audition. Je ne suis jamais allé au Viêtnam."

Nash regarda Henry pendant qu'il avalait une nouvelle gorgée de bière.

"Quoi ? Tu n'étais pas au front ?"

Henry secoua la tête et déglutit.

"Et j'étais même pas dur d'oreille. J'ai simulé, pendant le test. Un vrai jeu d'enfant : il suffit d'hésiter quand ils te balancent toute l'échelle de sons, tu attends plusieurs secondes avant d'indiquer que tu as entendu le bip. Ce qui est drôle c'est que mon acuité auditive a réellement fini par baisser dans une proportion quasi identique à ce que j'avais simulé. Tu sais : si tu me parles sans que je te voie, je ne capte presque rien. C'est marrant.

— Ça alors !

— Et j'ai un peu l'impression d'avoir ce que je mérite. J'étais parfaitement au courant de la guerre, pourtant je n'ai jamais rien fait pour l'arrêter. Je me suis planqué, bien au chaud, et l'alcool m'a aidé à tenir toutes ces années-là. Je savais que c'était mal. Mais je n'ai rien fait. Et depuis je n'ai pas cessé de le payer.

— Qu'est-ce que tu veux dire ?

— Je veux dire que les symptômes ont commencé à apparaître quelques années après la fin de la guerre. Liés à une exposition à la dioxine, même si je n'avais encore aucune idée de ce que c'était. Je me suis mis à faire des recherches sur la guerre du Viêtnam, et sur ce qu'on y avait fait. J'ai eu des éruptions de boutons et de l'asthme. J'ai lu tout ce que je pouvais. Ensuite, il y a environ trois ans, ce sont les terreurs nocturnes et diurnes qui sont apparues. Les symptômes ont gravement empiré : insomnie, tremblements, problèmes respiratoires graves.

— Tu te fais aider pour ça ?

— Je prends du Nepenthex depuis des années. Et dernièrement du Blythin. Des trucs conçus exprès pour les névroses traumatiques liées au combat.

— Henry, tu leur as dit que tu n'étais pas un vétéran ?

— On ne me l'a pas demandé. On m'a expliqué que j'avais une forme grave de stress post-traumatique.

— Mais ça n'a rien à voir, dans ton cas ce n'est pas lié à ton expérience.

— Mais si… Je n'arrive pas à l'expliquer, pourtant ces souvenirs que j'ai, ces souvenirs par procuration, ils sont réels.

— Des souvenirs réels…

— De choses que les gens ont vécues. J'en suis sûr. Mais ce n'est pas de ça dont je voulais te parler.

— En tout cas, tes symptômes physiques, eux, ils sont bien réels.

— Le truc c'est que, jusqu'à maintenant, je n'avais rêvé que de combats. Hier soir, ça a été différent."

Henry jeta de nouveau un œil derrière lui puis se pencha vers Nash.

"Ça se passait aussi pendant la guerre du Viêtnam. Mais je n'étais pas soldat, du moins pas dans l'armée. J'organisais des attentats à l'explosif contre des habitations. De grosses résidences secondaires appartenant à des cadres d'entreprises haut placés. Je travaillais chez quelqu'un, la maison était vide, je posais des explosifs. On avait prévenu les domestiques qu'ils devaient partir, j'imagine, puisqu'il n'y avait pas trace d'êtres humains. Par contre il y avait des photos de famille, des meubles, des lits. Des tasses à thé et des plateaux de jeu. J'ai vu la maison exploser en mille morceaux. Un quelconque membre du conseil de Monsanto, de General Electric ou des produits chimiques Dow. Pour protester contre la guerre.

— Vraiment ? Enfin je suppose que ça a du sens dans le non-sens.

— Mais…

— Quoi ?"

Henry posa une main sur la table puis se pencha vers Nash.

"Ce n'était pas moi, c'est ça qui est bizarre.

— C'est *ça* qui est bizarre ? Qu'il ne s'agît pas de toi ?

— C'était toi. Dans ce rêve-là c'était toi. J'étais dans ta tête, je voyais à travers tes yeux, mais pas d'erreur possible, c'était toi."

Nash secoua la tête avant d'émettre un rire bref.

"Bon ben, c'était un rêve, non ? Immatériel, irréel, imaginaire. Tu lis des trucs sur ce sujet et après tu en rêves. C'est une projection."

Henry frotta ses yeux injectés de sang.

"Ni un souvenir ni du vécu", conclut Nash.

CINQUIÈME PARTIE

1973-1980

BELLATRIX

LE BUS DÉPOSA Berry et Caroline quinze kilomètres à l'ouest de Little Falls. Elles attendirent trois heures : des automobilistes venant des villes industrielles déprimées le long d'Erie Canal dépassaient à toute vitesse deux nanas hippies qui faisaient du stop. Caroline avait demandé à Berry de l'aider à se teindre et à se couper les cheveux. Nouvel endroit, nouveau look, lui avait-elle expliqué. La coloration appliquée (prétendument auburn, mais en réalité un vilain ton betterave synthétique), Caroline se fit une couette au sommet du crâne. Berry lui avait dit que, en la coupant, elle obtiendrait aussitôt une coiffure fouillis, exactement comme Jane Fonda dans *Klute*. Caroline laissa retomber quelques mèches sur sa nuque pour avoir un peu de longueur derrière, puis laissa son amie cisailler la queue de cheval. Ce à quoi elle parvint, non sans mal, obtenant une coupe irrégulière et dégradée, indéniablement fouillis. Quant à Berry, elle laissa ses cheveux tels quels, longs et bouclés, toutefois elle consentit à ce que Caroline les rassemble en un chignon souple. Elle avait encore le nez et la lèvre supérieure gonflés, mais Caroline l'aida à camoufler les bleus avec du maquillage.

"Tu veux faire bonne impression, non ?

— Je crois."

Chaque fois qu'elles s'arrêtaient en chemin, Caroline se regardait dans la glace. Sa coupe de cheveux était affreuse, mais elle avait assurément l'air différente. Elle portait un chapeau souple en crochet, des lunettes de soleil à larges montures, un rouge à lèvres sombre, et avait décidé de ne pas trop s'inquiéter. Finalement, à force de marche et de stop, elles atteignirent à Herkimer County un trou à la population clairsemée, répartie sur une zone de collines agricoles qui s'élevaient depuis le fleuve Mohawk, moitié ville ir.dustrielle fantôme du XIXe siècle, moitié utopie campagnarde bucolique d'une verdoyante et intense luxuriance, à la limite de l'indécence. Elles s'arrêtèrent à la supérette General Store de New Harmon pour acheter deux packs de six bières, un paquet de riz et un grand pot de beurre de cacahuète. Caroline sortit sa carte du comté.

"Il suffit de suivre le Hurricane vers le nord en restant sur la rive gauche et on devrait arriver dans deux heures.

— Je vais devoir me trimballer ces bières pendant deux heures ?" demanda Berry.

Secouant la tête, elle sortit deux bouteilles et en tendit une à Caroline.

Elles finirent par arriver à un sentier poussiéreux. A son embranchement, on lisait cette pancarte :

Pas de visiteurs. Pas de touristes. Pas d'exceptions.

Au-dessous, une autre pancarte, qu'on avait apparemment clouée plus tard, précisait :

A bon entendeur salut, ducon !

Ignorant ces sommations, elles empruntèrent le sentier. Près de deux cents mètres plus loin, nouveau panneau :

Entrée interdite !

suivi d'un nouvel addendum, qui cette fois-ci disait :

Tu es la sœur de qui ?

Caroline ne parvenait pas à déterminer si la question s'adressait aux intrus qui s'avançaient sur le sentier ou constituait une réaction de leur part.

Enfin, elles virent la forêt s'ouvrir sur une clairière. Miroitant dans le soleil, trônait un dôme composé d'une multitude de petites plaques en métal émaillé, toutes de couleur différente − la plupart brillantes, quelques-unes rouillées sur les bords, d'autres enduites d'un apprêt mat − et soudées à la va-vite à leur jonction de manière à créer un vaste logement bigarré et futuriste. Sur une pancarte peinte on lisait :

Cabane du Précurseur, Deuxième Version

"Tournez-vous, vous deux. Lentement." Une voix derrière elles.

Elles s'exécutèrent. Carabine en main, une femme blanche coiffée d'un ersatz de coupe afro blonde leur faisait face, le canon pointé sur elles. Elle portait ce qui, selon Caroline, ressemblait à l'uniforme des scouts : chaussettes remontées jusqu'aux genoux, mais ni écharpe ni badges. Ses gros brodequins militaires venaient en quelque sorte souligner plutôt que dissimuler le galbe de ses longues jambes.

Berry se mit à rire. Caroline lui pinça fort le bras pour qu'elle arrête.

"Qu'est-ce que vous faites là ? Vous savez pas lire ? Vous êtes dans une communauté fermée. Nous n'avons pas de chambre pour de nouveaux membres.

— Ouais, on a cru comprendre, dit Berry. Bonjour l'esprit communautaire…

— Ecoute, ma grosse, regarde ce que j'ai à la main et ferme-la. Il ne s'agit pas d'une communauté mais d'un collectif de femmes."

Interloquée, Berry se mit à rire de plus belle.

"Hey, y a pas de problème. On est là sur invitation. Pour voir la Mère l'Oie, expliqua Caroline.

— Vous la connaissez ? Elle sait que vous venez ?

— Pas directement, mais, ouais, elle sait qu'on vient."

La femme baissa son arme. Elle leur fit rapidement le signe de la victoire avec deux doigts puis, d'un geste, leur indiqua de se diriger vers le dôme.

"Désolée. L'été je dois rester vigilante sinon on est envahies par tous les freaks qui marchent aux amphètes et par ces sangsues de junkies que la ville dégueule sur notre chemin. Ils débarquent, ils pissent dans nos ruisseaux et toi t'es censé leur éponger le front et panser leurs cœurs de toxicos parasites jusqu'à ce que la communauté entière se transforme en asile de nuit, Bowery* sur la colline, tu vois le plan ?"

Elle s'arrêta à l'entrée du dôme.

"Au fait, je m'appelle Jill. Hill Jill, mon boulot c'est de surveiller l'enceinte. Entrez donc, je vais vous donner quelque chose à manger.

— On a apporté de la bière.

— Pas autorisé."

Berry regarda Caroline et leva un sourcil.

"Alors rentrons-la et buvons-la rapidement", ajouta Jill.

A l'intérieur, son dôme était aussi confortable, spacieux et aéré que pouvait l'être un logement

---

* Bowery est un quartier de Manhattan, à New York, connu pour la violence qui y règne et sa population de paumés et de drogués.

polyédrique à faces triangulaires. Il était équipé d'un velux de résine translucide teintée en rose, d'un mobilier artisanal en pin et d'une cuisinière à bois. Il y avait des décorations en macramé et de nombreux talismans mexicains tissés, aux couleurs vives, attachés au plafond. Apparemment, le dôme était aussi raccordé à l'électricité : Jill se servait d'un petit réfrigérateur et d'un tourne-disque encastré dans une chaîne hi-fi stéréo dernier cri au revêtement en vinyle, entourée de piles de disques. Des couvertures indiennes recouvraient son lit plateforme, et une bibliothèque arrondie croulant sous les livres embrassait un "mur" entier. Caroline vit des volumes sur la religion orientale et une copie du *Whole Earth Catalog*, le catalogue indispensable au bricoleur respectueux de l'environnement. Plusieurs panneaux de Plexiglas rayés et opaques encastrés dans les parois du dôme faisaient office de fenêtres. Au travers, on voyait les collines et les forêts par-delà le sentier.

"C'est bien fichu ici, remarqua Caroline.

— Je l'ai construit moi-même, avec des pièces de voitures abandonnées. Déchets recyclés de la société industrielle. Chacune construit sa propre maison. C'est la condition *sine qua non* pour rester.

— C'est toutes des dômes comme ça ?"

Hill Jill haussa les épaules et décapsula sa bière sur le rebord de la cuisinière.

"Certaines. Ici on trouve les éternels fanas du dôme à la Buckminster Fuller. Il suffit de suivre une recette pour construire une maison avec des rebuts. Tu sutures avec un peu de joints en résine, tu calfates le tout avec du goudron. Il y en a parmi nous qui font des trucs plus élaborés. Moi je suis reliée au réseau électrique. J'utilise de la fibre de verre pour l'isolation, et des tuyaux en PVC. Des joints en plastique. Un puits avec de l'eau courante. Mais chacune voit midi à sa porte.

— On vous laisse décider, hein ? demanda Berry.

— La technologie est libératrice.

— On pourrait y passer la journée, à traîner des seaux d'eau. Ou à entretenir un feu, dit Caroline en ouvrant une bière.

— Exactement. La technologie pour éradiquer les corvées. On est au beau milieu d'une région ingrate : moins trente en hiver. Moi je ne suis pas une primitiviste.

— Elle s'appelle comment, cette communauté ?" demanda Berry.

Jill l'ignora et continua à siroter sa bière. Berry réitéra sa question.

L'autre finit par lui décocher un sourire méprisant.

"C'est le Ranch des Parfaites Salopes, petite sœur, la Chaîne des Chattes en Furie. C'est la Ferme de Grand-Papa, tu piges ? La Propriété Hérétique, le Campus de la Déchéance, la Colline de l'Hépatite.

— Allez..."

Jill inclina la tête et dévisagea Berry.

"Secret-défense, désolée. Finissez de boire et ensuite nous monterons à El Dorado."

Berry se mit à parcourir les 33 tours rangés en pile à côté de la stéréo. Il y avait plusieurs albums des Ohio Players avec, en couverture, la photo d'une femme noire, tête rasée, l'expression lasse, attachée de diverses manières. L'un des albums s'ouvrait sur un dépliant avec cette même femme presque nue, un collier à clous autour du cou et brandissant un grand fouet en cuir.

"C'est quoi, ça ?" Berry tenait entre deux doigts un autre album, comme si le disque sentait mauvais. Sur la photo de la pochette on voyait une femme noire enterrée jusqu'au cou dans la poussière, la bouche ouverte sur un cri, le visage encadré par une gigantesque coupe afro. Et, écrits en lettres tordues, les mots *Maggot Brain.*

"Ben en tout cas, c'est pas Joni Mitchell !" ironisa Hill Jill en lui prenant le disque des mains. Elle alluma la chaîne puis abaissa l'aiguille. La guitare torturée et les rythmes funky du groupe Funkadelic répandirent leur dissonance agressive. Une voix entonna d'ésotériques inepties où il était question de la terre nourricière. Mais ensuite, doucement, tristement, venu de très loin, un long solo de guitare chargé d'émotion inonda la pièce de déferlantes sonores d'une beauté poignante. Pendant plusieurs secondes, le son de l'instrument s'allongea et se contracta. Elles étaient toutes assises à écouter, et Jill ferma les yeux, faisant ainsi comprendre qu'elle exigeait le respect et le silence pour sa musique. La mélodie évoquait une solitude sous-jacente qui, après avoir attristé Caroline, lui donna la chair de poule. L'idée que ce solo de guitare ne finirait peut-être jamais lui traversa l'esprit. En regardant fixement la pochette, Berry descendait une nouvelle bière. Enfin, la guitare redevint mélodieuse et le morceau s'acheva sur un fondu harmonieux où pointait une espèce de funk sombre et sensuel.

Après avoir bu encore trois bières, Jill décida qu'il était temps d'y aller, et elles empruntèrent le chemin qui partait de l'enceinte pour gagner ce que l'on appelait la maison commune. Sur le trajet, Caroline aperçut des constructions diverses aux allures inhabituelles. Toutes hors de vue les unes des autres. Pour ce faire, on avait parfois judicieusement planté un massif d'arbustes ou creusé un fossé. Ou bien établi une saine distance entre les allées. Certains logements ressemblaient à celui de Jill : variations sur la construction géodésique, hémisphères aux multiples jointures. Ici, une cabane de rondins grossièrement taillés. Là, des bâtiments en adobe, semblables à des grottes ; de simples et fragiles bicoques à toits de chaume ; des baraques en torchis recouvertes de plastique ; et même une maison au toit incliné faite de bardeaux et peinte en blanc, qui semblait tout droit sortie d'une carte de vœux. On voyait aussi des sortes de granges en préfabriqué construites à l'aide de poteaux, des habitations dans les arbres, comme chez les gnomes, et des igloos à base de paille et de terre. Apparemment, à chaque maison avait été apportée une touche artistique pour des motifs esthétiques ou pour la seule beauté du geste : vitraux fixés dans des murs plastifiés, qui fuyaient, inachevés. Ou motifs de mosaïques insérées dans une maçonnerie brute. L'une des constructions allait jusqu'à arborer des tourelles et des minarets. Une autre était entourée d'une véritable douve. Caroline avait entendu parler de telles communautés, vu des photos dans des magazines. Au sommet de la colline, elle aperçut d'autres logements construits dans la terre, dont certains faisaient des saillies étranges pour s'adapter aux arbres ou aux rochers. Ces maisons ressemblaient à des sous-marins ou rappelaient des films de science-fiction. Malgré les différences de détails, on pouvait discerner deux catégories : les abris humbles et modestes – tipis, bicoques en tôle ondulée ou huttes de terre –, et les maisons high-tech conceptuelles – à base de déchets industriels recyclés, maisons cocons, ou constructions où se mêlaient plastique embouti et panneaux d'aggloméré.

"Celle-ci, là-bas, c'est la maison d'Hespérides. Entièrement construite à partir de rebuts, de matériaux libérés et sauvés des usines désaffectées d'Utica et de vieilles fermes qui longent les collines. Elle l'appelle Cake Corners. Elle fait partie des pro-techs, comme moi. Là-bas, de l'autre côté, vous avez les anti-techs. Genre eau courante et électricité strictement interdites. Idéalistes rousseauistes et primitivistes revendiquées. Elles font la cuisine et la lessive dans un seul espace commun et elles partagent tout.

— Ça m'a l'air super, commenta Berry.

— Ouais, on est quelques-unes à avoir déjà tenté ce trip, ça nous a servi de leçon. C'est pour ça qu'on l'appelle la Colline de l'Hépatite. La Mère O, moi et certaines autres, on est des disciples d'Hygeia."

Les deux amies regardèrent Jill sans comprendre.

"Vous savez… eau courante, toilettes propres avec chasse d'eau, fosses septiques et douches chaudes.

— Ah ouais, à la pointe du progrès." Caroline sourit. Berry haussa les épaules.

*

"Avez-vous rejoint une secte rurale parce que vous avez foi en la perfectibilité de l'interaction humaine ? Ou s'agit-il d'une fuite, de l'expression d'une profonde misanthropie ?" D'emblée, la Mère l'Oie leur déballait son laïus habituel sur la communauté. Elle était venue à leur rencontre et les guidait à présent vers la maison commune. Quand elle vit l'endroit où elles se dirigeaient, Berry pressa le bras de Caroline. Un gigantesque bâtiment en bardeaux de couleur prune, avec de petites touches rose vif. Il avait une forme rectangulaire simple, un toit à double pente et des fondations en pierre en parfait état. Les fenêtres étaient composées de douze petits panneaux en verre dépoli de chaque côté des traverses.

"Elle a été construite dans les années 1840 par deux femmes exclues de la communauté de New Harmon. C'est pas une blague. Sauf qu'elle n'était pas violette à l'origine. Blanche, bien sûr. Et sa construction imite les bâtiments originaux de style Shaker des années 1790. Vous en avez entendu parler, de la communauté de New Harmon ? Elle a donné son nom à la ville. Cette terre porte l'histoire d'une communauté alternative radicale. Des extrémistes chrétiens qui pensaient que la propriété privée était la racine de tous les maux. Autrement dit polygamie et vie en communauté où tout se partageait, y compris l'éducation des enfants. Il existe même des archives de leurs périodiques et de leurs journaux intimes à la bibliothèque municipale. Les ploucs qui gouvernent ce bled n'ont aucune idée de ce qu'était la communauté de New Harmon – s'ils le savaient, ils adopteraient sûrement un autre nom."

La Mère l'Oie, plus âgée que Jill, était une femme trapue et robuste. Elle portait ses cheveux poivre et sel tirés en chignon, un chemisier très simple en mousseline, et une jupe. Sans maquillage, d'une austérité frondeuse, elle sentait la réformatrice religieuse à plein nez. Moins sexy, on ne pouvait pas, pensa Caroline, qui avait l'impression d'être tapageuse avec son chapeau et ses lunettes. Elle jeta un œil à Berry, dont les yeux s'arrondissaient de plus en plus. C'était drôle de les voir face à face, ces deux femmes rondes aux chairs blondes : Berry dans sa cascade d'étoffes diaphanes et légères et avec ses mèches de cheveux d'ange ; et la Mère O, tirée à quatre épingles.

"Voyez-vous, je suis une empiriste. Ici nous pouvons tendre à la précision, éliminer les variables.

— Par exemple ? demanda Berry.

— Eh bien, les hommes, déjà, pour commencer", répondit Jill. La Mère O la regarda. Jill fronça les sourcils.

"On ne peut pas fonder une communauté sur la soustraction, sur une simple opposition. C'est une attitude réactionnaire d'évitement. Cryptofasciste. Sans compter que les gens pourraient s'arrêter aux aspects les plus spectaculaires de ce qui relève d'une vision beaucoup plus subtile et sophistiquée. Néanmoins – et là, la Mère O s'interrompit un instant pour jeter un regard appuyé sur la lèvre enflée de Berry et la couleur étrange des cheveux de Caroline – vous avez vos raisons d'être là, et je peux vous offrir un refuge, au moins temporairement.

— Génial.

— Mais si vous souhaitez rester plus d'une semaine, il faudra faire une demande d'inscription. Pas de touristes, pas de pique-assiettes, précisa Jill.

— Nous vous inviterons à prendre part à la direction de la communauté ainsi qu'à ses travaux", ajouta la Mère l'Oie.

Celle-ci habitait une petite chambre privée dans la maison principale. Elle installa Berry et Caroline au deuxième étage, dans le dortoir. Il y avait une salle de bains équipée d'une grande baignoire sur pieds, et des rangées de lits simples, immaculés, parfaitement alignés. Des étagères couraient le long des murs, ainsi que des planches munies de crochets pour suspendre vêtements et balais. La première règle qu'elles apprirent – la première d'une longue liste – intimait de ne rien laisser par terre. On rangeait les chaussures dans des tiroirs, et on était convié à se servir des balais. Un sol nu afin de pouvoir balayer dans les moindres recoins.

Ensuite on expliqua aux deux femmes le système de la roue des travaux, qui attribuait à toutes les habitantes de la communauté des points de travail pour les tâches qu'elles choisissaient elles-mêmes d'effectuer. Chacune, peu importe depuis combien de temps elle était arrivée, devait obtenir un certain nombre de points par semaine. On en attribuait davantage pour les travaux les plus pénibles, comme nettoyer les étables ou laver les toilettes. A l'inverse, on en donnait moins pour les tâches les plus appréciées, confectionner des gâteaux ou ramasser les œufs par exemple ; et ce jusqu'à ce que chaque tâche bénéficie d'un attrait similaire et trouve une volontaire. Malheureusement, ce système signifiait aussi qu'on ne tenait pas compte des compétences particulières des résidentes. Ainsi, alors que Caroline, cuisinière talentueuse, aurait dû se trouver aux fourneaux, la roue ne lui offrit pas davantage de points qu'à Berry, cuisinière lamentable.

"Ce modèle n'est pas parfait, mais, à mon avis, c'est la façon la plus égalitaire de structurer les choses. Il s'agit d'une expérience. Chaque méthode engendre ses propres répercussions. La seule organisation du travail, par exemple, peut avoir d'énormes conséquences sociales. Nous encouragerons peut-être, d'ici quelque temps, celles qui excellent dans un domaine à exercer davantage leurs talents en la matière, mais nous nous retrouverons alors avec des personnes nées pour nettoyer les toilettes et qui n'auront jamais l'occasion d'effectuer les tâches agréables. Ainsi, nous sacrifions l'efficacité et la qualité afin de conserver une équité et une égalité optimales", expliqua la Mère O à Caroline tandis qu'elles prenaient un petit-déjeuner constitué de fruits en bocaux et de pain au levain.

Caroline appréciait les possibilités qu'offrait la communauté. Même l'absence d'hommes ne la gênait pas, au contraire. Berry se montrait moins enthousiaste. Elle passait ses journées là-haut, sur le versant des anti-techs, à fumer de l'herbe ou à se prélasser dans le sauna. Elle trouvait épuisante et légèrement suspecte l'assiduité au travail des pro-techs. Elle préférait bénéficier de moins d'équipement à moindre effort. Mais elle dormait toujours dans le dortoir avec Caroline et effectuait les tâches qui lui étaient assignées sur la roue. A la fin de leur première semaine, les deux femmes dirent à la Mère O qu'elles voulaient rester et désiraient faire une demande d'inscription.

Il leur fut alors expliqué que celles qui souhaitaient s'installer devaient, à terme, édifier leur propre maison, dissimulée au regard de toutes les autres. Tant qu'elles participaient à la roue des travaux, elles pouvaient se joindre aux repas communautaires et aux prises de décision. Celles qui préféraient se débrouiller seules, à l'instar de certaines anti-techs, étaient libres de sortir du système de points.

Caroline apprit que la plupart des femmes qui se trouvaient là avaient quitté le département d'études classiques de Harvard, où la Mère O enseignait. D'autres dirigeaient la section design et architecture au Massachusetts Institute of Technology. Elle avait aussi découvert que la Mère O était la bienfaitrice financière de la communauté. Il faudrait des années avant que l'autarcie soit effective, c'est pourquoi elle avait avancé l'argent pour acheter la terre et les équipements de base. La plupart des femmes étaient des anciennes d'autres communautés, en général disparues, qui avaient eu pour règle d'or : portes ouvertes et liberté absolue, avant d'être envahies par des toxicomanes et des marginaux. Ce lieu se voulait donc une révision des expériences précédentes. La Mère O souhaitait disposer d'un espace où l'on pût remettre en question les préjugés culturels de base. Comme ceux concernant le comportement des femmes en l'absence d'hommes. Et déterminer si, oui ou non, nous pouvions échapper aux paradigmes culturels dans lesquels nous avions été élevées. Elle avait restauré la vieille maison de style Shaker, payait les impôts et approvisionnait fréquemment la communauté. Malgré le potager et l'élevage de poules et de vaches, elles étaient loin de pouvoir vivre en autarcie. Ainsi, dans un sens, la Mère O avait-elle une grande responsabilité, à laquelle elle ne pouvait pas échapper, quel que fût le nombre de points de travail qu'elle accumulait à la pointeuse.

Mais Caroline l'aimait bien. Et elle aimait ce lieu, malgré ses contradictions. Elle aimait cet effet de claustration, la façon dont chaque femme se réinventait. Ici, personne ne confessait sa vie passée. Personne ne désirait profiter d'autre chose que du moment présent et de l'avenir. N'était-ce pas l'endroit rêvé pour quelqu'un comme elle ?

TEMPORAIRE COMME ACHILLE

DEUX MOIS PLUS TARD environ, Caroline et Berry n'avaient toujours pas construit leur maison. En lieu et place, Berry était parvenue à convaincre les femmes retranchées sur la colline de la laisser s'installer avec elles. Mais elle faisait souvent des pauses : après plusieurs jours passés en groupe avec les anti-techs (cuisine au feu de bois, travaux agricoles de base effectués pieds nus, bains très occasionnels, incantations diverses), elle s'enfuyait chez les pro-techs (chaînes hi-fi, sucre raffiné, eau potable, sparadraps, tampons). Caroline, vêtue de son chapeau souple et de sa robe de grand-mère, la voyait encore presque quotidiennement, lorsqu'elle ressentait le besoin de bavarder en aparté, ou simplement de partager en silence un moment de complicité. Elle ne se sentait pas encore tout à fait à l'aise dans ce phalanstère. Elle vivait dans le dortoir aussi discrètement que possible : à l'heure qu'il était, elle aurait sûrement dû en partir. Mais construire une maison lui semblait constituer un engagement considérable pour quelqu'un dans sa situation.

Après avoir récupéré son planning hebdomadaire de travail, elle retrouva Berry sur le sentier, puis elles partirent se balader au-delà des limites de la communauté. Elles s'assirent sur des rochers près du ruisseau pour manger leurs sandwiches.

Caroline alluma la radio portative de la Mère O. "Good Vibrations", la chanson des Beach Boys, se mit à résonner. Elle monta le volume, et la musique se répercuta sur les collines alentour.

"Pendant ma deuxième année de lycée, c'était mon tube préféré. Cette fausse fin, lorsque la chanson se fond dans une autre qui, bien qu'elle semble complètement différente, garde pourtant un lien avec la première ; ça me faisait planer."

Tout en parlant, Caroline tressait les cheveux de Berry. Elle s'était mise à les lui peigner puis à les natter spontanément, sans lui demander son avis. Sinon elle allait bientôt avoir des dreadlocks touffues et des nœuds impossibles à défaire. Apparemment, nœuds ou pas, Berry s'en fichait.

"Elle est pas mal, cette chanson.

— Elle est super, renchérit Caroline.

— Le problème avec les Beach Boys, c'est pas qu'ils sont trop sentimentaux ou quoi. Ça je m'en fous. Mais ils ne sont absolument pas sexy…

— Oui, c'est vrai…

— Je dirais même qu'ils n'ont aucun sex-appeal. A moins d'avoir douze ans.

— C'est pas la question.

— C'est quoi, la question, alors ?

— La solitude. Le manque. La tristesse qui perce à travers toutes ces effusions de joie forcées. C'est bouleversant."

Berry haussa les épaules.

"C'est une chanson sympa.

— Ce n'est pas le son, ni les mots. C'est ce que tu ressens, ou plutôt le sentiment que tu perçois. Comme une Amérique un peu lointaine, un peu rance, tu vois ?"

Berry se tourna vers elle et lui sourit. Ses nattes blondes étincelaient au soleil.

"Quand tu emménages dans un nouvel endroit, c'est bien d'avoir avec toi quelqu'un ou quelque chose lié à ton passé, qui te rappelle qui tu es, tu ne crois pas ?"

I don't know where but she sends me there*

"Ecoute ces accords. Pourquoi est-ce qu'ils nous donnent des frissons ? Pourquoi ils nous procurent une satisfaction si profonde ?

— Tu vois, c'est tellement facile de se perdre soi-même, d'une certaine façon, si tu vas dans un nouveau lieu", dit Berry, la gorge un peu nouée. Le son de sa voix la fit rire.

"Tu es nostalgique ?

— Emotive, peut-être. Pas étonnant avec tous ces œstrogènes qui se baladent à l'air libre ici !"

Caroline noua les longues tresses avec des lacets en cuir. Elle se leva puis balaya d'une main les gravillons qui étaient restés collés sur ses cuisses nues. Il faisait déjà froid. Dans ces montagnes vieilles de plusieurs millions d'années, la température chutait dès que le soleil déclinait. Berry se leva à son tour et elles prirent lentement le chemin du retour. Alors qu'elles approchaient de la communauté par le côté nord, Caroline aperçut la maison commune à travers les arbres. Pour la première fois elle trouva la demeure de la Mère O magnifique, surtout avec le doux éclairage de la lumière crépusculaire qui donnait à la peinture violette une teinte marron naturelle presque indiscernable. D'ordinaire, les bardeaux lisses et le manque de décoration lui semblaient austères. Pas de fioritures sur les retours aux angles, pas de lignes fluides et fantasques, pas la moindre chose pour l'amour de l'art. Pas d'ornement à découvrir sur un linteau ou une lucarne. Pas une once de

* Extrait des paroles de la chanson "Good Vibrations" des Beach Boys : Je ne sais pas où mais elle m'y envoie.

fantaisie sur une moulure ou une corniche. Mais à cet instant-là, lorsqu'elle l'aperçut à travers les arbres, elle fut frappée par sa symétrie. Par son économie, son équilibre. Par l'harmonie des lignes de bardeaux parfaitement droits et par celle des meneaux entre les carreaux. Répétition et ordre. Par la robustesse de l'ensemble. Et sa beauté, silencieuse, humble. Qui n'était peut-être même pas voulue. Mais n'y avait-il pas cependant une pointe d'arrogance au cœur de cette simplicité ? Cette demeure avait été tout aussi pensée et construite que la plus sophistiquée des maisons victoriennes ; tout aussi planifiée que les élégantes maisons à l'architecture néo-grecque qui ponctuaient la campagne environnante. Dans son cas, il ne s'agissait pas vraiment d'absence de style, finalement. Cette maison était tout aussi réfléchie que l'était la culture ascétique de la communauté. La nature n'y entrait pour rien. Des artéfacts, tous autant que nous sommes, même au fond des bois.

"Dans un mois, les anti-techs seront parties. Elles passent l'hiver dans le Sud-Ouest, dit Berry.

— Tu m'étonnes ! C'est marrant. Je parie que la moitié des femmes se barrent de là en hiver. Il tombe des mètres de neige ici."

Caroline arriva la première au bout du sentier. Berry courut la rejoindre et lui passa un bras autour des épaules.

"A quoi tu penses ? demanda-t-elle

— A quoi je pense en ce moment ? Je pense que je me ferais bien une petite bière et des hommes.

— Vraiment ? Parce que c'est exactement ce que je pense.

— Toi ? Tu m'étonnes !

— La ferme. Ecoute, aujourd'hui je veux dire. On se fait une pause. On descend à Little Falls en stop et on passe la nuit dans un motel, proposa Berry en tapant dans ses mains.

— On mange des hamburgers, on fume, on va au bar.

— Des barres de chocolat.

— Des mecs.

— La télé, les journaux et…

— Des mecs.

— Ouais."

Depuis leur arrivée, elles ne s'étaient pas aventurées plus loin que la bourgade de New Harmon. Elle y réfléchissait, Caroline, aux hommes. Jeunes et bêtes. Vieux et mystérieux. Visages barbus. Moustaches, ce que ça fait d'embrasser un moustachu. Le chatouillement. Des hommes séduisants, mâchoire carrée, cheveux courts. Ventres à bière. Grandes mains. Certains mecs ont des veines noueuses qui saillent de leurs biceps. Un bras qui s'enroule autour de ta taille. Certains hommes, Bobby par exemple, parvenaient à la soulever délicatement d'un seul bras lorsqu'elle était étendue sous lui. Tous lui ressemblaient, pourtant aucun ne soutenait la comparaison. Mais quand même, être restée si longtemps sans voir d'homme lui donnait le vertige et elle piaffait presque d'impatience. Ce n'était à l'évidence pas l'effet que recherchait un collectif de femmes…

Après s'être changées et avoir pris de l'argent, Berry et Caroline parcoururent le long sentier jusqu'à la route et se rendirent à New Harmon en stop. Là elles attendirent, arrêtèrent une voiture, et firent quelques kilomètres de plus. Puis nouvelle attente et nouveau trajet en stop pour atteindre Little Falls. La Grande Ville. Elles dînèrent dans un petit café italien de Main Street. Berry avait minci et bronzé depuis leur arrivée dans l'Etat de New York. Caroline s'en rendait compte à présent. Cela faisait longtemps qu'elle ne s'était pas assise en face d'elle, ni ne l'avait vraiment regardée comme d'autres auraient pu le faire. Berry parlait, mangeait et buvait en même temps et de la même manière : vite. Il semblait à Caroline qu'on leur portait beaucoup trop d'attention. Elles étaient un peu surexcitées, et ce sentiment irradiait d'elles. Lorsqu'elles quittèrent le restaurant, les autres clients les dévisagèrent. Toutes deux portaient un jean sale et un chemisier en gaze avec des manches papillon et de minuscules motifs brodés que Berry avait prélevés sur des écharpes. Le bas de leur chemisier tombait parfaitement à l'avant et à l'arrière, mais les côtés étaient coupés courts, de sorte que, si elles levaient un bras, on entrevoyait la chair. La coloration auburn de Caroline s'estompait et les racines apparaissaient. Elle les avait cachées sous un foulard qu'elle avait enroulé autour de sa tête puis noué dans la nuque en laissant dépasser les pointes, telle une gitane. Elle portait des créoles, qui, tout comme les pans du foulard, lui balayaient le cou et la chatouillaient chaque fois qu'elle tournait la tête. Une fois dehors, Berry défit sa tresse pour libérer ses mèches bouclées.

"Comment tu me trouves ?"

Caroline hocha la tête.

"Il va très bien avec tes cheveux détachés, ce ras du cou. On te dirait tout droit sortie d'un dessin de Gibson. Tu es très jolie."

Berry roula des yeux.

"Jolie comme une dame déchue qui a fait naufrage et qui s'accroche encore aux miettes de sa noblesse révolue.

— Tais-toi donc !"

Elles se partagèrent une cigarette roulée, au goût de plante et au parfum sucré. Caroline se sentit tout à coup très heureuse.

Un homme plus âgé qu'elles les dépassa lentement, détaillant Berry des pieds à la tête.

Elles marchèrent jusqu'à la rive du fleuve Mohawk. Il y avait plusieurs bars installés sur une espèce de péniche entre le fleuve et le canal. Tous des bouges, sauf un, dénommé le *Waterfront*, d'où s'échappait de la musique à plein volume, et qui bénéficiait d'une certaine affluence. Une fois entrée, Caroline remarqua aussitôt deux hommes qui buvaient à une table. Leurs longs cheveux descendaient bien en dessous de leurs épaules et contrastaient fortement avec leurs chaussures de sécurité marron clair et leurs mains amochées de charpentiers. Depuis son arrivée à New York, elle avait remarqué qu'un nombre grandissant de types du genre chauffeur de poids lourd bagarreur se laissaient pousser les cheveux. Ce n'était plus le signe d'une attitude cool. Il devenait difficile de distinguer le brave type du plouc ou du hippie. En plus, tous fumaient du shit. Le bar était plein de types de ce genre, mais les deux là-bas possédaient le meilleur potentiel. Pour la première fois, Caroline n'éprouvait aucune gêne ni à penser au sexe comme à une abstraction qu'elle était susceptible de désirer en dehors d'une relation personnelle, ni à chercher un homme pour satisfaire son désir, plutôt que l'inverse. Il y avait du sexe dans l'air. Ça avait quelque chose de mystique, de magique. La dernière personne avec qui elle avait couché, c'était Bobby. Elle savait que cette soirée n'aurait rien à voir.

Berry alla commander des boissons au comptoir. Caroline observait les deux types assis tout seuls. Ils parlaient en sirotant leur bière. Ils regardaient la salle de temps en temps, mais pas avec l'obsession du mâle en chasse. Elle les toisa un court instant avant de détourner la tête. Puis elle recommença sa manœuvre et surprit leur regard. Elle se mit à étudier ses mains en souriant intérieurement.

Berry revenait avec deux pintes de bière brune.

"Restons ensemble, ce soir. On essaiera de trouver deux gars qui forment déjà une paire, si on peut."

Caroline tourna à peine la tête vers les deux hommes, et Berry parcourut la salle des yeux pour voir qui son amie lui montrait.

"Comme ces deux-là, dit Berry, faisant de nouveau face à Caroline.

— Peut-être."

Caroline leur jeta un nouveau coup d'œil. S'ils n'étaient pas vraiment beaux, ils ne manquaient pas de charme. Adossés à leurs chaises, ils sirotaient leur bière en fumant.

Le riff entraînant d'un morceau des Creedence Clearwater Revival s'échappa des haut-parleurs.

"On pourrait juste se pinter avec eux et voir comment on sent les choses, proposa Caroline. Sinon on peut prendre une chambre de motel. Je veux dire juste pour nous deux, si tu veux."

Avec un soupir de soulagement, elle réalisa à ces mots que la seule idée du sexe suffisait largement ; elle n'était pas loin de décréter la soirée terminée. Une telle réaction, supposait-elle, constituait une véritable différence entre les hommes et les femmes. Comme il lui était facile de vivre avec des fantasmes non réalisés ! Elle pressentait que la réalité serait beaucoup plus compliquée qu'excitante. La dynamique, par exemple. Si les deux hommes étaient davantage attirés par Berry, ils le feraient comprendre de manière subtile (ou pas), mais, d'une façon ou d'une autre, Caroline saisirait quand même parfaitement la situation. Elle, elle hériterait du mec déçu. Ou alors, peut-être que, de près, ils sentiraient mauvais ou qu'ils auraient mauvais goût. Ou encore ils feraient ou diraient un truc incroyablement triste ou ringard. Et elle se verrait alors coincée dans une position de compromis avec ses fantasmes mis à mal. Quelles étaient les chances qu'ils ne les déçoivent pas ?

A présent, on entendait la chanson "The Night They Drove Old Dixie Down", de The Band.

Sans compter que ce qui l'excitait le plus, dans tout ça, c'était de percevoir le désir de quelqu'un pour elle. Etre désirée constituait une part essentielle de son propre désir. Devoir gérer la déception d'un homme, quelle que fût son intensité, lui paraissait par trop déprimant.

Voilà à quoi ils ressemblaient, ces deux gars, aux types savamment négligés et débraillés du groupe The Band. Avec leurs longs favoris hirsutes comme ceux qu'on voyait pendant la guerre de Sécession. Comment on les appelait, déjà ? Des côtelettes.

"On verra bien", répondit Berry avant de lever sa bière vers Caroline.

Elles trinquèrent, puis avalèrent deux gorgées mousseuses. Au plus profond de son corps et sans même avoir besoin de lever les yeux, elle sentait le regard fixe des deux hommes. Caroline observait Berry qui leur jetait un œil : ils ne fumaient plus et semblaient entièrement absorbés par leur contemplation, un demi-sourire aux lèvres, l'un ayant fait complètement basculer sa chaise en arrière, l'autre les coudes posés sur la table.

"Ouah !" s'exclama Berry en avalant une grande lampée de bière.

Puis Caroline, tournant le dos aux deux acolytes, regarda derrière son amie, et remarqua ce qui était accroché au mur.

La chanson des Rolling Stones, "Tumbling Dice", retentit : le gospel sensuel et puissant du chœur attaque en premier (volant un instant la vedette au chanteur du groupe) avant que Mick Jagger entre en piste. Tout en balançant la tête d'avant en arrière, Berry fredonna d'abord à l'unisson du chœur de femmes, puis accompagna le chanteur en se trompant dans les paroles.

Derrière elle, des affiches du Grand Ouest décoraient le mur. On avait cherché sans grand enthousiasme à développer le thème du desperado hors-la-loi en collant les avis de recherche de Jesse James et Billy the Kid. Caroline en remarqua un autre, en noir et blanc, où on lisait : "Recherchée activement par le FBI" en travers d'une grande photo de Bernardine Dohrn, la sirène du groupe gauchiste radical Weather Underground. Elle portait une minijupe en cuir et des bottes qui montaient jusqu'aux genoux. On présentait ses empreintes digitales et ses mensurations exactement comme sur une authentique affiche du FBI, mais celle-ci était sûrement bricolée afin de montrer un cliché alléchant du corps de Dohrn plutôt qu'une photo d'identité judiciaire. Caroline avait déjà vu ce portrait, bien sûr, il était souvent décrié par certaines femmes qui ne faisaient pas confiance à cette militante qui semblait jouer le rôle de la hors-la-loi aux jambes de rêve dans un porno. Mais il fallait bien reconnaître qu'elle était belle. Toutefois les pensées de Caroline ne s'attardèrent guère sur la jeune femme car elle eut tôt fait de remarquer d'autres avis de recherche du FBI, plus petits. Ceux-là n'étaient pas bidouillés, il s'agissait de véritables feuillets détachés, comme à la poste. Certains étaient partiellement recouverts et difficiles à déchiffrer. Sous le gros orteil gauche de Bernardine, elle aperçut le portrait d'une autre fugitive, que, la respiration coupée pendant quelques secondes, elle identifia comme étant le sien, celui de Mary Whittaker, *alias* Freya. Après tout, il s'agissait seulement de sa photo de lycéenne, prise cinq ans plus tôt et qu'elle n'appréciait pas particulièrement. Sauf qu'elle lui ressemblait considérablement. Quiconque, comparant cette affiche avec la Caroline assise dans ce bar, pouvait aisément la reconnaître. Naturellement, personne ne regardait le mur, à part Caroline, abasourdie, bouche bée.

"Qu'est-ce qu'il y a ?" demanda Berry.

Caroline secoua la tête et s'efforça de tourner à nouveau les yeux vers son amie assise à la table.

"Rien."

Berry jeta un œil au mur derrière elle, puis regarda de nouveau Caroline.

"Quoi ?

— Je ne me sens pas très bien."

L'affirmation était parfaitement véridique.

"Ah bon ?

— Allons-nous-en.

— Pourquoi ?

— S'il te plaît, on part d'ici et on se trouve un motel ou je sais pas quoi, d'accord ? On se barre d'ici, OK ?

— Et les Allman Brothers, là-bas, alors ?

— Oublie. Allez."

Elles prirent une chambre dans un petit motel bien propre aux murs décorés de gravures de l'Erie Canal. Berry alluma la télé. Caroline alla s'enfermer dans la salle de bains. Elle s'aspergea le visage. Puis laissa l'eau couler et inspira longuement à plusieurs reprises, les yeux rivés sur le miroir. Elle se ressemblait, aucun doute là-dessus. Tout le monde pouvait le voir, allait le voir, la ville entière, le monde entier. Mais sa photo n'était-elle pas éclipsée par les jambes hypnotisantes de la dangereuse Dohrn ?

Elles étalèrent le dessus-de-lit marron molletonné par terre devant la télé. Assises dessus en tailleur, elles fumaient un joint. Caroline sentait son corps se détendre lentement dans la nuit. Elles regardèrent l'émission de Johnny Carson puis le film de 23 heures. Elles engloutissaient M&M's sur M&M's et faisaient descendre le tout avec de la bière. Elles discutaient, ou plutôt Berry parlait et Caroline écoutait. Berry annonça qu'elle ne voulait pas passer l'hiver dans la communauté.

"Où veux-tu aller ?

— Où voulons-*nous* aller, tu veux dire. Je t'emmène avec moi."

Caroline sourit et laissa son amie lui caresser les cheveux. Elle aimait Berry, vraiment. L'appréciait, lui faisait confiance. C'est alors qu'elle commit son erreur, ou s'y jeta tête baissée, ou ne fit rien pour l'empêcher :

"Qu'est-ce qui s'est passé dans le bar ? Pourquoi avais-tu l'air si troublée ? Tu pensais à Bobby ?

— Si on veut."

Berry la regardait, l'air interrogateur. Parfois les gens attendent qu'on leur donne quelque chose. Et il est difficile de résister. Il arrive même qu'on soit obligé de se fier à eux.

"Ecoute, je n'ai pas été tout à fait franche avec toi à propos de mon passé. Or je veux l'être. J'ai confiance en toi. Mais ce que je vais te dire doit rester secret à jamais", s'entendit dire Caroline d'une voix sévère, presque agressive.

Berry se redressa, attentive.

"Quoi ! C'est quoi ?

— C'est très sérieux.

— Je ne dirai jamais rien, je te le jure. De toute façon je sais ce que c'est…

— Ecoute…

— Bernardine Dohrn, c'est toi", rigola Berry.

Caroline secoua la tête et baissa les yeux. Plus tard elle se remémorerait cet instant et réfléchirait à ce qui s'était passé. Tout le monde jure en toute sincérité de ne jamais rien répéter. Nul ne peut résister à l'opportunité d'apprendre un secret, ou du moins pas grand monde. Seulement, dans son besoin de se confier, Caroline avait-elle pensé à expliquer à Berry les risques qu'elle encourait à être dépositaire de ce secret ? Si Caroline n'y avait pas suffisamment réfléchi à l'époque, elle le fit souvent plus tard, trop tard.

Elle raconta, Berry écouta.

Cette nuit-là, Berry avait baigné Caroline dans la chaleur de la compréhension et de l'intimité. Qui sait, peut-être même de l'admiration. Mais, tandis que Caroline essayait de trouver le sommeil, le soulagement de la confession s'estompait. La peur s'installait. Qui connaît vos secrets fait à jamais partie de votre vie. Il allait falloir, pour toujours, qu'elle demeure en contact avec Berry.

Le lendemain matin, lorsque Caroline se réveilla, toute la soirée lui revint en mémoire. Elle regarda Berry dormir, rongée par le remords. Son amie était vraiment très gentille, douce et loyale, mais elle avait la langue bien pendue, elle ferait une gaffe, elle picolerait et raconterait tout à un quelconque petit ami. Caroline la regardait dormir et la haïssait presque, avec ses défauts et ses faiblesses.

Elles prirent leur petit-déjeuner en silence, assises l'une en face de l'autre dans le box d'un restoroute. Caroline essayait de ne pas paniquer, mais elle finit par craquer.

"Ecoute, Berry, ce que je t'ai dit hier soir, on ne doit jamais, jamais en reparler, peu importe ce qui arrive, déclara-t-elle dans un murmure rageur, bien qu'il n'y eût personne alentour.

— C'est lui qui t'a forcée à le faire, pas vrai ? Les mecs se font toujours piéger par la violence", dit Berry tout en versant du sirop sur une montagne de pancakes beurrés.

Caroline prit une grande inspiration. Et puis soudain, sans crier gare, ce sentiment qu'elle n'avait encore jamais ressenti depuis son départ en cavale la saisit : un mélange d'indignation et de colère, une brûlure chimique.

"Pas du tout, tu te plantes complètement. Je vais te le dire une fois. Une seule. Ensuite, finies les questions, d'accord ?"

Caroline regardait fixement le visage de son amie.

Celle-ci s'arrêta de manger.

"Ce n'était pas son idée, mais la mienne."

Elle s'interrompit, satisfaite un instant de l'avoir dit. Elle eût aimé pouvoir en rester là, et elle se sentait déjà lasse d'avoir à essayer de s'expliquer. Cependant, elle poursuivit : "J'en ai eu marre de manifester contre la guerre. On en avait tous notre claque : des années de manifs. Et ça ne changeait rien. Moi je voulais résister de façon active. Pas marcher dans la rue, ou rester dans le geste ou le discours symbolique. Nous voulions une action tangible, sans équivoque. Peut-être que ce n'était pas la bonne tactique. Pourtant je te dirais que, à l'époque, j'étais persuadée d'avoir trouvé la bonne solution. Il fallait que je fasse quelque chose, que je me mette en danger, personnellement. Que j'oppose à l'énormité de leurs actes un geste équivalent. Le cercle vicieux. Ils renvoyaient des troupes au pays mais avec quelle mauvaise foi ! Dès qu'ils avaient apaisé le mouvement anti-guerre, ils redoublaient les bombardements. Ils n'avaient aucune intention d'arrêter. Le napalm, quelqu'un l'a inventé, tu sais ? Quelqu'un, assis dans un labo de recherche-développement, se dit : On va faire en sorte que ça brûle, et puis, allez, on va ajouter du plastique pour que ça colle, aussi. Mais attends voir, il leur suffira de se jeter dans l'eau, alors on va ajouter du phosphore pour que ça continue à brûler sous l'eau, brûler jusqu'à l'os. Et alors les cadres dirigeants de Dow, Monsanto ou General Electric décident que c'est un super moyen de se faire du blé, tellement ils sont détachés des conséquences. A tel point qu'ils pourraient aider à prolonger la guerre d'un an, deux ans ; et c'est juste, que ça ne leur coûte rien ? Nous sommes invisibles pour eux. Nous ignorer, quelle suffisance ! Je voulais qu'ils les ressentent un peu, ces conséquences, qu'ils paient un prix pour les choses horribles qu'ils faisaient au nom de la fierté, du pouvoir ou du profit.

— D'accord, je comprends.

— Et cette action ne devait pas être violente. Seulement destructrice. Détruire des objets. Pour une cause. Comme disaient les frères Berrigan, il est des biens qui n'ont pas le droit d'exister."

Berry se mit à sangloter au-dessus de ses pancakes au sirop, les doigts crispés sur sa fourchette.

"Elles ont de l'importance, les intentions. Ce sont elles qui font toute la différence…"

Caroline sentit les mots lui manquer, elle avait le visage brûlant, et c'est alors qu'elle se rendit compte qu'elle aussi pleurait.

"Pourquoi tu pleures, toi ? demanda-t-elle en s'essuyant les yeux.

— C'était un acte courageux, franchement, je pense que c'était courageux.

— Ce que tu penses n'a aucune importance. Ce n'est pas pour toi que je l'ai fait."

Caroline était toujours en colère contre Berry, ce qui n'avait aucun sens. Elle prit alors une inspiration et s'efforça de la regarder calmement.

"Je suis vraiment désolée que tu saches tout ça. Je n'aurais pas dû te le dire.

— Pour être franche, je n'arrive pas encore à y croire. Je n'arrive pas à intégrer que, tu sais, tu sois une personne complètement différente de ce que je m'imaginais." Berry tendit la main à travers la table pour toucher le bras de Caroline. "Pourtant, je crois que je comprends. Sincèrement. Regarde le bon côté des choses, au moins le Président est en train de récolter ce qu'il a semé, maintenant. Il s'est marché sur les couilles, pas vrai ? La guerre touche à sa fin, et, aujourd'hui, lui aussi il se casse la gueule.

— Ouais, mais finalement ça ne nous fait pas l'effet escompté, si ?" Elle dégagea sa main. "On a juste l'impression que tout part en vrille."

Elles rentrèrent en stop sur la Colline de l'Hépatite. Par la suite, elles ne reparlèrent plus de tout ça, ni, soit dit en passant, de "leur" prochaine destination.

Caroline savait qu'il allait bientôt falloir qu'elle parte. Elle savait que le FBI allait perquisitionner les communautés, d'ailleurs ils connaissaient déjà sûrement son pseudonyme. Il lui faudrait partir de nuit, aller quelque part, très loin, et, à nouveau, changer de nom. Et quand le FBI viendrait, Berry parlerait peut-être, ou peut-être pas. Mais, à ce moment-là, Caroline se serait enfuie depuis longtemps déjà.

Dès qu'elle les vit, elle se cacha dans la forêt avant de se diriger vers la nationale. Elle gardait justement un petit pécule en cas d'urgence. Parce que, dès l'instant où elle avait parlé à Berry, elle avait su que ça arriverait, et plus tôt que tard. Elle vit les hommes en costume, la berline. Elle ne savait pas si Berry allait leur avouer quoi que ce soit. Soit elle allait la trahir, soit elle allait souffrir. Mais Caroline n'avait aucune envie de rester dans les parages pour connaître la réponse. Elle dépassa à toutes jambes arbres, rochers et clôtures cassées. Se fraya un passage à travers les broussailles jusqu'à ce qu'elle tombe sur une route, où elle chercha à se faire prendre en stop.

La journée avait commencé comme beaucoup d'autres. Caroline s'était réveillée à l'aube dans la maison commune. Puis était sortie pour s'attaquer à la lessive, tâche qu'elle aimait bien. Le matin était frais et sec, une douce odeur de bois qui brûle imprégnait l'air. Les femmes étaient déjà debout à cuisiner. Elle avait attrapé une pile de torchons à plier et s'était assise sur une pierre dans le soleil matinal. Elle observait de loin le camp qui s'animait. Elle apercevait, à travers les branches d'arbres et les feuilles rouges et jaunes, les anti-techs qui descendaient la colline vêtues de leurs guimpes et de leurs robes, telles des nonnes du Moyen Age. Théâtrales dans leur réinvention. La réinvention comme choix, comme fierté.

A les regarder, elle s'était rendu compte qu'elle avait fait son temps ici. Avant même que les fédéraux se pointent, avant même la berline, elle l'avait ressenti jusqu'à la moelle de ses os. A vivre dans les bois on se fie à son intuition. Jamais elle ne serait une réinventrice insouciante. Elle vivait bien davantage comme une femme impliquée dans une affaire vouée à l'échec. Au fur et à mesure que les jours, les semaines et les mois s'écoulaient, l'accumulation du temps ne rendait les choses ni plus profondes, ni meilleures, ni plus sûres, mais

243

au contraire plus dangereuses, plus fatales. Le jour allait venir, c'était sûr, où des gens parviendraient à reconstituer la logique des événements, la rumineraient, y réfléchiraient, et tout mènerait à elle, ou à lui. Un maillon faible, pris dans un moment de faiblesse. Le détail négligé, ou la personne à qui on fait confiance à tort : Mel, par exemple, ou Berry. Tout mènerait à elle *parce que tout menait à elle*. La vérité voulait être dite : la volonté et la chance contre la force des faits. Les faits gagnent toujours parce que, tout simplement, ils existent toujours, et survivront à tout.

Elle était partie parce qu'elle n'était pas à sa place ici. Ces femmes rêvaient d'utopie, mais qu'avaient-elles d'autre à faire ? Caroline, elle, avait beaucoup de choses à faire : Courir. Se cacher.

Le temps d'atteindre la route où elle finirait par trouver une voiture qui l'emmènerait vers la nationale, la nuit approchait déjà. Elle se sentait calme dans sa fuite et ne s'inquiétait pas de devoir attendre que quelqu'un s'arrête tandis qu'elle marchait le long de la route. Encore un jour d'automne froid et sans nuage, le soleil couchant projetait à travers les prés bien entretenus de grandes ombres : précises et détaillées près du tronc des arbres et des poteaux téléphoniques, puis étirées à un tel niveau d'abstraction qu'il fallait un moment pour déterminer à quoi elles appartenaient ; le monde se divisait en deux, éclat d'un côté (face au soleil, splendide lumière mordorée), ombre de l'autre (paysage obscur et indéfini, aussi glauque que l'avenir et tout aussi mystérieux). Elle dut attendre des heures avant qu'une voiture s'arrête, et traverser à pied des étendues de champs s'achevant sur des hameaux de quelques habitations, où les groupes de maisons créaient des zones de froide obscurité en travers de la route.

Elle ne les avait pas vus interroger Berry. Elle n'avait pas vu son amie indiquer son poste de travail, les larmes aux yeux. Pour tout dire, elle n'avait même pas vu les hommes en costume, ni la berline sombre dernier modèle. Elle les avait juste pressentis et ne s'était pas retournée. Elle avait disparu.

Elle faisait du stop en direction de l'ouest et, quatorze mois après s'être inventée, elle allait laisser Caroline quelque part sur le bas-côté et réfléchir à une autre personne qu'elle pourrait incarner. Elle était censée rejoindre Bobby à Los Angeles pour la Saint-Sylvestre. D'ici là elle serait quelqu'un d'autre. *Si je ne te fais pas signe, on se retrouve à la fin de l'année prochaine au* Blue Cantina, *à Venice Beach.* Ça lui laissait environ six semaines.

Elle s'arrêta une première fois dans une petite ville agricole de Pennsylvanie. Elle ne put tenir qu'une semaine dans une chambre de location. Elle était restée au lit trois jours d'affilée. Les draps étaient propres et repassés, mais ils lui irritaient la peau et avaient une vague odeur de détergent et de moisissure. L'humidité semblait avoir pénétré au cœur du tissu, et elle n'arrivait pas à se reposer. Ni à trouver du boulot. Elle fut vite fauchée. Elle dînait même à la soupe populaire de la paroisse.

Alors elle se força à reprendre la route, à refaire du stop. N'importe où vers l'ouest. Elle se disait qu'elle pourrait travailler quelque part pendant deux semaines afin de pouvoir se payer le bus jusqu'à L. A.

Sur la nationale, pouce levé, elle marchait vers l'ouest. Elle avait établi un système. Elle refusait de monter avec deux hommes, les chauffeurs de camionnette, ou encore les types aux yeux explosés par les amphètes. Comme il commençait à faire sombre, elle décida d'accepter la proposition d'un homme au volant d'une Pontiac Le Mans beige. Un bon pari, semblait-il : il y avait une femme avec lui. Caroline s'assit à l'arrière, et tous trois roulèrent en silence pendant plusieurs kilomètres. Elle observa, discrètement, que la femme était vraiment trop jeune pour être son épouse. Mais elle remarqua aussi les vêtements du conducteur, propres et de facture classique. Sa belle chemise repassée. Ses cheveux courts peignés en arrière. Monter en stop avec quelqu'un à moitié issu de l'establishment lui inspirait confiance. Un type de la classe moyenne, normal, respectueux des lois. En revanche la jeune fille, elle, était beaucoup moins soignée. Elle portait un jean moulant coupé et délavé. Elle était assise avec ses pieds nus et noirs de poussière posés sur le tableau de bord. Plus jeune que Caroline, semblait-il. Elle frétillait en silence sur son siège. Après un moment, elle prit du papier à rouler et se mit à confectionner un joint avec dextérité. Elle le roula entre ses doigts, le scella d'un coup de langue, puis sortit l'allume-cigare ; autant de gestes qui surprirent Caroline. Ensuite la fille passa le joint au type et ils fumèrent ensemble. Au début, ils n'en proposèrent pas à leur passagère, puis la fille pointa le joint dans sa direction tout en inspirant. Caroline fit non de la tête et regarda par la vitre. Sortie d'un contexte familier, la consommation de drogues semblait menaçante, trahissait une sorte de chaos. Tout le monde s'était approprié le shit, ou du moins la classe moyenne, dans un but plus banal, plus mesquin qu'auparavant. Comme une autre façon de se défoncer et de faire n'importe quoi. Il s'agissait non pas d'une libération mais d'une simple licence. Pourquoi pas après tout ? La drogue était-elle en soi extraordinaire ?

Ils parcoururent encore quelques kilomètres en silence. Caroline se demandait si elle n'aurait pas mieux fait de s'échapper, mais elle écarta cette pensée d'un haussement d'épaules. Tout le monde autour d'elle émettait des ondes angoissantes, il fallait juste qu'elle garde son calme. Elle resta donc tranquille jusqu'à ce que l'homme sorte de la route pour se ranger sur un accotement dissimulé par des arbustes. Il descendit de voiture, puis la fille se glissa derrière le volant. Tout cela se passa très vite, sans qu'aucun mot ne fût prononcé. L'endroit était désert, et, avant que Caroline puisse se ressaisir, s'enfuir dans les buissons et essayer, au beau milieu de nulle part, de sauver sa peau, la fille avait repris la route et l'homme aux cheveux courts et bien coupés se retrouvait assis à l'arrière, à côté d'elle. Caroline vit la fille qui leur jetait un œil dans le rétroviseur : son expression lascive où se reflétait un vague ennui finit par lui envoyer une décharge d'adrénaline dans la poitrine et dans les membres. La fille eut un petit sourire goguenard lorsque leurs regards se croisèrent, et appuya sur l'accélérateur cependant que l'homme tendait la main vers Caroline. Elle le repoussa, mais il se contenta de l'allonger sur le siège. Lui n'était pas goguenard mais sérieux lorsqu'il remonta le T-shirt de sa passagère. Elle hurla, il lui couvrit la bouche avec l'avant-bras. Puis il se servit de son autre main pour lui bloquer les bras au-dessus de la tête et lui tenir fermement les poignets. Il ne prononçait pas un mot, il émanait même de lui un calme impassible. Il lui dégagea ensuite la bouche pour baisser son propre pantalon. Caroline ne cria pas : elle profita de cet instant pour pousser de toutes ses forces afin de se dégager. Il lui asséna aussitôt du dos de la main une claque sous le menton, qui lui rejeta violemment la tête en arrière. Elle sentit alors la fragilité de sa mâchoire sous l'impact et cessa de bouger. Puis elle le regarda se passer la main sous la ceinture, manœuvrer, dégainer. Elle avait un goût de sang dans la bouche, elle s'était mordu la langue. Elle sentit ensuite l'homme tirer d'un geste brusque sur l'élastique de sa jupe puis le remonter. Sa culotte avait peut-être été déchirée, ou descendue. Elle ne savait pas. Elle ne se débattit pas, resta allongée là, loin de l'instant présent ; voilà, c'est arrivé ; elle s'efforça d'être aussi absente que possible. Certes elle se disait qu'elle ne voulait pas être battue ni tuée. Mais elle refusait de penser à lui qui lui assénait des coups de boutoir, elle refusait de le sentir en elle. Par la simple force de sa volonté. Un instant, l'idée de la fille qui regardait dans le rétroviseur la fit hoqueter. Cependant elle se ressaisit et s'efforça de rester immobile, complètement en retrait. Bonne tactique. Tout se termina vite, finalement. Et à la fin, dans son dégoût, l'homme se retira d'un coup sec sans la faire souffrir davantage. La fille se gara et ils laissèrent Caroline sur le bord de la route. Au total, l'incident avait duré moins de quinze minutes.

Presque aussitôt après, elle retrouva l'usage de ses sens. Elle avait mal partout, comme si elle venait de se faire renverser. Elle remit ses vêtements en place. Bientôt, des bleus apparaîtraient. C'est alors – et ce fut vraiment le pire de tout – qu'elle sentit le foutre dégouliner dans ce qui restait de son sous-vêtement. Là, au bord de la route, elle poussa avec ses muscles jusqu'à ce qu'il ne reste plus rien en elle, puis retira sa culotte sous sa jupe. Elle s'essuya aussi efficacement et discrètement que possible à l'aide du tissu en coton humide. Elle ressentait une profonde humiliation à tenir son slip à la main sans savoir quoi faire ensuite. Elle leva une épaule pour frotter son visage contre sa manche afin de sécher les larmes qui coulaient de ses yeux brûlants. Puis elle jeta sa culotte souillée sur le bas-côté. Elle n'avait plus son sac à dos où se trouvaient ses habits et le peu d'affaires qu'elle possédait. Il était resté avec eux dans la voiture. Elle avait trente dollars dans une chaussure, point final.

Elle s'assit un moment sur un rocher au bord de la route et cessa de pleurer. Puis elle pensa : *Ça n'est jamais arrivé.* Jamais elle n'en parlerait, ni ne s'autoriserait à y penser, jamais. Elle était persuadée que l'on pouvait changer son passé, changer les faits, par la seule force de la volonté. Seule la mémoire rend le passé réel. Il faut donc l'annihiler. Et s'il était aussi vrai qu'à certaines occasions elle ne parvenait pas à contrôler les errances de son esprit – un rêve, une sueur froide à un moment inattendu, une odeur qui soudain la trahissait – avec le temps, cela s'améliorerait. Le temps atténue tout : les bonnes choses dont on veut absolument se rappeler, et les affreuses que l'on a besoin d'oublier. Finalement, tout s'estompe de la même manière. C'était une des leçons que sa deuxième vie lui avait enseignées sur la capacité de résistance des êtres humains.

Ce fut à ce moment-là – et non plus tard, lorsque le rendez-vous avec Bobby à l'endroit et à la date convenus n'eut pas lieu – qu'elle se mit à habiter sa nouvelle vie comme si elle n'en avait pas eu d'autre.

NOURRISSONS MORTS

ELLE ATTEIGNIT une sympathique bourgade ringarde, délaissée et déserte, juste de l'autre côté de
la frontière avec l'Arizona. Nova, en Californie, trois
mille habitants. C'était une jolie ville, en dépit des
efforts acharnés de cinquante ans d'aménagement
incontrôlé. Installée sur un plateau, elle avait vue
sur le désert et les montagnes. Caroline loua une
chambre avec un nom qu'elle s'inventa dans l'instant. Puis elle dépensa les quelques dollars qui lui
restaient en coloration, un châtain clair, pour faire
raccord avec la couleur de ses racines. Penchée
tout près du miroir, elle s'appliqua plusieurs couches de mascara et un peu de rouge à lèvres rose.
Elle dissimula le bleu qu'elle avait au menton avec
du fond de teint et termina avec de la poudre un
ton trop pâle. Elle remonta ensuite ses cheveux
teints de frais pour les rassembler au sommet de
sa tête. Avant, pour finir, d'épingler un large serre-
tête devant son chignon.

Un seul après-midi de prospection plus tard,
elle avait décroché un boulot de serveuse dans
un restoroute. Un sentiment de confiance et de
sécurité la gagnait. Ici, pas de contre-culture. Elle
pouvait garder sa couleur de cheveux naturelle et
exercer un métier "public". Dans la vaste étendue
de ce pays, qui était-elle pour sortir du lot ?

Elle se levait tous les matins à 5 heures. Se rendait au restoroute et se préparait pour le rush du

petit-déjeuner. A 8 h 30 c'était fini, les employés faisaient alors une longue pause cigarette avant le rush du déjeuner, à 11 h 30. Il y avait du travail, de sorte que le temps passait plus vite. A 14 heures, exténuée, elle avait presque achevé sa journée. Prête pour fumer une autre cigarette, changer de tenue, puis pour une bière, ou un whisky-soda. Les filles buvaient toutes du whisky-soda ou du whisky-Coca.

Le lendemain, en arrivant au boulot, elles blaguaient sur leur gueule de bois et se raclaient la gorge, le poing devant la bouche, tout en fumant et en buvant leur café. Elles empilaient des gobelets à eau jaunes, éraflés, en plastique moulé. Remplissaient les bouteilles de ketchup et les salières. Les cents s'accumulaient jusqu'à former une somme d'argent étonnante. Elle aimait la pause café du milieu de matinée : on y enchaînait les cigarettes et d'innombrables tasses d'un café très léger bu dans des mugs épais dont le fond était taché de manière indélébile. Il fallait trois sachets de sucre et deux dosettes de crème allégée pour que le breuvage fût buvable. A l'aide de chiffons en coton humide, elles essuyaient les restes de sirop qui collaient aux distributeurs en plastique. Puis elles lavaient le sol et aspergeaient de spray dégraissant le comptoir en Formica (le Formica est un stratifié décoratif fabriqué à partir de papier et de résine à base de mélamine – la voix de Bobby la poursuivait. Mais ce souvenir lui était plaisant), ensuite il y avait encore une autre pause cigarette, et une tournée de lavage des menus plastifiés, jusqu'à ce qu'elles pointent leur sortie, à 15 heures. Parfois, au plus fort du rush, elles se déplaçaient à quelques centimètres les unes des autres – approche et esquive pile au bon moment sans prononcer un mot. Elle sentait une montée d'adrénaline à effectuer son travail lorsqu'il fallait faire cinq choses à la fois. En être capable, même au cœur du chaos, lui procurait une confiance palpable, qu'elle n'avait jamais ressentie auparavant. C'était satisfaisant – et cette confiance se lisait dans son port de hanches.

Elle ne ressemblait pas tout à fait à ses collègues, certes, mais suffisamment, néanmoins.

Il ne s'agissait pas de femmes "libérées". Elles se mettaient des tartines de fond de teint orange, et portaient des soutiens-gorges pigeonnants. Toutes surveillaient leur ligne (et employaient ce mot, *ligne*) et se vêtaient uniquement de vêtements synthétiques bon marché. Elles ne débattaient pas de la question de l'orgasme vaginal *versus* l'orgasme clitoridien, pas plus qu'elles ne discutaient de l'oppression inhérente aux rapports sexuels. En revanche, elles parlaient souvent de sexe et d'hommes – toutes étaient divorcées ou devaient entretenir un type qui les trompait. Elles portaient d'affreux bas teints en orange et s'occupaient seules de leurs gamins. Elles fumaient, buvaient et enduraient l'existence tant qu'elles n'avaient pas abusé du whisky-soda. Mais, après le verre de trop, elles fondaient en larmes à l'idée de passer encore quarante ans à faire le même boulot et à voir le même homme, le visage toutefois moins joli, et le dos plus fragile.

Finalement, ces serveuses n'étaient pas si différentes d'elle ou des féministes.

Elle se sentait bien avec elles et, en quelques jours, elle eut l'impression de pouvoir passer pour l'une des leurs. Elle devenait très douée à ce jeu-là, vraiment. C'était marrant : de son côté, elle voyait les choses ainsi, mais en fait elle *faisait partie* des leurs. Après tout, qui étaient ces femmes exactement ?

N'importe qui peut démarrer une nouvelle vie, même dans une petite ville. Les gens bougent tellement à notre époque. Tu divorces, tu déménages et tu recommences de zéro. Essayez donc. Regardez comme les gens s'intéressent peu à vous. Comme ils ne vous écoutent guère. Ou, plus précisément, pensez au peu de choses que vous savez vraiment sur les gens que vous connaissez. Leur lieu de naissance, par exemple. Avez-vous rencontré leurs parents ? Ou leurs frères et sœurs ? A une certaine époque, le simple fait d'être nouveau venu dans une ville pouvait vous rendre suspect. Parce que vous l'étiez effectivement : les gens n'avaient aucun moyen de vérifier que vous étiez la personne que vous prétendiez être. Pourquoi donc aviez-vous dû quitter votre ville d'origine ? Mais en Amérique, et en démocratie, il existe une longue histoire de recommencements (rarement évoquée dans l'amnésie confortable du quotidien). C'était même un impératif, ou presque. Bien sûr, les Etats-Unis ont été fondés par des gens qui se sont inventé de nouvelles vies, avec pour seul désir de larguer le poids de la longue histoire européenne, son lourd fardeau et sa mémoire. C'était une forme de liberté. Liberté par rapport à la mémoire, à l'histoire et à la comptabilité. Même si une série infinie de commencements tendait à tout réduire à une répétition superficielle et à éradiquer toute possibilité d'expérience profonde, à ce moment précis et dans cet endroit précis, une telle tradition aidait assurément la jeune femme.

Saint-Sylvestre, 1973. Assise au bar, elle attendait que son amie Betsy revînt des toilettes. Elles avaient déjà bu pas mal de cocktails et allaient sûrement se rendre à une fête avec le petit ami de Betsy et un copain à lui. Ou alors elles allaient passer toute la soirée au comptoir, à écouter le barman, Jack, la petite trentaine, dont la sensualité désinvolte et vaguement émoustillante rappelait l'acteur Bruce Dern, mais en plus musclé et en moins sombre. Même s'il adorait les femmes, il ne se départait pas d'un ton impassible, qu'elles trouvaient de plus en plus délirant. Il ferait aussi bien l'affaire qu'une fête, et en plus, à minuit, elles n'auraient pas à s'inquiéter du renouvellement des boissons ou des glaçons.

C'est vrai qu'elle aurait pu aller à L. A. en voiture. Elle aurait pu faire des heures supplémentaires, emprunter la voiture de Betsy et être à Venice Beach en cinq heures. Vrai aussi que, malgré l'alcool et le côté pince-sans-rire de Jack, elle s'était effectivement demandé si Bobby s'était rendu à l'endroit convenu et s'il l'attendait, en ce moment même. Mais elle était persuadée qu'il ne se serait pas pointé. Elle ne supportait pas l'idée d'aller là-bas, de faire tout ce chemin, pour risquer un lapin. Elle préférait être assise dans ce bar à caresser la possibilité qu'il ait été au rendez-vous plutôt que de se confronter à la certitude de la déception. On était en 1974 : elle fêtait l'événement avec ses nouveaux amis et entamait le processus d'oubli. Elle essayait de ne pas penser au rêve qu'elle avait fait la veille. Elle ne croyait pas aux prémonitions, bien sûr, pourtant un malaise s'était insinué en elle. Toute la paranoïa revenait. Son identité n'était pas fiable pour deux sous : encore une fois, elle avait été bien trop négligente à ce sujet. Et là, au plus fort des festivités forcées de cette soirée, parmi ses nouveaux amis, elle savait qu'elle allait quitter cet endroit, lui aussi − bientôt et à tout jamais.

Elle expliqua aux gens qu'elle devait retourner dans l'Est pour s'occuper de sa mère malade. Elle avait mis cinq cents dollars de côté, et, au printemps, elle atteignit enfin la côte ouest. Elle se forgerait une identité sans faille et serait plus en sécurité dans une grande ville. Elle erra au hasard d'un endroit à l'autre dans la périphérie de L. A. C'était l'époque des fêtes aux lendemains qui déchantent, des patins à roulettes, des dos-nus. Et des drogues plus dures, plus dangereuses. Comme si quelqu'un s'était emparé de l'aura de la contre-culture et l'avait dépouillée de toute inspiration recevable. Résultat : ne restait que la libération facile du sexe et de la drogue. Le phénomène était-il spécifique à la Californie du Sud, ou la lassitude s'était-elle désormais aussi répandue partout ailleurs ? Une chose était sûre, le soleil et la plage faisaient de la promenade un aimant pour tous les marginaux de l'Amérique. La Californie méridionale grouillait d'individus en situation illégale vivant en autarcie : réfractaires, anciens détenus, travailleurs sans papiers. Exactement ce qu'elle voulait. Ici elle pourrait disparaître dans le quotidien. Se mettre à l'abri des radars.

Elle passait son temps à boire de la bière et à fumer des joints. Elle se baladait sur la plage et nouait de brèves relations avec des hommes qui vivaient à ses crochets.

Une seule chose lui donnait un but : le besoin de se trouver une nouvelle identité, pas une qu'elle inventerait mais une qu'elle emprunterait. C'était un projet. Elle parcourut des microfilms dans les bibliothèques locales jusqu'à ce qu'elle tombe sur la nécrologie d'un bébé. Elle avait besoin d'une personne dotée d'un certificat de naissance, mais qui n'avait jamais demandé de numéro de Sécurité sociale. Elle avait besoin d'un bébé dont la naissance et la mort avaient eu lieu dans deux comtés différents, pour qu'aucun recoupement ne fût possible (Bobby prétendait que cette méthode était directement inspirée du film *Chacal*, et pourquoi pas ?). Il lui serait facile d'obtenir une copie du certificat de naissance, à partir de quoi elle pourrait se forger une "vraie fausse" identité, impossible à retracer. Se pourvoir d'un vrai numéro de Sécurité sociale, d'un vrai permis de conduire et même d'un vrai passeport. Méthodiquement, elle se fabriqua ses papiers. Ce fut là sa principale réussite durant ces années passées à L. A. : une identité sans faille, fiable. Elle devint ce nourrisson mort : Louise Barrot.

Louise, je suis Louise. Prendre le nom de quelqu'un d'autre au lieu de s'en inventer un procurait une impression bien différente. Le mensonge était plus profond, plus mesquin, en quelque sorte. Et l'origine morbide de ce patronyme ne la laissait pas indifférente. Parfois, tout en se reprochant de le faire, elle pensait au bébé Louise. Aux parents qui, à l'hôpital, avaient regardé leur enfant se débattre pour respirer, à ses minuscules jambes de grenouille et à ses poings violets serrés. Elle avait même conservé une copie de la nécrologie.

Il lui fallut un an pour construire sa nouvelle identité et rassembler tous les documents. Cela fait, elle se retrouva relativement désœuvrée. Une année se transforma en quatre. Elle était cuisinière dans un café de Marina del Rey. Louait un petit appartement près de la jetée à Santa Monica. Pendant ses jours de repos, Louise parcourait la promenade à pied, ou descendait la 4e Rue. De temps en temps, il lui arrivait d'oublier où elle se rendait, mais elle continuait quand même à marcher. Un jour, un homme venant de la direction opposée lui était rentré dedans. Il avait poursuivi son chemin sans s'arrêter. Cette indifférence à leur collision l'avait laissée perplexe. Elle était restée là, immobile, à regarder fixement le dos de l'homme qui s'éloignait. Ensuite, peut-être une semaine plus tard, la chose s'était reproduite à l'identique. Une femme marchait vers elle sur le trottoir en face du supermarché Ralphs. Elle avait cette sorte de regard absent qu'ont souvent les gens en public. Arrivée à la hauteur de Louise, au lieu de s'écarter elle avait foncé sur elle, lui heurtant l'épaule. Elle ne s'était pas arrêtée non plus, et ne lui avait pas adressé la parole. Elle avait poursuivi son chemin. Cette fois-ci, Louise avait été moins perturbée par l'incident. Elle en avait même presque rigolé. Ça y est, j'y suis arrivée. Je suis invisible, s'était-elle dit.

Et elle avait continué ainsi. Pas vraiment visible. Une vapeur.

Si tu ne lis pas les journaux, le temps n'avance pas.

Mais elle le voyait bien à ses mains – les veines plus visibles sous la peau –, le temps passait. Si elle ne lisait pas les quotidiens, elle laissait la télé allumée en permanence.

> *Raid. Et les insectes se taisent.*
> *Aim. Combat les caries.*
> *Oxydol. Plus blanc que blanc.*

Et puis elle rencontra August. Un visage sévère mais séduisant, et de très longs cheveux noirs qu'il maintenait tirés en arrière en une queue de cheval bien nette. Il exhalait un léger parfum de noix de coco (dont elle réalisa après coup qu'elle avait pour origine une crème autobronzante) et une forte odeur de tabac. Il lui paya des verres et lui parla dans des tons mesurés et doux. Tendres, même. Elle ne le repoussa pas ; elle éprouvait, en fait, une immense gratitude. Car qui était-elle sinon une "poussière dans l'univers" ?

August veillait à la propreté de son appartement. Il possédait une jolie chaîne stéréo et une grande télé toute neuve. L'identité du Président le laissait apparemment complètement indifférent. Il voulait que Louise soit tout le temps auprès de lui. Elle se mit à lui faire la cuisine et s'installa dans la routine d'une vie ordinaire. Lessive. Ménage. Courses. Pourquoi se serait-elle refusé le plaisir de se faire un peu dorloter ? Ces premières années passées en tant que Louise furent caractérisées par une diminution rapide et régulière des possibles. Mais tout le monde ne vivait-il pas la même chose ? Le temps passant, toute vie n'était-elle pas une espèce de rétrécissement, un tranquille renoncement au possible ?

SIXIÈME PARTIE

Printemps 1999

ARTILLERIE

NASH TROUVA HENRY à côté de la section Dispositifs incendiaires du rayon "Tactiques". Il ne bougea pas avant que son ami lève la tête. Puis il lui écarta la main afin de voir quelle brochure il était en train de consulter. Il s'agissait d'un pamphlet écoterroriste intitulé *Comment utiliser des explosifs pour éradiquer et décourager la publicité dans les rues*. Nash le lui arracha des mains.

"Je peux te parler ?

— Bien sûr", répondit Henry.

Il suivit Nash vers le bureau du fond, qui n'était en réalité qu'un grand placard rempli de livres, de factures et de catalogues. Henry s'assit sur la seule et unique chaise, Nash s'appuya contre le bureau.

"J'irai droit au but. Je ne pense pas qu'escalader des immeubles au beau milieu de la nuit soit une idée grandiose, si tu vois ce que je veux dire.

— Moi non plus."

Nash sourit et croisa les bras.

"Je sais que c'est toi qui détruis ces panneaux publicitaires.

— Mais ce sont des pubs pour le Nepenthex, qui est fabriqué par Pherotek…

— Ouais, je sais. Ça j'ai fini par comprendre. Ils font partie d'Allegecom, qui est aussi la compagnie qui a introduit de la dioxine partout, depuis les tuyaux en PVC jusqu'à l'agent orange.

— Qui a introduit de la dioxine dans l'agent orange et a continué ainsi pendant des années, même lorsqu'ils savaient que le produit affectait les êtres humains. Alors même qu'ils auraient pu le fabriquer sans dioxine, comme l'agent bleu. Et ces salauds ont aussi fabriqué diverses munitions incendiaires, tu es au courant, non ?

— Bien sûr. De nombreuses sociétés l'ont fait.

— Artillerie antipersonnel…

— Ouaip. Conçue pour détruire les hommes sans atteindre les biens. D'accord.

— Mais ces types…" Henry se mit alors à parler d'une voix très forte. "… ils ont fabriqué l'antidépresseur qu'on m'a justement prescrit pour la dépression que j'ai faite à cause de la dioxine et du traumatisme engendré par la guerre. Il a d'ailleurs été conçu pour soigner les névroses traumatiques dues au combat, dont ils sont les premiers responsables."

Nash se mit à rire en secouant la tête.

"Voilà qui serait plein d'ironie, Henry, seulement tu oublies une chose : tu n'as jamais été exposé à l'agent orange, ni participé à aucun combat quel qu'il soit. Sans compter que, et c'est peut-être encore plus important, personne ne sait pourquoi tu arraches ces panneaux publicitaires. C'est un geste illisible. Ça ne change rien. Et quoi que tu envisages…

— Cette entreprise et ses panneaux publicitaires sont abjects. Cette pub est pornographique, c'est une atteinte à la décence."

On frappa à la porte. C'était Sissy qui appelait.

"Nash ? Il n'y a personne pour surveiller le magasin.

— Il est où, Roland ?

— Parti.

— J'arrive tout de suite. Bon sang !" Nash posa une main sur le bras de Henry. "Je ne suis pas contre, tu sais. Je n'ai aucun problème avec la destruction des biens en soi. Il n'y a rien de sacré dans la propriété, surtout celle-là. Mais même si à mon avis ton action pourrait présenter un intérêt, elle ne vaut pas la peine d'être accomplie car je doute que quiconque à part toi puisse la comprendre, et qu'elle puisse changer quoi que ce soit.

— Pourtant toi tu l'as remarquée, non ? Et eux aussi. Et ils ont dû remplacer leur pub, non ? Ça va faire deux fois." Henry souriait.

"Mais c'est dangereux. Et pas seulement parce que tu es un vieux croûton malade qui ne devrait pas descendre des immeubles en rappel au beau milieu de la nuit. Et si le fait de détruire quelque chose te transformait d'une façon inattendue ? Canalisait ce qu'il y a de plus sombre en toi ? Réveillait un côté cruel, t'excitait, te titillait ? Comment dire ? Je pense que c'est le genre de truc à te pourrir l'âme. Que ça te transforme en connard."

Nash se dirigea vers la porte. Henry tendit le bras pour l'arrêter.

"Mais je me sens mieux. Mes symptômes ont diminué depuis.

— Comment ça ?

— J'ai bel et bien été exposé, ou suis exposé, par je ne sais quels moyens. Et je prends effectivement leurs pilules. C'est là mon ironie et mon insulte. Mais quand je détruis leurs affiches – le cœur plein de rage mais aussi de justice, je le jure – je me sens mieux. Je peux même dormir en paix.

— Ne t'emballe pas trop, c'est tout. Tu m'as convaincu.

— Ma dignité est en jeu.

— On est d'accord.

— Je me sens revivre grâce à ça.

— Mais peut-être…" Nash parlait tout en quittant la pièce. Henry le suivit.

"Peut-être que quoi ?

— Peut-être que c'est grâce à tes croisades nocturnes contre les panneaux publicitaires. Tu as peut-être raison. Ou bien c'est peut-être grâce à leur antidépresseur que tu te sens mieux. C'est peut-être le Nepenthex."

JOURNAL DE JASON

SA VIE ENTIÈRE est devenue suspecte. Pas seulement le fait qu'elle ait reconnu avoir fréquenté des rock stars sur le déclin dans des bouges californiens. Ou ses dérobades à propos de sa vie avant les années 1980. Pas de famille, pas d'amis, aucune allusion à quoi que ce soit. Mais ce n'est pas tout : quand on y pense, d'autres problèmes apparaissent. Une fois qu'on s'est mis en tête qu'un proche nous cache quelque chose, tout est suspect.

Par exemple :

Hier soir elle a dit un truc qui m'a paru bizarre. Nous regardions ensemble les infos à la télé. Ça me rasait, alors je suis allé dans ma chambre. J'ai expédié une dissertation pour le lycée en trente minutes environ. Ces devoirs sont tellement faciles, une vraie rigolade ! Ensuite je me suis connecté au site Cabin Essence, sur lequel je trouve mes albums pirates. J'étais en pleine conversation avec un type de l'Alabama qui avait envoyé un tas d'infos au sujet d'une cassette comportant les sessions complètes de "Good Vibrations" (chanson qui selon moi renferme une telle étrangeté et une telle complexité que je pourrais passer des mois à l'analyser et à la passer au crible) lorsque j'ai entendu frapper à ma porte. Je savais que c'était ma mère, je lui ai crié quelque chose, mais elle ne pouvait pas m'entendre étant donné que j'avais mis la musique à fond. J'ai baissé le volume en beuglant : "Quoi ?" d'une voix exaspérée. Sans répondre, elle a frappé de nouveau. Je me suis levé pour ouvrir. Un petit sourire pâle sur les lèvres, elle se tenait là, à serrer les manches de son pull : comme elles sont toujours trop longues, elle joue avec en dissimulant à moitié ses mains à l'intérieur. J'ai dans l'idée qu'elle fait ça exprès pour souligner à quel point elle est menue, fluette, frêle. Franchement elle ne pourrait pas s'acheter des pulls à la bonne taille ?

"Ouais ?" j'ai dit en forçant sur l'inflexion. Je ne voulais pas l'encourager.

"Jason.

— Qu'est-ce qu'il y a, maman ? J'écris une dissert pour le lycée, là."

Elle a hoché la tête avant de parcourir un instant ma chambre des yeux. Elle y entre rarement. Je veille à ce qu'elle soit propre, et ma mère n'y pénètre pas, du moins je ne crois pas. J'ai complètement baissé le volume. Je n'avais aucune envie de faire jaillir je ne sais quel souvenir enfoui à propos de l'époque glorieuse où elle traînait avec Dennis Wilson.

"C'est sur quoi ?

— Quoi ?

— La dissertation que tu dois rendre."

J'ai haussé les épaules. Je ne voyais pas où elle voulait en venir. Je ne suis pas très patient avec elle ces derniers temps. Je veux qu'elle reste en dehors de mon chemin, sans poser de questions. Elle ne comprend pas que, à notre époque, c'est comme ça que ça se passe entre mères et fils. Ce n'est pas elle mais seulement le pas-elle d'elle que je veux, je n'attends rien de ma mère, sinon qu'elle ne me demande rien, et ne se plante pas sur le seuil de ma porte, une expression pâle et triste sur le visage, à serrer les manches de son pull.

"Tu n'as pas un cours, ce soir ?" j'ai demandé.

Elle enseigne la cuisine aux adultes. Donne des cours particuliers à des adultes illettrés. Aide des enfants défavorisés. Ce n'est pas comme si elle n'avait rien d'autre à faire que me parler ! Elle a hoché la tête.

"Je t'ai préparé à manger, c'est dans le frigo."

Elle restait plantée là. J'ai jeté l'éponge.

"C'est sur Alger Hiss*, la commission parlementaire sur les activités antiaméricaines, tout ça, quoi.

— Super. C'est très intéressant."

Oh, bon Dieu, j'aurais dû me taire, mais elle attendait quelque chose, et je n'avais tout simplement pas le courage de ne rien dire. Maintenant elle allait en demander davantage.

"Alors, tu en penses quoi ?

— De quoi ?

— Est-ce qu'il l'a fait ?

— Est-ce que Hiss l'a fait ?"

Elle hocha la tête.

"Bien sûr qu'il l'a fait. Plus personne ne le conteste.

— Tu veux dire que c'est l'opinion générale.

— Il l'a fait, c'est sûr.

— Ah, merci mon Dieu ! Voilà qui est résolu. Cette question me taraudait depuis des années", s'est-elle exclamée, très sérieuse, puis, après une pause, elle a éclaté de rire. Et moi aussi. Ce qui était surprenant. Elle a enfin tourné les talons. Puis elle s'est arrêtée et m'a regardé de nouveau.

"Mais pourquoi ?

---

* En 1948, Alger Hiss, ancien haut fonctionnaire au ministère des Affaires étrangères des Etats-Unis, fut poursuivi en justice, accusé d'être un espion communiste et d'avoir divulgué des documents secrets.

— Pourquoi quoi ?

— Pourquoi Hiss aurait-il fait ça ?

— Qui sait ? Ça ne lui a certainement pas rapporté d'argent. Il pensait que c'était son devoir, je suppose.

— Alors pourquoi tu écris sur l'affaire Hiss, si l'opinion générale est fixée, et tout ?"

Elle était redevenue très sérieuse, fini de rire. Je l'ai regardée et je ne sais pas pourquoi j'ai dit ça, mais voilà :

"Il m'intrigue. Qu'il ait été un espion n'est pas si remarquable. Ni même qu'il ait risqué de perdre de nombreux privilèges. Dans un sens je trouve ça admirable, bien que peu judicieux. Ce qui m'impressionne c'est qu'il ait menti toute sa vie. Et avec quel brio ! Si les faits n'avaient pas existé, il aurait été très convaincant. Comment peut-on ne pas craquer de toute sa vie ? Pas même sur son lit de mort ?"

Elle restait là, les yeux plantés dans les miens, aux aguets.

"Je veux dire, si une action vaut la peine d'être accomplie, ne devrait-on pas l'assumer ? Assumer la responsabilité de ses actes ?"

Elle a eu l'air un peu surprise.

"Peut-être que d'autres gens auraient souffert, s'il avait avoué, a-t-elle suggéré.

— Peut-être. Ou peut-être qu'il regrettait.

— C'est tout à fait possible.

— Ou peut-être qu'il était lâche."

Et voilà, c'était fini, elle a légèrement reculé, puis elle est partie au bout du couloir.

"J'ai fait des quesadillas au poulet. Tu n'auras qu'à les réchauffer.

— Super, merci."

Elle s'est retournée. Moi je m'attardais sur le seuil de ma chambre.

"Tu sais, je me demande si sa femme savait la vérité. Ou ses amis."

Elle s'est de nouveau arrêtée pour me regarder.

"Et à quelle conclusion arrives-tu ?

— Personne ne savait la vérité. Lui-même ne la savait plus, si ça se trouve. Pour vivre aussi longtemps avec un secret, il doit falloir se convaincre soi-même que ce n'est jamais vraiment arrivé. Tu crois pas ?"

Elle a secoué la tête et haussé les épaules. Elle avait l'air lasse, vieille, lointaine.

"Je ne sais pas", a-t-elle fini par répondre.

Nous étions mal à l'aise de façon bizarre, pas le malaise habituel.

"Tu es un gamin intelligent, pas vrai ?"

Ma mère est une étrangère. Et elle est étrange. Je n'ai aucune certitude sur ce qu'elle pense ou ce qu'elle ressent à propos de quoi que ce soit. Et c'est drôle, parce que c'est elle qui devrait se poser des questions sur moi, et pas l'inverse. Moi je devrais penser rock'n'roll, filles et drogue. Pas à pourquoi elle devient si insaisissable et perdue parfois.

Je me suis réfugié chez Gage. Ce soir-là, il se faisait une espèce de trip George Clinton-Funkadelic. Autrement dit il nous fallait écouter P-Funk All Stars, Parliament, et tous les tributaires qui conduisaient à ces groupes ou en dérivaient. Mais aussi tous les albums où ils avaient été accompagnateurs, ainsi que toutes les reprises de leurs chansons par d'autres musiciens. Il a passé *Maggot Brain*, datant de 1971, un album extraordinaire, il faut bien le reconnaître. Rien que la pochette : une nana genre black power coupe afro, qui crie, enterrée dans le sable jusqu'au cou. C'était du funk psychédélique ultra-rapide, au son puissant et déjanté, où se mêlaient souffle et craquements.

Encore aujourd'hui il en émane une menace à vous donner la chair de poule, en particulier dans la première chanson où il y a un très long et très beau solo de guitare à mourir de tristesse. Bien entendu, Gage a sorti un joint. Moi je n'arrive pas à fumer, ça ne me fait pas planer. Le shit m'embrouille les idées et me rend paranoïaque. Mais j'ai fumé quand même, et, à l'écoute de ce morceau, j'ai commencé à flipper et à souffrir de claustrophobie.

"Tu sais à quoi elle me fait penser, cette musique ? m'a demandé Gage.

— A quoi ?

— Quand je l'entends, j'ai l'impression que la mère de George Clinton vient de mourir."

Je lui ai jeté un regard en coin. Qu'entendait-il par là ? Où voulait-il en venir ? La plainte de la guitare s'est étirée, plus envahissante et plus éloignée de la mélodie. Jamais, ça ne s'arrêtait ? S'il vous plaît, on pourrait revenir à la normale ? Tout cela était trop sombre pour moi, alors je me suis excusé et je suis retourné à la maison pour écouter *Pet Sounds* (la version originale du single vinyle). J'ai mis le casque ringard avec les énormes coussinets en mousse pour les oreilles, puis me suis allongé par terre. Et j'ai laissé le chœur des Beach Boys me submerger de la tête aux pieds jusqu'à ce que je me retrouve dans un univers sans faille, merveilleux, d'une beauté pleine d'exquise naïveté.

Parfois j'ai l'impression d'être amoureux de ma propre jeunesse. Je refuse d'avancer, je voudrais, insouciant, me perdre pour toujours dans cette musique. Je ne veux pas m'en lasser, et non, non, et non ma passion ne s'éteindra pas avec l'âge ou je ne sais quoi. Et je n'ai certainement pas besoin d'en savoir plus sur ma mère.

LA CHINOISE

NASH N'AVAIT PAS VU Miranda depuis plusieurs mois. Il avait entendu dire qu'elle comptait partir dans l'Est avec Josh, ou qu'elle était déjà partie. Finalement, elle réapparut à l'occasion d'une réunion du collectif de la Dernière Vague du Cinéma, l'un des groupes d'art underground et ecto-provo de *Prairie Fire*. Ce n'était pas Nash qui s'en occupait, mais il laissait les participants passer leurs films et encaisser ce qu'ils pouvaient à l'entrée. L'ennui, selon Nash, c'était que la plupart de ces travaux se révélaient être des navets d'un ennui mortel : pétris d'un didactisme pénible et d'une volonté de satire trop souvent on ne peut plus superficielle – cette satire qui, justement, renforçait l'hégémonie culturelle américaine oppressive au lieu de la remettre en question. Pour lui les films ratés, et en particulier les tentatives ratées d'expression politique ou subversive, manquaient à ce point d'attrait qu'ils n'étaient pas seulement tristes et déprimants mais également contre-révolutionnaires, réactionnaires, et faisant, à la limite, partie intégrante de l'Amérique du statu quo. Il ne trouvait aucun – mais vraiment aucun – mérite aux "bonnes intentions" ni au "fait avec les moyens du bord". Il se sentait insulté par les navets.

Mais, ce soir-là, Nash était doublement agacé, incapable de résister à l'envie de jeter des regards à Josh, assis là à côté de Miranda. On baissa la lumière, et quelqu'un montra un film représentant deux figurines de GI Joe, l'une habillée en Saddam Hussein, l'autre en Michael Jackson. Minable : la critique sociale revue et corrigée par la défonce. Après la projection, le "réalisateur" tenait un forum.

"Alors, des commentaires ? Bien sûr, il ne s'agit que d'une ébauche de montage. Nous allons réaliser un film de dix minutes pour ensuite le présenter aux festivals et trouver des sponsors qui financeraient une animation numérique, une mise en forme avec les logiciels Avid, Pro Tools et Flash."

Il portait sur le bout du nez de petites lunettes ovales à monture de fer, et coiffait ses longs cheveux noirs bien dressés sur la tête, en pics raides et collants. Il arborait, tatouée à la base du cou, une tige de lierre luxuriante hérissée d'épines aux contours agressifs, qui disparaissait ensuite sous sa chemise pour réapparaître sur son avant-bras, avant de s'enrouler péniblement autour des os fragiles de son poignet. On eût dit qu'une plante carnivore s'était insinuée sous ses vêtements afin d'enserrer furtivement ses membres pour l'étrangler avant de le dévorer. Nash trouvait ce tatouage distrayant, au point, au bout d'un moment, de ne même plus arriver vraiment à regarder le garçon.

"A mon avis, le truc des figurines, c'est dépassé. Je me rappelle avoir vu au début des années 1990 une reconstitution d'événements historiques réalisée avec des poupées Barbie", intervint Sissy, l'air très sérieuse avec ses deux tresses impeccables, bien serrées, et sa frange coupée au cordeau. De gigantesques lunettes d'aviateur vintage lui mangeaient le visage et auraient évoqué les films pornos à petit budget si leurs verres avaient été teintés, mais comme ils étaient transparents, et manifestement prescrits, elles ressemblaient davantage à ce que porterait un *serial killer* d'âge moyen. Nash réalisa que c'était exactement l'effet que Sissy recherchait, et il ne put s'empêcher d'être fier d'avoir "capté" ça. Pour la plupart des ados, Sissy était la nana qui écrivait des articles dans les plus underground des magazines hebdomadaires locaux ; du coup, lorsqu'elle prenait la parole, ils la considéraient comme une autorité absolue. Bien sûr elle ne s'occupait que de la rubrique musique, mais, quand même, elle était liée aux médias, alors tout le monde la traitait comme si elle avait été susceptible de conférer une célébrité instantanée à n'importe lequel d'entre eux. Rien n'inspirait davantage de respect aux ados que les liens avec les médias.

"Violer le copyright de Mattel ou de Hasbro en faisant référence aux Barbies ou aux GI Joe est aussi un peu vain. Personne ne vous autorisera à diffuser votre truc en public ; bon, bien sûr vous pouvez toujours inclure la lettre de mise en demeure d'arrêt d'activité dans les copies envoyées à la presse, histoire d'essayer de gagner en crédibilité, j'imagine. Mais il faudra que le film acquière une sacrée réputation pour surmonter le fait qu'il ne sera jamais vraiment vu."

Josh leva la main.

"Est-ce que par hasard quelqu'un parmi vous aurait entendu parler de Bobby Desoto, un réalisateur des années 1960 ? Il a sorti une série de films entre 1968 et 1972. La plupart sont tournés en super-huit, et dans certains il y a des poupées ou des figurines en argile filmées image par image. Ces films sont extraordinaires : intrinsèquement beaux, avec cette espèce d'animation primitivo-complexe à la Lotte Reiniger, un éclairage minimaliste et des effets de papier, mais aussi des voix off très drôles qui déblatèrent des conneries politiques, comme dans *La Chinoise*, le film de Godard où on entend des discours sur les Viêt-công récités d'une voix plate et monotone par des Françaises canon en minijupe. Et où le ton est tel qu'on n'est jamais sûr que le didactisme poussé à l'extrême soit critiqué ou adopté. Les deux en même temps. Vous mélangez Godard avec Gumby et Georges Méliès, et ça vous donne une idée de ce à quoi ressemblent les films de Desoto."

Josh souriait au groupe de cinéphiles à la fois perplexes et nonchalants, qui le regardaient fixement.

"Desoto était très en avance sur ces techniques, c'est sûr. Y compris sur l'histoire du copyright. Il a réalisé plusieurs films à partir d'autres films et de flashs d'informations. Il en sélectionnait des extraits dont il modifiait la bande-son, puis procédait à leur juxtaposition pour obtenir différents effets. Un farceur, aussi, ce Desoto. Il a également tourné de vrais documentaires, qui n'ont pas eu autant de succès que le reste. Il s'est même débrouillé pour que Jean-Pierre Léaud fasse le narrateur dans l'un d'eux, moitié en français, moitié en un anglais approximatif, avec un accent à couper au couteau.

— On peut les voir sur cassette, ces films ? demanda une fille.

— Non, mais il existe une espèce de groupe de néo-luddites, les Formaphiles." Quelques personnes hochèrent la tête. "Ils sont branchés à fond sur le formatage rétro. Ils préservent et diffusent les trucs dans leur format original, par exemple des films en huit millimètres, super-huit ou seize millimètres. Vinyles, cassettes audio huit titres, et même disques laser. Tant que c'est obsolète, ils prennent. Pas de remastérisation numérique ou de transfert vidéo. On peut aussi leur acheter des projecteurs. En tout cas, ils vendent surtout des trucs piratés, alors c'est à moitié illégal. Tous les films de Desoto sont vendus comme ça.

— Du coup l'artiste ne touche pas d'argent ? demanda Miranda.

— Eh bien, il se trouve que Desoto a été impliqué dans une affaire de terrorisme, des attentats à la bombe ciblant des fabricants d'armes, je crois, vers la fin de la guerre du Viêtnam, et qu'il est parti en cavale. Aujourd'hui encore, c'est un fugitif. Donc il lui est impossible de toucher de l'argent."

Nash jeta un œil à Josh, puis leva la main droite, index et majeur levés. Geste effectué à contrecœur. Josh lui fit un signe de tête.

"Et comment as-tu trouvé ce goupe de pirates néo-luddites ?

— Grâce à leur site Internet, répondit Josh en lui adressant un grand sourire.

— Evidemment, sur leur site néo-luddite.

— Il en existe effectivement un assez grand nombre. Finalement, ils ne sont pas aussi opposés que ça à la technologie. Ils la fétichisent, d'une certaine façon. Quand on y pense.

— Les Formaphiles, hein ?

— Desoto était un génie."

Nash haussa les épaules.

"Moi j'ai plutôt l'impression qu'ils prisent tout ce qui est obscur et difficile à se procurer. *Obscuristas*. Ça me paraît élitiste."

Une fois la réunion finie et tout le monde parti, Miranda réapparut : soit elle n'était pas partie du tout soit elle était revenue. Nash faisait l'inventaire. Cela impliquait un bloc-notes et une liste complète des titres figurant en rayon. Mais cela signifiait aussi compter tous les livres en stock dans les cartons. Ainsi que remettre à leur place les ouvrages que les ados avaient mal rangés. Il s'y attelait une fois par mois et y passait la nuit. D'habitude, il aimait bien ça : se concentrer sans penser. Mettre de l'ordre. Il écoutait sa musique : ce soir, Thelonious Monk. Miranda le regarda travailler jusqu'à ce qu'il s'interrompe enfin.

"Ça m'a manqué de ne pas te voir dans le coin, dit-il.

— Je suis allée à New York. D'ailleurs, je vais emménager là-bas.

— C'est ce que j'ai entendu dire. Super. C'est super."

Ils se firent un signe de tête mutuel. Coleman Hawkins jouait au saxo la dernière mesure de "Ruby, My Dear".

"Je peux t'aider ?"

Nash secoua la tête.

"Je peux rester là un moment ?

— Bien sûr."

Elle le regarda écrire sur son bloc. Au bout d'environ dix minutes, elle sortit un joint et l'alluma.

"Tu fumes dans le magasin ?"

Elle se contenta de rire et inspira, retenant la fumée dans ses poumons. Elle lui tendit la cigarette. Il s'avança pour la lui prendre.

"Tu te ronges toujours les ongles", remarqua-t-il.

Il prit une bouffée. Elle s'assit par terre en tailleur.

"Je devrais mettre cet affreux vernis à ongles, le truc qui a un goût horrible, histoire d'arrêter de les manger."

Elle l'attira à côté d'elle. Il s'assit puis inspira une autre bouffée.

Sous l'effet du hasch, la musique se répandait et s'approfondissait autour d'eux. Avec une intensité que Nash trouvait presque insupportable. Cette musique n'était pas destinée à servir de fond sonore.

"Il y a quelque chose qui ne va pas ?" demanda-t-elle.

Il lui tendit ce qu'il restait du joint.

"Je vais emménager avec ce type, Josh. Il allait au même lycée que moi, tu sais.

— Je ne suis pas…

— Je n'insinue pas que c'est notre relation à Josh et à moi qui te dérange, je voulais juste dire qu'il y a truc qui semble te perturber…

— Je ne savais pas que vous étiez allés au lycée ensemble.

— … Et après j'ai ajouté ça à propos de Josh et de moi parce que ça m'est passé par la tête."

Un long silence saturé de notes de piano s'installa entre eux. Nash eut un rire nerveux. Puis il se leva.

"Il faut que je finisse l'inventaire. Malheureusement, ma concentration est tellement fragile que je suis incapable de parler et de compter en même temps. En plus avec le hasch, je risque de baver partout sur les livres."

Miranda hocha la tête mais n'esquissa pas le moindre geste pour partir.

"Et il faut que ce groupe de cinéma merdique, méta-provo, se barre, lança-t-il en s'adressant avant tout à lui-même et à son bloc-notes.

— Je croyais que c'étaient des ecto-provos.

— Ça ne veut rien dire, tu en as conscience, non ? N'empêche, ce nom, c'est sûrement ce qu'il y a de mieux chez eux.

— Tu ne l'aimes pas, Josh, hein ?

— C'est un garçon très intelligent. Légèrement trop imbu de sa sensibilité calibrée à la perfection, peut-être, sensibilité qui, si ça se trouve, n'est contrariante que pour la beauté du geste ; et il est assurément plus cynique qu'il ne devrait se le permettre. Mais, l'un dans l'autre, c'est un gosse brillant.

— Tu ne l'aimes pas."

Nash lui sourit tout en notant quelque chose sur son bloc.

"On part à New York pour un projet sur lequel travaille Josh. Top secret. Je pense que ça va être cool."

Elle s'apprêtait à en dire plus, mais Nash se mettant à faire ses comptes en silence, elle s'interrompit.

"Non je ne l'aime pas", répondit-il, mais elle ne l'entendit probablement pas, car elle avait déjà passé la porte. Une fois qu'il eut réalisé le départ de Miranda, Nash s'assit un moment. Il s'allongea sur le banc près des étagères. Puis ferma les yeux et écouta la musique.

SEPTIÈME PARTIE

1982-1999

LES RÈGLES DE L'ENGAGEMENT

CE N'ÉTAIT PAS qu'elle n'aimât plus Augie. L'affection qu'elle éprouvait pour lui grandissait. Ce n'était pas qu'elle lui trouvât des côtés repoussants. En toute honnêteté elle aimait l'observer depuis l'autre bout de la salle lorsqu'il allait se rechercher une bière au bar. Il était agréable à regarder avec ses airs d'ours gentil. De beaux muscles enrobés d'un peu de graisse sans conséquence. Rien de saillant, rien de tranchant. Mais, quoi qu'il en fût, l'excitation initiale que lui procurait l'idée de coucher avec lui avait disparu sans crier gare. Ni déclin, ni décrue. Elle avait simplement complètement disparu.

Louise aimait bien Augie : ses cheveux, ses grands yeux, ses mains de travailleur, son visage franc. Elle trouvait qu'il sentait bon – si, si, vraiment. Il avait parfois mauvaise haleine, mais pas trop souvent. Il ne s'agissait pas de ça. Il n'y avait rien en particulier chez lui qui lui déplût ou la dégoûtât. Aucun problème dans leur relation, qui était même agréable. Alors pourquoi ne ressentait-elle tout à coup plus de désir pour lui ? Lui la désirait encore. Il avait soif de sexe et elle s'efforçait de le satisfaire autant qu'elle pouvait. Mais parfois il prenait tellement son temps que sa générosité s'érodait. Elle se surprenait à penser : Allez, vas-y ! Alors il jouissait presque mais pas complètement. Il voulait changer de position. Et le problème c'était que Louise savait qu'elle ne trahirait jamais l'impatience qui était la sienne. Elle ne dirait pas : "dépêche-toi" parce que cela n'aurait servi à rien. Non, le mieux était encore de feindre l'enthousiasme, de simuler l'excitation et la ferveur autant que faire se pouvait afin d'amener son désir à son point culminant et qu'il jouisse. Mais il fallait jouer fin : si elle se montrait trop enthousiaste, il se pouvait qu'il s'efforce de se retenir plus longtemps, de prolonger le plaisir qu'elle prenait. Souvent, elle lui léchait furtivement l'oreille, ou bien, à un moment crucial, lui murmurait un cliché d'une voix étouffée. Elle savait lui caresser le dos sans trop le déconcentrer. Non pas qu'elle n'aimât pas le sentir en elle, mais toute cette ruse et tout cet effort requis, c'était rude. Après leurs ébats il se détendait et la regardait, en adoration. Faites qu'il ne se rende compte de rien ! Elle était honteuse et terrifiée à l'idée qu'il eût des soupçons. Mais peut-être qu'il ne se doutait de rien. Elle était passée maîtresse dans l'art de l'exciter, et dans les micro-modulations qui entretenaient son désir. Elle se concentrait, c'est vrai, seulement ce n'était pas pour les raisons qu'il pensait.

Eût-il été mieux de jouer la carte de la franchise ? Avant il essayait assez souvent de la faire jouir. Et il n'était pas sans talent. Il se glissait sous les draps et restait là jusqu'à ce qu'il arrive à ses fins. Il avait l'air de prendre son pied : peut-être feignait-il pour les mêmes raisons qu'elle, ou peut-être que non. En revanche elle ne simulait pas l'orgasme. Nulle raison à cela. Elle en avait très facilement lorsqu'il se servait de sa bouche. Des orgasmes si intenses et troublants parfois qu'elle doutait presque qu'ils viennent de l'intérieur de son corps. Enfin, aucune importance. Ça aussi elle le faisait pour lui. Jouir ou pas, elle s'en fichait un peu. Elle n'en dormait pas moins bien. Car, en un sens, l'orgasme est avant tout un phénomène physique, qui n'est pas forcément lié au désir. Le désir, lui, est plus complexe : avant l'acte il s'agit d'un désespoir, d'un besoin, d'un fantasme ; puis, pendant, d'un accomplissement. Il faisait appel à l'esprit et au corps. Le corps, pas de problème. Mais l'imagination… eh bien la plupart du temps elle lui faisait défaut.

Cet état d'esprit s'expliquait-il par le fait qu'elle se languissait toujours de Bobby ? Parce que, après toutes ces années, elle se rappelait encore son odeur, son goût, son contact. Et surtout elle se rappelait qu'elle le désirait profondément. Elle se rappelait encore également l'époque où elle avait ardemment désiré Augie. Seulement, la différence, c'était qu'elle continuait à désirer Bobby. Et puis il y avait cette question : Désirait-elle encore son premier amant parce que les choses n'avaient pas eu le temps de décroître puis de disparaître comme ça avait été le cas avec Augie ? Ou était-ce simplement différent, aimait-elle tout simplement davantage Bobby ? En imaginant qu'elle eût rencontré Augie en premier, est-ce que celui-ci lui manquerait ? Elle prit soudain conscience que son repli sur soi, son état apathique ne pouvaient durer indéfiniment. Il fallait qu'il le comprenne, sinon elle finirait par perdre patience et ce serait fini.

Parfois, allongée sur son lit, elle se disait que plus rien ne l'empêchait de se rendre. Elle savait qu'elle ne pourrait s'affaiblir éternellement, qu'un jour elle se rendrait, une fois sa vie en liberté devenue aussi mortifère qu'une incarcération. "Il n'y a pas d'issue." Certes, mais pas pour les raisons qu'on croit.

Quand Augie s'approchait d'elle, elle se contraignait à penser au début de leur relation. A l'après-midi pluvieux où elle était passée le voir sur son lieu de travail, une grande maison de campagne. Où il l'avait prise par la main pour l'emmener dans la forêt derrière le bâtiment. Où, malgré la pluie, appuyés contre un arbre, ils s'étaient embrassés, en se débattant avec leurs vêtements. Avant qu'il ne la soulève d'un coup et qu'elle se retrouve en équilibre sur lui, tous deux brûlants de désir sous les frondaisons. C'était sa tête qui se rappelait tous ces moments, pas son corps. Elle ne parvenait pas à les faire revivre sous sa peau, entre ses jambes, et jusqu'à ce réseau frémissant de nerfs internes, jusqu'à provoquer d'infimes contractions prospectives, cependant que les fibres de ses muscles frémiraient déjà. Impossible de susciter cet émoi-là.

Elle savait qu'elle devrait changer de vie. Elle se sentait dans un tel état de diminution, de soustraction. Dû, peut-être, songeait-elle, à ce nom luimême : Louise Barrot. Elle était persuadée qu'avoir pris le nom d'un nourrisson défunt avait coloré l'ensemble de ses possibles, tout recouvert d'une teinte morbide. Elle savait aussi qu'il existait d'autres raisons pour lesquelles le petit mort revêtait une telle importance. Etre en cavale avait brouillé le contexte : le fait qu'elle pût modifier à ce point son identité intervenait sur la possibilité même d'un engagement, ou plutôt il excluait la possibilité de tout engagement réel. Elle considérait tout et tout le monde de loin, à la fois éphémère et abstraite.

Au bout de quelques mois poussiéreux qui se muèrent progressivement en un léger dégoût pour la vie qu'elle menait avec Augie, il se mit à lui parler de leur avenir avec force détails. Etonnamment, il s'était beaucoup attaché à elle. Mais elle ne s'en sentait que piégée, circonscrite, désespérée. Les gens qui jouissent d'une véritable liberté ne font jamais rien de vraiment "libre", comme se réinventer, laisser leur vie derrière eux, tout changer. Ça, c'est l'apanage des individus piégés et désespérés. Il y fallait tant de sang-froid, tant de volonté. Elle y pensait sans cesse. Le reformulait pour voir si elle ne pourrait pas y trouver un peu de réconfort. Non pas *aller en prison*. Mais *se rendre. Refaire surface.* Ça sonnait bien, comme si elle avait coulé pour se planquer. Elle pourrait *céder, se retirer, se repentir.*

Et revoir sa famille. Mais elle devrait aller en justice. Et convaincre qu'elle était innocente, ce qui était faux. Des remords ? Peut-être. Des regrets ? Assurément. Ou alors elle pourrait prononcer un discours, déclarer qu'elle n'était pas désolée, et que, eût-elle pu retourner en arrière, elle n'eût rien changé à ses actes. Après quoi, elle irait sûrement en prison pendant longtemps. Surtout si elle ne donnait aucune information sur les autres, ce à quoi jamais elle ne s'abaisserait, jamais.

Mais serait-elle seulement capable de prendre position ? Car, en vérité, elle n'était pas sûre des tactiques qu'ils avaient choisies, ni de leurs conséquences. La clarté morale, cela n'existait pas. En vérité, elle allait jusqu'à douter de leurs intentions, de leurs motivations. Accomplir quelque chose de si manifestement lourd de conséquences, de si irréparable, pour nourrir par la suite un doute à ce point fondamental, c'était tragique, c'était une grande et terrible tragédie.

Souvent elle regardait la pluie par la fenêtre de leur chambre en se repassant le scénario des événements. Elle repensait, avec autant de précision qu'elle pouvait en tolérer, à ce qu'elle, ou eux, avait fait exactement et pourquoi.

Bobby s'était laissé convaincre, finalement. Lui il voulait faire ses films et en rester là. Agir l'effrayait. Mais elle l'avait convaincu. C'était surtout elle, non ?

Bobby avait présenté au groupe le dernier de ses films "protestataires", lesquels étaient censés être des documents polémiques de propagande. Attribué au collectif SURE, celui-là avait en fait été réalisé par le seul Bobby. Ils s'étaient assis par terre, quatre d'entre eux, dans le noir, tandis qu'il s'occupait du projecteur.

Lumière aveuglante du soleil dans la rue en Kodacolor impitoyable. Un vieil homme sort de chez lui. Il se dirige vers sa voiture. Nouveau plan : le même vieux monsieur marche dans la rue. Il cligne des yeux dans le soleil. Il ignore qu'on le filme. Il se tient devant un bâtiment monolithique de style international. Il entre, la porte se referme sur lui. On voit à nouveau la même chose, en insupportable temps réel : le vieil homme se dirige vers sa voiture. On le voit partir, c'est le matin, il cligne des yeux dans le soleil. La caméra le traque. Au bout de la troisième fois, le réalisateur apparaît, ou un homme qu'on suppose être le réalisateur. Il s'approche du vieil homme, micro en main.

"Excusez-moi, docteur Fieser ?"

Le vieil homme le regarde, sourcils froncés. Il secoue la tête.

"Je peux vous poser une question ?"

L'homme accélère le pas.

"Pourquoi a-t-il fallu que vous inventiez le napalm ? Pourquoi ?"

Le vieil homme s'arrête et se tourne vers le réalisateur. Il regarde fixement le microphone puis prend la parole.

"Je suis un scientifique. Je résous des problèmes. Je ne demande pas à quoi cela va servir. Ce n'est pas mon boulot. C'est celui des politiques.

— *Quel usage domestique pensiez-vous qu'on aurait pu faire de l'essence gélifiée ?*

— *Je ne suis pas responsable. Laissez-moi tranquille."*

Il trébuche et essaie de se réfugier chez lui. La caméra suit le mouvement et on voit le visage de l'homme tandis que le réalisateur, hors champ, lui crie quelque chose.

"Pauling, lui, a refusé de fabriquer cette bombe."

Le vieil homme s'efforce d'ouvrir sa porte. Il se débat avec ses clefs. Mais le réalisateur continue à parler.

"Pensez-vous que les employés de la société Topf à Wiesbaden en Allemagne auraient dû demander pourquoi il leur fallait produire de l'acide cyanhydrique dans des quantités de plus en plus importantes ? Auraient-ils dû se montrer curieux de la raison pour laquelle leur employeur construisait des crématoriums de plus en plus vastes pour le gouvernement ? Pensez-vous que ces Allemands avaient le devoir de demander : Pour quoi faire ?"

Le réalisateur suit le vieil homme en gros plan et le filme sur le pas de sa porte. Il lui colle un numéro du magazine Life sous les yeux. En couverture, la photo célèbre d'une fillette en train de courir. Elle est nue, aux prises avec de terribles souffrances. Le napalm est en train de lui consumer la peau.

Le vieil homme jette un regard sur la photo.

"Oui, j'ai déjà vu cette photo. C'est épouvantable."

Il regarde les clefs qu'il a enfin en main, et s'immobilise. Finalement, il lève la tête vers la caméra. Celle-ci s'attarde sur son visage pendant de longues minutes. Un visage las, vaincu. L'homme ne réagit pas, il se contente de revenir à ses clefs, ouvre la porte et rentre chez lui.

La caméra filme ensuite divers détails ordinaires de la maison : la couronne qui entoure le heurtoir. Le paillasson à l'entrée. Le point lumineux de la sonnette encastré dans un rectangle de plastique. La pelouse impeccablement tondue qui borde plusieurs parterres de fleurs. Les ardoises ovales qui forment un chemin. Des gants de jardin. Puis le film s'arrête.

Il s'était ensuivi un bref silence, le temps que la bande cliquette dans le projecteur jusqu'à ce qu'elle soit rembobinée. Leur ami Will avait alors pris la parole.

"Tu nous fais avoir pitié de lui."

Bobby avait éteint le projecteur et rallumé les lampes d'un coup sec. Puis il avait haussé les épaules.

"Il a l'air hanté, piteux, vieux, avait dit Mary.

— Il l'est.

— Mais il porte la responsabilité d'atrocités, et il refuse de l'admettre. Il ne souhaite même pas notre compassion. Tu maintiens la caméra sur lui. Tu t'attardes sur son tremblement. Tu laisses son humanité nous amollir, renchérit Mary.

— Ouais, toi tu apparais comme le connard agaçant, le persécuteur, et lui comme la victime, avait ajouté Will.

— C'est la vérité. Ce que j'ai montré, c'est la vérité. Et la vérité est complexe. Plus complexe que nous ne le voudrions, avait répliqué Bobby.

— Mais toi qu'est-ce que tu veux ? Créer une polémique, un outil, ou bien te lancer dans une espèce de trip égo-artistique ? avait demandé Will.

— C'est ton film qui rend les choses complexes, et ça ça ne pousse pas à l'action mais au désespoir, avait rétorqué Mary. En plus, qui dit que c'est la vérité ? C'est du sentimentalisme, oui. S'il n'a rien à se reprocher, alors qui allons-nous blâmer ? Tous les individus ne sont-ils pas des êtres humains ? Ne peut-on pas faire un portrait de Nixon et de Kissinger qui les montrerait comme des hommes seuls et malavisés, aux vies minées par un désespoir existentiel ? Est-bien de ça que le monde a besoin en ce moment ? D'empathie pour tous les vieillards aussi puissants qu'indifférents ?" La colère montait en elle au fur et à mesure qu'elle s'exprimait.

"Je vois ce que tu veux dire."

Plus tard, quand ils avaient été seuls, Bobby avait de nouveau soulevé la question.

"J'éprouve de l'indignation. De la colère. Pourtant la tristesse m'accable. Quand je suis derrière la caméra, je ressens l'envie de comprendre et de compatir. De saper mes propres arguments. Et, pour dire la vérité, c'est là que ça devient intéressant."

Mary avait hoché la tête, mais elle n'écoutait pas vraiment. Elle attendait l'occasion de pouvoir parler.

"A toi de choisir, avait-elle déclaré. Ce que tu fais là, c'est décrire l'activité artistique. C'est peut-être une façon de se sentir plus à l'aise dans le monde. Il s'agit peut-être de beauté, voire d'intégrité. Mais, en attendant, ça reste un privilège. Un privilège dont nous jouissons à quel prix ? Les gens meurent, ils ne peuvent pas se permettre cette sorte d'empathie pour tous les camps à la fois. Tu crois que les va-t-en-guerre, les fascistes, et les entreprises qui fournissent les munitions perdent leur temps à compatir ? Tu crois qu'ils ont des remords ?"

Bobby s'était allongé et avait posé la tête sur les genoux de Mary. Il la regardait tandis qu'elle poursuivait :

"La question, c'est : voulons-nous laisser l'action entre les mains des brutes de ce monde ? Le moment est venu de choisir. Il existe des problèmes inhérents à l'action. On est loin de la perfection. Mais moi je suis persuadée que nous devons rendre les coups, sinon nous aurons honte toute notre vie. Nous, les privilégiés, nous y sommes encore plus obligés. C'est un devoir moral d'agir, quand bien même imparfaitement."

Elle s'était tue. Lui avait passé la main dans les cheveux.

"Si nous ne faisons rien, nous le regretterons toute notre vie."

Deux jours plus tard, au moment même où elle commençait à fléchir, Bobby était venu la voir avec un plan. Et les adresses des résidences principales et secondaires de l'ensemble des cadres dirigeants des corporations adéquates (chimie, défense, informatique) : Dow Chemical, Monsanto, General Dynamics, Westinghouse, Raytheon, DuPont, Honeywell, IBM et Valence Chemical. Il avait réfléchi aux moindres détails : minutage, exécution, communiqués de presse.

Mais, à présent, c'était Mary qui doutait. Elle commençait à se demander si Bobby n'avait pas raison depuis le début quand il disait qu'ignorer la complexié du monde nous rendait aussi mauvais que le camp d'en face. Et que, à toute action, on pourrait reprocher d'avoir un mauvais motif : la vanité, ou l'excès de certitude, par exemple. Il était aussi possible d'adopter la mauvaise tactique. Que l'analyse soit erronée. Qu'on empire les choses, qu'on renforce la polarisation. Et peut-être, enfn, qu'ils ne devraient pas renoncer à trouver l'humain en tout un chacun. C'était peut-être justement cette ligne morale-là qui les avait empêchés de devenir les gens qu'ils méprisaient et jugeaient. Elle pouvait argumenter dans les deux sens avec la même conviction. Mais il ne servait à rien d'en rediscuter. Elle savait que Bobby ne reviendrait pas en arrière. Qu'il était maintenant une force en marche. Elle avait observé l'organisation se mettre en place. Avant d'y contribuer elle-même. Telle était la puissance d'un couple : les doutes de chacun advenaient à des moments différents pour s'annuler mutuellement, ce qui faisait d'eux une entité double bien plus courageuse qu'ils ne l'eussent été séparément. Et c'est ainsi qu'une vie bascule : au début, deux voies sont possibles ; ensuite il n'en reste qu'une.

Une semaine après que Louise eut décidé de se rendre et six mois après avoir brusquement cessé de désirer Augie, elle découvrit qu'elle était enceinte.

ACTES RÉVOLUTIONNAIRES

ILS ACHETÈRENT une maison au fin fond de la banlieue résidentielle réservée aux classes moyennes. Deux étages. Située au bout d'un cul-de-sac. Dans un lotissement, parmi des pavillons très similaires. Les rues étaient propres et désertes. Leur maison possédait de nombreuses pièces, et rien n'y était cassé. Un endroit propre, sûr. Quand Louise ouvrait la porte d'entrée pour ramasser le journal, elle aurait pu se trouver dans n'importe quel Etat, depuis la Californie jusqu'au Connecticut. D'ailleurs, August les avait fait déménager dans l'Etat de Washington juste avant la naissance. Louise se rappelait avoir enfin senti une distance entre elle et les affiches ronéotées tachées, les robinets qui fuient, et les fenêtres qui ne restent ouvertes qu'à condition de les soutenir avec un bâton. Elle vivait dans le confort − lucarnes et parterres de pachysandras − et elle était enceinte de neuf mois.

Son corps mince le resta, mais son ventre enfla et s'étira au-delà de ses plus folles imaginations. Sous lui, elle se sentait passive : il guidait, elle suivait. Elle n'avait jamais rien ressenti d'aussi bizarre dans son corps. Elle ne se sentait ni paisible ni béate. Rien d'aussi attendu que ça. Elle avait l'impression que sa vie se réduisait encore davantage aux manœuvres et à la négociation. A des défis physiques très concrets. Sortir du lit sur le côté.

Plier les genoux pour atteindre le compacteur de déchets. C'était son corps même qui régissait ses pensées. Il faut que je fasse pipi. J'ai mal à une jambe, il faut que je la bouge. Il faut que je mange.

Et ce même corps lui listait les interdits : se cuiter pour se trouver n'importe qui avec qui coucher. S'enfuir, changer de nom et donc de vie : où qu'elle allât, quel que fût son nom, elle serait toujours une femme enceinte de neuf mois. Sa vie qui fonçait vers cette nouvelle vie, elle ne pouvait pas l'arrêter. Alors, chaque jour, elle se préparait du pain grillé et des œufs. Chaque jour elle regardait la télé. Faisait le ménage et consultait des catalogues. Payait les factures, mitonnait le dîner. Quand Augie rentrait à la maison, elle négociait un massage de pieds. Puis elle lui donnait à manger ce qu'elle avait cuisiné. Ensuite elle faisait la vaisselle, en s'arrêtant de temps en temps pour se masser le dos. Augie lui demandait alors s'il pouvait l'aider, ce à quoi elle répondait invariablement non, stoïque.

Dans les dernières semaines qui précédèrent l'accouchement, elle s'amusa à cuisiner et à congeler autant de nourriture que possible. C'était peut-être une activité typique à laquelle se livraient les femmes enceintes : se préparer pour les jours à venir en mitonnant ragoûts et lasagnes à réchauffer. Louise déployait une énergie légèrement déraisonnable dans ces efforts culinaires. Augie lui acheta un congélateur Sub-Zero autonome, qu'elle encombra de repas emballés individuellement et étiquetés. Qu'il se préparât un bébé ou un hiver nucléaire, dans les deux cas ils ne mourraient pas de faim. La frénésie culinaire de ces dernières semaines-là constitua la période la plus satisfaisante de la vie qu'elle avait vécu jusqu'alors. Période teintée d'un optimisme trompeur. Impliquant un avenir, ce dont Louise n'avait encore jamais fait l'expérience. Elle abandonna complètement l'idée de se rendre. Il allait falloir qu'elle fût qui elle était pendant un moment. Elle n'avait finalement plus le choix. Ce bébé l'ancrait dans le monde, enfin. Quand elle accoucha de Jason, elle fut persuadée d'avoir enfin trouvé quelque chose que le temps jamais ne trahirait ni ne diminuerait. Ce qu'elle ressentait pour son fils était sentimental, effrayant, incontestable. Un véritable déni de soi, au-delà de l'amour. Quel sentiment violent, cet amour pour le bébé !

Jason était un enfant exigeant. Ce qu'elle avait ressenti de plus profond, avant lui, c'était une solitude totale. Une solitude tellement profonde qu'elle en devenait presque abstraite : Louise se sentait loin de son éloignement même. En revanche il n'y avait rien d'abstrait dans le besoin que Jason avait d'elle. Un besoin intense, constant, bruyant.

Louise s'était sentie − pendant très longtemps − irrémédiablement différente du reste des gens. Elle se rendit compte que son désespoir venait du fait que personne ne la connaissait vraiment. Elle comprit ce besoin animal d'être reconnue, familière pour les autres. C'était son anonymat qui avait donné sa couleur à sa tristesse, et ça n'avait fait qu'empirer avec le temps. La peur faiblissait, de même que la paranoïa, les cauchemars. Et même la violence, son geste, l'échec : tout cela s'atténuait avec le temps. Mais sa solitude, la difficulté cruciale de la vie clandestine, était, elle, devenue de plus en plus profonde, glaçante − sans issue.

Alors y avait-il quoi que ce fût de surprenant à ce que Jason fût l'événement qui changeât sa vie ? C'était là une créature à aimer et dont il fallait s'occuper pour de bon et en permanence. Plus encore : il constituait pour elle une obligation. Si elle se rendait, qui s'occuperait de lui ? Pouvait-elle l'abandonner alors même qu'il avait de toute évidence besoin de son attention à elle, pas d'une autre ? C'était son corps qui le nourrissait, sa voix qui l'apaisait. Avoir un fils était la meilleure chose qu'elle eût jamais faite, ou la plus égoïste. Sa vie avait été entièrement conditionnée par l'acte premier, et l'arrivée de Jason en constituait à n'en pas douter un deuxième, chacun mêlant dans une même complexité abnégation et égoïsme. Les deux.

Elle fit la découverte de toute une nouvelle batterie de peurs. La nuit, elle regardait son fils respirer dans son berceau. Se demandait si son souffle s'arrêterait de façon aussi hasardeuse et mystérieuse qu'il avait semblé commencer. Elle avait peur de sa fragilité. Peur de le perdre. Tout en sachant que ces sentiments étaient ceux que ressentaient toutes les mères du monde. N'importe laquelle d'entre nous peut jouer de malchance. Perdre un bébé. Nulle mère ne connaît vraiment la tranquillité ou la certitude. Nous pouvons toutes mourir des suites d'une maladie. Ou avoir des bébés malades, mal formés. Nous ne pouvons maîtriser la façon dont l'enfant sera traité par la planète. Ou par l'homme. L'énumération de ces peurs la réconfortait. La calmait. Elle n'était plus une personne unique dans une posture unique. Il ne s'agissait pas simplement d'elle : appartenir au genre humain c'est être perpétuellement incertain, toujours au seuil de la mort, du chaos, de l'incontrôlable. Etre mère rend cette condition patente. C'est alors qu'on se crée une petite fenêtre où l'on peut procurer à son enfant un sentiment de sécurité inconditionnelle, peu importe à quel point on a peur. Et, en lui créant ce sanctuaire, on sent un réconfort au sein de sa propre angoisse.

Désormais elle envisageait le monde sous un jour différent. Nous pouvons tous être et serons tous submergés en pleine nuit par la contingence. Et puisque l'existence n'est qu'angoisse et destin fatal, pourquoi ne pas prendre les plus grands risques ? Un calme cosmique enveloppait Louise tandis qu'elle portait son bébé en promettant de le protéger aussi longtemps qu'elle le pourrait. Pour elle, donner naissance était un geste révolutionnaire. Comment eût-elle pu embrasser l'incertitude de manière plus profonde ?

Elle approcha Jason de son menton pour sentir le parfum de ses cheveux légers. Fermer les yeux et inspirer lui procurait un plaisir intense. Une sorte de béatitude qui la laissa étourdie, les larmes aux yeux.

Un jour, quand il sera assez grand pour s'assumer seul, je lui demanderai de s'asseoir et lui raconterai toute ma vie. Je me rendrai et je purgerai ma peine. Il comprendra.

Au fil des années, il lui arrivait de temps en temps de se demander : A-t-il encore besoin de moi ? Le moment est-il venu ? Et ce n'était pas simple, car il aurait toujours besoin d'elle.

Quand August eut son accident, elle en vit les répercussions sur son fils. Durant les huit ans qui avaient suivi, Jason avait rarement évoqué son père. Pas une seule fois il n'avait posé de questions au sujet de sa mort. Comme si August n'avait jamais existé. Alors, plus que jamais, elle se persuada que le moment n'était pas encore venu d'agir.

Ces temps-ci, Louise observait son fils ; il avait sa personnalité propre. Pas tout à fait adulte. Un presque-adulte. Il était potelé, rondouillard. Il ne la regardait quasiment plus. A table, il lisait. Autrement il restait dans sa chambre. Quelle lasse indifférence n'affichait-il pas lorsqu'elle lui parlait !

Et quand elle lui effleurait l'épaule, il se crispait. Parfois elle le surprenait à sourire avec elle. A d'autres moments il la fixait d'un regard intense et interrogateur. Elle ne se formalisait pas lorsqu'il lui parlait sèchement, voire méchamment. Au contraire, elle se réjouissait qu'il eût de l'esprit et de l'intelligence. Mais, la plupart du temps, il était évident qu'il la considérait comme une source d'ennuis, voire de gêne.

Cependant, elle ne pouvait pas encore se rendre. Non seulement elle ne pouvait pas encore lui avouer (bientôt, peut-être) mais il y avait une autre raison, déterminante, pour qu'elle voulût éviter la prison. Parce que Jason lui manquerait, à chaque seconde.

HUITIÈME PARTIE

2000

ERGONOMICA

"VOICI NOTRE VISION : une communauté créée de toutes pièces, qu'Allegecom concevrait pour mettre en place des franchises et faire du profit. Nous la construirons en nous appuyant sur ce que nous a appris notre première expérience : écologie et durabilité, mais à petites doses. Pas de recyclage des eaux usées, pas trop de contraintes. Rien de primitif. Une écologie de façade. Un bien-être salvateur. De la diversité, mais à petites doses. Une population composite, mais qui partage les mêmes désirs et les mêmes buts − en l'occurrence bien déterminée à vivre là. Une communauté close, bien entendu. Communautaire, mais pas tout à fait. Pas d'éradication de la propriété privée, pour l'amour du ciel ! Pas de mise en commun des tondeuses ni des chauffe-eau.

Je m'explique : nous avons l'occasion de gagner de l'argent grâce à une certaine aspiration au retour à la terre, à des alternatives aux banlieues résidentielles. Les gens sont aliénés par les centres commerciaux et le pilonnage matérialiste. Nous pouvons leur donner ce qu'ils désirent. Nous pouvons nous servir de cet état d'esprit et, à condition de le comprendre en profondeur, l'exploiter pour le transformer en produit franchisable. Ce dont les gens sont en quête, c'est d'une expérience communautaire nostalgique et bien pensée. Mais ils n'ont pas forcément envie de quelque chose d'authentiquement alternatif. Ils ne veulent pas d'un communautarisme marginal à la Charles Manson, où l'on se partage les femmes et où la propriété n'existe pas.

Nous avons choisi un site à cinq heures de route au nord de New York. La technologie nous donne la clef d'un environnement post-suburbain. Appelons ça une posturbia radieuse. Nul besoin d'être à proximité des villes. Nous sommes câblés. Le terrain que nous convoitons est situé non loin de New Harmon, dans l'Etat de New York. C'est une de ces bourgades désertes en décrépitude qui, si nous construisons là-bas, nous concédera d'énormes abattements fiscaux. Une zone rurale à bas coût, de belle facture et aux prises avec une radicale dépression. De plus, elle a un passé en termes de communautés alternatives. Au XIXe siècle elle a abrité un phalanstère de socialistes chrétiens. Puis, au début des années 1970, un collectif de femmes. Et, aujourd'hui, cette histoire va continuer sous la forme d'une alternative à la ville, au crime, à la pollution.

Communautés et entreprises ne divergent pas tant que cela. Une entreprise n'est rien d'autre qu'une communauté avec des valeurs différentes. Chacune s'articule entièrement autour d'une collusion d'intérêts. Se créant ainsi un intérieur et un extérieur. Toutes les communautés sont exclusives, ne l'oublions pas. Par définition, elles excluent ce qui leur est extérieur. De même qu'une entreprise a des droits et des privilèges qui sont distincts de ceux de ses propriétaires individuels, de même une communauté repose sur des intérêts collectifs qui supplantent ceux des individus. Dans les deux cas, les gens peuvent agir de concert sans craindre de répercussions.

Les organisations éradiquent la responsabilité personnelle. C'est là leur but. Or n'est-ce pas ce à quoi nous aspirons ? N'est-ce pas un soulagement ? Voici donc la vision que je nourris pour la communauté Allegecom :

Une écologie de façade. Qu'est-ce que j'entends par là ? Nous voulons un environnement antidépresseur. Ce qui nous intéresse, c'est une écologie du bien-être. En d'autres termes, nous agissons dans le respect de l'environnement tant que cela n'engendre pas d'inconfort. Une communauté verte, certes, mais branchée à tout point de vue : haut débit et entièrement high-tech. Des maisons pourvues d'accès à Internet, du matériel informatique intégré, le tout relié à l'interface d'Allegecom afin d'effectuer un suivi marketing. Ces dispositions doteront aussi les gens de capacités de consommation maximales. Fini le «trou perdu» qui rime avec privation. Notre devise sera la suivante : «Communauté locale, confort global.» Le logo utilisera une police de caractères artisanale. Et le site Internet sera conçu pour attirer les nostalgiques. Nous y insérerons des icones aux allures archaïques. Nous proposerons une interface rétro : apparence vieillotte mais technologie moderne. Nous fétichiserons les détails.

Ensuite nous délivrerons des franchises de notre posturbia radieuse.

Nous allons commercialiser le concept de communauté raisonnée, le privatiser, le doter d'un copyright, et le transformer en marque déposée. Nous allons créer un attachement émotionnel à notre logo et à des pratiques liées à des marques bien précises.

Pour finir, nous construirons des communautés préfabriquées, qui n'auront jamais l'air artificielles ni d'avoir été construites en série. Ce sera un village entrepreneurial qui fera de l'argent sur le désir de fuir l'hégémonie des entreprises commerciales. Ce que nous voulons, c'est attirer les gens qui haïssent les supermarchés Wal-Mart. Dès lors que nous leur donnons la sensation de quelque chose d'alternatif et d'unique, tout en le mettant en œuvre et en le contrôlant selon les strictes lignes directrices d'Allegecom en vue d'obtenir des performances et un retour sur investissement optimum, mais aussi, bien sûr, le bonheur, tout le monde sera gagnant."

Josh s'assit. L'auditoire applaudit poliment.

TOURISTES

MIRANDA VOULAIT à tout prix s'acheter à la boulangerie Mercury un de ces scones bien bombés à la farine complète. Rien qu'un scone, un simple scone, et pourtant ce dernier était aussi gros qu'une main ouverte, aussi gros qu'une tête. Une vraie miche, ce scone. C'est avec une espèce de soulagement et de plaisir éthérés que Miranda referma ses lèvres sur la première bouchée. Et puis du café noir, très fort − ça faisait partie des réjouissances. En effet, le scone, et surtout celui à la farine complète, était une affaire sèche et friable. C'est pourquoi le café, avec sa liquide et revigorante âpreté, constituait un élément essentiel du plaisir escompté. Elle mangeait consciencieusement tout en redoutant déjà le terme de son modeste festin, déplorant dès la première bouchée la diminution progressive de la chose. Elle ressentait presque une tristesse existentielle face à cette contradiction entre le côté bien réel de sa faim et le caractère abstrait d'une satisfaction impossible à atteindre.

Quelqu'un s'était posté devant sa table. Elle leva les yeux, la bouche pleine à étouffer. Nash. Miranda rougit de honte à la pensée de ce qu'elle venait d'enfourner. Toutefois c'est à ce moment précis qu'elle admit enfin qu'elle éprouvait toujours des sentiments pour lui. Qu'elle comprit que c'était l'une des principales raisons pour lesquelles Seattle lui manquait tant.

Nash sourit et lui fit un petit signe. Elle avala une gorgée de café. Puis essaya de mâcher discrètement, poliment, rapidement, afin de pouvoir dire un mot. Mais, quelle que soit la dose de liquide ingurgitée pour la faire passer, il n'est pas de façon élégante de mâcher un gros bout de scone sec et feuilleté. Le pire, c'était que le café était un tantinet trop chaud pour accomplir ce geste, trop chaud pour être bu comme ça, sans y penser, de sorte qu'elle s'étrangla et déglutit un morceau de pâtisserie, que, les yeux exorbités, humides, elle se força à avaler, occasionnant une petite pluie de miettes.

"Prends ton temps", lui dit Nash. Il attendit. "Dis donc, il est monstrueux ce gâteau."

Elle hocha la tête. La bouchée était enfin descendue.

"J'adore ces scones. A une époque, je traversais parfois toute la ville à pied simplement pour en acheter un. Je suis une gloutonne de première. Et tu sais ce que je préfère chez eux ?

— Leur taille.

— Oui, la taille gigantesque, majestueuse d'une seule portion, pour une seule personne. C'est dément. Et quand je suis déprimée, ben… c'est ce dont j'ai envie.

— C'est charmant un peu de gloutonnerie.

— Peut-être. Mais, ce matin, je ne souhaitais pas franchement explorer ce sujet en profondeur avec qui que ce soit."

Miranda s'arrêta de manger. Ça ne l'intéressait plus. Il lui aurait fallu disposer d'un appartement privé quelque part, où elle aurait pu déguster sa pâtisserie en paix. Trop tard, à présent. Elle but son café à petites gorgées.

"Désolé. Je t'ai vue en passant, alors…

— Non, ça me fait plaisir. Assieds-toi.

— Tu es sûre ?

— Je suis contente de te voir.

— Tu nous rends visite ?

— Ça fait une semaine que je suis revenue. On a une chambre en ville. Au *Ace*." Miranda sourit, un peu gênée. "Josh voulait qu'on aille à l'hôtel.

— Comment il va, lui ?"

Elle l'observa un instant. Une sérieuse calvitie. Mais un beau visage, une tête agréable à regarder. Il aurait été plus séduisant si seulement il s'était complètement rasé le crane, ou s'il avait porté les cheveux ras.

"J'avais prévu de t'appeler, ou de passer à la librairie.

— Je sais.

— Il va bien.

— Il bosse sur quoi ?

— Je sais pas trop, il ne me le dit pas. D'ailleurs, je ne lui pose pas vraiment de questions."

Elle but une gorgée de café.

"Tu as très bonne mine. Rien de tel que l'insatisfaction, pour une femme.

— Il travaille pour Allegecom.

— Ton visage s'est affiné, malgré les muffins géants. Tu as l'air très intelligente, intimidante.

— Scones. C'est un scone.

— C'est vrai, désolé. Allegecom, tiens, c'est curieux.

— A plein temps. Il bosse vraiment dur, dans je ne sais quel département de recherche sur Internet. Je crois."

Elle se mit à rire. Elle n'avait aucune idée de ce que Josh faisait. Du coup il lui fit l'effet d'un adulte, d'un vieux. Plus vieux même que Nash, bizarrement.

"Il regarde beaucoup la télé. C'est lui qui doit gérer la culture, tu vois.

— Je vois.

— Le mois dernier, il m'a emmenée au musée de cire." Miranda, à son grand regret, avala les dernières gouttes de café. "Le musée de Mme Tussaud. Je plaisante pas. Tu en as déjà visité un ?

— Non", répondit-il.

Ah ! Ce petit sourire contraint…

"Eh bien, même en semaine, on a dû faire une demi-heure de queue. Et l'entrée coûte dix-neuf dollars.

— C'est sa façon à lui de se livrer au voyeurisme culturel ? Il est là pour se moquer des gens ? Ça ne lui suffit pas de passer la journée à regarder la télé ? s'exclama Nash, tout à coup agacé.

— Tu ne l'aimes vraiment pas, hein ? Je pensais comme toi, au début, mais en fait il voulait vraiment visiter ce musée. C'est assez fou, enfin je veux dire, à partir du moment où on le considère comme un indicateur, un baromètre, ou je ne sais quoi. Tu vois, tu traverses les salles et aucune ne prétend illustrer l'histoire, ou quoi. Il n'y a que des célébrités en cire. Même les personnages historiques sont plus des célébrités qu'autre chose. C'est bien là le problème : si tu ignores à quoi ressemble telle ou telle personne, tu ne vas pas être vraiment impressionné par la ressemblance d'une statue en cire, si ? Je veux dire, est-ce que tu serais impressionné par la reproduction en cire de Diderot ou de la princesse Diana ?"

Miranda s'attaqua de nouveau à son scone, avant de se rendre compte que raconter son histoire en mangeant allait lui compliquer la tâche.

"Mais le truc, c'est que toutes ces statues de cire, tu sais : Oprah, Madonna, Cher, elles ne sont pas dans des vitrines, séparées du visiteur. C'est ça l'aspect crucial de la chose, c'est pour ça que les gens font la queue pour entrer : les statues sont partout, autour des visiteurs et au milieu d'eux. Du coup tu peux te faire prendre en photo en train d'enlacer la taille de Nicole Kidman. Faire les cornes à Rudolph Giuliani. Ou encore caresser les cuisses de Diane Sawyer. Les gens ont le droit de toucher ces monstres sacrés, de leur tourner autour, de les profaner. Tu t'imagines comme ils sont petits et impuissants, plantés là, à sourire ? A part les abîmer, tu peux bien faire tout ce qui te fait plaisir ; et il faut voir ça, ces idolâtres lâchés au milieu des poupées de célébrités. Il y a vraiment des vibrations hostiles contre ces créatures, les gens mettent une énergie incroyable là-dedans. A vomir !

— Ça fait plaisir de te voir.

— On était horrifiés, fascinés, flippés. Et, en même temps, on comprenait. Mais ce qui était peut-être le plus dérangeant, finalement, c'est que personne d'autre ne semblait trouver ça bizarre.

— Je n'aime vraiment pas Josh.

— Il m'a prise en photo en train d'enlacer Castro."

*

Miranda retourna à l'hôtel. Assis devant son ordinateur, Josh ne lui adressa pas un mot lorsqu'elle entra. La chambre était sombre. La télé et l'ordinateur constituaient la seule source de lumière.

"Tu es un peu sorti, aujourd'hui ? demanda-t-elle.

— J'ai beaucoup de travail.

— Quel genre ?"

Josh soupira puis se tourna vers elle.

309

"On est en train de lancer le site Internet d'Ergonomica, et il fallait que je m'assure que tout fonctionnait.

— Ah bon ? Que personne ne pouvait le pirater ?"

Josh se retourna vers l'écran.

"Quelque chose comme ça."

Parfois son propre petit ami lui foutait les jetons.

JOURNAL DE JASON

QUAND ON FINIT par comprendre, on a l'impression d'avoir su depuis le début.

Ça faisait un bon bout de temps que je n'y avais plus réfléchi. C'est faux, j'y pensais sans arrêt, sauf qu'en fait je n'avançais pas. Gage voulait regarder *Lost Videos* sur VH1. En principe, j'évite cette chaîne-là. Et ce malgré la fixation fort sympathique qu'ils font sur tout ce qui touche aux Beach Boys, notamment dans leurs programmes spéciaux de rock classique et de rock californien. Moi, bien entendu, cette nostalgie me gêne. Mais Gage n'a aucune vergogne. Maintenant qu'il en avait fini avec son trip années 1970, il faisait une fixette sur le psychédélisme américain de la fin des années 1960, et en partculier sur le groupe Love. Peut-être vous en souvenez-vous. Des candidats classiques à l'obsession : aujourd'hui oubliés, mais très célèbres à une époque. Plusieurs hits, un son génial, daté, bien spécifique. Et *deux* membres d'origine africaine. Et attention, là on parle de 1966. Encore plus important, Love était dirigé par un génie méconnu et autodestructeur qui, en ce moment même, pourrit en prison. Arthur Lee avait grave foutu les jetons aux hippies ; un punk black en colère qui, après avoir appelé son groupe Love, jouait comme s'il haïssait tout le monde. Il consommait des drogues dures et avait fini par se faire coincer par les flics dans les années 1980 pour recel d'armes. Gage semblait trouver ce dernier point particulièrement fascinant. Il faut le reconnaître, j'aime bien Love. Leur attitude, leur look et leur son agressif, déjanté, à la fois baroque et garage. Sans rien de groovy, sans fioritures : du violent, du nouveau et qui tapait fort.

Puisque mon voisin s'intéressait au rock'n'roll noir proto-psychédélique, vous vous dites évidemment qu'il devait kiffer Hendrix. Enfin, je veux dire, on habitait à Seattle : Hendrix est un enfant du pays, un héros local. Qui a connu une mort tragique. Et jamais personne n'a porté de fringues aussi terribles. Grave erreur ! Vous n'avez pas bien écouté. Le fait même que Hendrix soit un dieu vivant le rend inéligible à la dévotion de Gage. Non, son truc c'était Love, le groupe d'Arthur Lee : à la fois arrivé le premier (très important) et aujourd'hui oublié (encore plus important).

Enfin bref, je suis allé chez Gage pour regarder *California Classic Rock : The Lost and Forgotten*. J'avais accepté, sachant que même VH1 pourrait encore passer quelque chose qui m'intéresserait. Le film tristement célèbre, *Lost Love Movie*, par exemple. Dont je n'avais jamais entendu parler, mais j'ai fait comme si.

"Il a été tourné en 1968, c'est ça ? ai-je demandé.

— Non, plutôt en 1969, je crois. Quand ils étaient déjà sur le déclin.

— Je ne l'ai jamais vu. Mais j'en ai entendu parler.

— Il semblerait que des copies de contrebande se mettent à refaire surface. J'en ai vu une en vente une fois, j'aurais dû l'acheter tout de suite."

Presque au début de la partie de l'émission consacrée aux grands groupes de L. A. à la fin des années 1960, ils s'attaquèrent à l'histoire de Love. C'est ce groupe qui avait découvert les Doors et Hendrix. Mais comme il n'avait jamais fait de tournée, il n'était jamais devenu aussi célèbre qu'eux. Et puis les membres du groupe prenaient une telle quantité de drogues psychédéliques qu'ils avaient fini par se séparer, vu qu'il n'en restait plus un seul qui soit encore capable de jouer de son instrument. Et... ah ouais ! Il existe un film underground sur eux, connu sous le nom de *Lost Love Movie*. Tandis que la voix off faisait son petit topo, ce n'est pas un clip vidéo qu'on voyait à l'écran, mais deux plans fixes en noir et blanc. Le premier montrait Arthur Lee portant des lunettes de soleil, assis sur un banc dans un parc. L'angle de prise de vue était très bas. Lee était adossé au banc, les pouces glissés dans les passants de sa ceinture, et les jambes écartées. Il portait un pantalon en velours côtelé et une large ceinture. Puis ils passèrent le second plan fixe. Qui resta à l'écran pendant environ six secondes. Très longtemps. Je ne me rappelle plus le commentaire de la voix off. Mais la photo représentait trois personnes sur une plate-forme rocheuse, à côté de l'autoroute. La plus proche de la caméra était Arthur Lee, même pantalon, mêmes lunettes. A droite, le plus éloigné de l'objectif, se trouvait Bryan MacLean, un autre membre du groupe Love (même si, dans mon souvenir, il n'en faisait techniquement plus partie en 1969). Avec des lunettes de soleil, lui aussi. Mais la personne du milieu, celle qui se trouvait entre eux, n'appartenait pas au groupe et ne portait pas de lunettes. Malgré l'aspect moucheté d'un plan fixe extrait d'une vidéo de vieux film, je reconnus sans l'ombre d'un doute ma mère. Une version en plus jeune et plus jolie de la femme avec laquelle je vivais tous les jours.

Je poussai un cri étouffé, que je m'empressai de dissimuler en toussant. Puis regardai Gage. Il prêtait peu d'attention aux événements ; de toute évidence, il n'avait rien remarqué.

"Conneries ! Montrez-nous ce putain de film au lieu de déblatérer ! Allez, on éteint.

— Non, c'est presque fini", protestai-je. Je voulais voir le générique. Aucune allusion au film ni aux plans fixes.

De retour chez moi, me suis-je précipité dans la chambre de ma mère en exigeant de tout savoir sur sa vie de groupie californienne ? Eh bien non. Car je sais, j'en suis persuadé, que ce n'est pas ça, l'histoire. Qu'il y a un plus grand secret, quelque chose qui fait de ma mère cette personne étrange. D'une certaine façon, je sais de quoi il s'agit. Seulement je n'arrive pas encore à mettre un nom dessus.

Non, de retour chez moi, je me suis mis à travailler sur Internet. Je suis allé sur le site le plus susceptible de vendre des copies du film : www.undergroundmedia.com, où il se trouvait qu'un an auparavant j'avais acheté une copie sur DVD d'un très vieux pirate de *Eat the Document* (le très célèbre documentaire jamais sorti sur la première tournée électrique de Dylan en 1966). Ils disaient que *Lost Love Movie* n'était pas disponible. J'ai continué à surfer sur le Net jusqu'à ce que je trouve enfin un site qui le répertoriait. Ce dernier faisait partie du cercle Internet des néo-luddites, et vendait donc uniquement des articles sur leur support original : super-huit, seize millimètres, double huit. Ils disaient qu'ils ne l'avaient plus. Mais ils me dirigèrent vers quelqu'un qui hébergeait un site dédié aux hors-la-loi. Je découvris que *Lost Love Movie* avait été réalisé par Bobby Desoto, lequel avait tourné plusieurs films underground au sein d'un collectif, avant que celui-ci ne pose une série de bombes pour protester contre la guerre et que ses membres ne prennent la fuite au début des années 1970.

Je commençais à me sentir mal physiquement, nauséeux, mais je ne saisissais pas encore tout.

Desoto est toujours en liberté, ainsi que d'autres personnes ayant participé aux attentats et à son collectif de tournage, alors, évidemment, les gens s'intéressent à lui.

Désormais je commençais à assembler les pièces du puzzle. Tout s'emboîtait parfaitement.

Le gars qui tenait ce site a fini par accepter de me vendre une copie des films réalisés par le collectif en super-huit et en seize millimètres. Mais il m'a dit qu'en tant que Vrai Formaphile il refusait, par principe, de la transférer sur un support vidéo ; du reste il m'a fait jurer que jamais je ne le ferais non plus, il a donc fallu que j'obtienne ce service ailleurs. Non seulement je lui ai acheté *Lost Love Movie*, mais aussi tout ce qu'il avait de Bobby Desoto : trois films. Une fois le transfert enfin récupéré, le tout tenant sur une cassette VHS munie d'une étiquette vierge, je fermai ma porte à clef et m'installai pour le visionnage.

Voici exactement ce que j'ai vu :

FILM 1 :

Ecran noir. Le mot "Love" apparaît en gros caractères qui flottent, façon *cartoon*. C'est du super-huit. Il y a une bande-son. Pas de la musique, mais des gens qui parlent sans lien avec les images. Même pas un infime point commun, rien, aucun rapport. On voit une interview où lors des premières scènes on entend seulement le passage des voitures, puis dans les suivantes, tournées dans le parc, l'entretien. C'était assez chouette, d'ailleurs. Ensuite une scène d'autoroute, un truc dans le genre cliché de L. A., et voici que ma mère apparaît brièvement. Elle a de longs cheveux bruns raides, séparés par une raie au milieu, bien tirés et lissés derrière les oreilles. Elle porte ces fameuses lunettes rondes gigantesques à la John Lennon. Elle sourit, puis semble poser quelques questions à Lee, mais on n'entend que la musique (le magnifique riff d'ouverture de la chanson "Alone Again Or" datant de 1967 et non pas de 1969, enfin baste). On voit le chanteur lui répondre, puis gros plan sur le visage de ma mère. Elle a l'air… espiègle. Elle rit avant de jeter un œil hors champ : genre enjôleuse timide. Elle s'éclate. Puis nouveau plan sur le groupe en train de jouer, mais maintenant on entend l'interview, et j'entends ma mère demander : "Comment appelez-vous votre style de musique ?" Ce à quoi Lee répond : "L'amour, poupée, tu le sens pas ?", et résonne alors le rire très particulier de ma mère. Et puis c'est la fin. Au générique défilent les noms des membres du groupe ; celui du collectif artistique de Desoto, Sauvons l'Usufruit du Remake Elastique, ou SURE ; et celui de l'intervieweuse, ma mère apparemment : Mary Whittaker.

FILM 2 :

Encore du super-huit, c'est un dessin animé muet réalisé image par image avec des figurines de GI Joe. Et des poupées Barbie trafiquées. Il est entrecoupé de films militaires, de propagande pour le recrutement, et de films réalisés par des entreprises. Artéfacts, clips trouvés, volés et recontextualisés.

Il me semble que j'en ai déjà entendu parler. Une parodie pas très fine du corporatisme militaire, mais pas mal ficelée, et aussi... la première du genre, si ça se trouve ?

FILM 3 :

Celui-ci, nous indique-t-on, est le dernier : 1972. Du seize millimètres, je crois. Il s'intitule *Le Scientifique*. Il montre un vieil homme subissant la traque infâme d'un salaud qu'on suppose être Desoto. Et il se termine par un montage accéléré de quelques plans sur le logo de sièges sociaux de sociétés : Dow, Monsanto, General Dynamics, Westinghouse, Raytheon, Magnavox, Honeywell et Valence. J'ai vu plus subtil, comme film. De nouveau attribué au collectif SURE (mais là c'est l'acronyme de Sauvons l'Usufruit du Remake Ethéré). Et, de nouveau, à la fin de la liste des membres du groupe : Mary Whittaker.

Je ne sais pas vraiment quoi faire de tout ça. Il faut que je trouve davantage d'informations sur ce collectif et sur Desoto. Et sur Mary Whittaker.

LIMIERS

NASH ENTENDIT quelqu'un qui s'approchait derrière lui tandis qu'il fermait *Prairie Fire*. Il se retourna prudemment. Miranda se tenait là, un peu essoufflée, ses cheveux détachés lui couvraient les épaules. Il faisait froid, de la vapeur sortait de sa bouche quand elle respirait. Il lui sourit puis mit ses clefs dans sa poche. Elle lui posa alors une main sur le bras et le regarda.

"Qu'est-ce que Miranda attend de moi ?" demanda Nash. Il aimait prononcer son nom. Elle ne répondit pas, les yeux toujours fixés sur lui. Ils attendirent, puis Nash se pencha pour l'embrasser. Elle se rapprocha à son tour, et ils s'embrassèrent – avec plus d'ardeur que ce à quoi il s'attendait, en fait – jusqu'à ce que leurs lèvres se séparent et que leur étreinte se transforme en petits baisers, plus lents, haletants, dans le cou et sur les oreilles. Lents, mais toujours aussi pressants. Nash respira un instant les longs cheveux de la jeune fille, puis appuya un moment son visage contre son oreille. Miranda s'agrippait à lui. Il se serra contre elle, bien qu'il ne sentît pas grand-chose à travers son caban en laine. Elle essaya de se reculer pour échanger un nouveau vrai baiser, mais il voulait rester là, à respirer ses cheveux, les mains à présent posées de chaque côté de son visage. Elle sentait à la fois le tabac froid fumé toute la nuit,

318

une odeur sèche rappelant les agrumes, et les fleurs, aussi, ou l'essence de parfum. Mais il y avait autre chose, une intensité végétale, non en décomposition mais vivante, le musc d'une peau de femme, à peine perceptible.

Sans plus sourire, elle lui prit la main pour le guider jusque chez lui, puis s'arrêta d'un coup dans l'escalier qui menait à la porte d'entrée. Elle restait là, devant lui, sans se retourner. Il monta une marche pour se serrer contre son dos et ses jambes. Son corps se moula sur le sien.

Jamais je ne vivrai meilleur moment, pensa-t-il, mais déjà c'était fini, et ils finissaient de monter l'escalier. Elle se déshabilla rapidement. Il faisait froid, elle se glissa sous les couvertures en ne gardant que sa petite culotte. Puis elle passa les bras sous les draps pour la retirer et la lancer sur son pantalon et son chemisier posés par terre.

Jamais je ne vivrai meilleur moment.
Si c'est pas de la chance, ça !

Le même sentiment le traversa de nouveau tandis que, tôt le lendemain matin, il regardait le soleil se lever, assis devant la fenêtre. Il tourna la tête vers Miranda, endormie dans son lit. Elle avait les cheveux dans la figure, il ne voyait que ses lèvres et son nez. Il l'observa qui s'étirait, écartait les mèches de ses paupières closes, puis se rendormait. Il but quelques gorgées d'eau. Le vieux parquet en chêne reflètait la lumière, le ciel passait du bleu foncé au bleu clair, puis Miranda se redressa enfin sur le lit, sourire aux lèvres.

Elle s'était rendue dans un bar de Belltown avec Sissy. A 22 heures elle entreprenait de remonter Pike Street, de passer au-dessus de l'autoroute, puis d'aller tout au bout de la Quinzième Avenue. Elle était arrivée juste quand Nash fermait. Elle avait cherché quelque chose de drôle à dire, mais lorsqu'il s'était retourné elle s'était contentée de sourire. Il avait eu l'air tellement surpris. Puis presque résigné lorsqu'elle lui avait touché le bras. Elle ne s'était pas attendue à ce qu'il l'embrasse, mais c'est alors qu'elle avait pris conscience de la raison de sa présence ici. Elle lui avait posé une main sous le menton pour lui rendre son baiser. Elle avait froid, mais elle sentait la chaleur du corps de Nash. Elle avait décrété qu'ils feraient mieux de poursuivre à l'intérieur. D'une part elle avait froid, d'autre part elle ne pouvait s'empêcher de penser à Josh, ou aux amis de Josh, susceptibles de les apercevoir dans la rue.

Elle avait marché tellement vite qu'elle l'avait traîné presque jusqu'en haut de l'escalier, puis, arrivée sur les dernières marches, s'était arrêtée net, si bien que Nash avait failli lui rentrer dedans. Lorsqu'elle l'avait senti derrière elle, sans se retourner elle s'était doucement appuyée contre lui. Elle avait aimé cette longue pause du corps, l'excitation qu'elle procurait. Ce geste à peine supportable.

Elle avait commencé à se déshabiller. Elle sentait le regard de Nash, mais cela ne la gênait pas. Elle avait l'impression d'être jeune et jolie, ce qui lui arrivait rarement, en tout cas jamais avec Josh. Mais arrête, ne pense pas à Josh maintenant. Et elle n'y avait plus pensé.

Leurs mouvements avaient été maladroits. Il lui avait mis le bras dans la figure, et elle, à un moment donné, s'était cogné la tête. "Désolé." "Désolée." Le préservatif avait été un désastre, il était dûment en place, mais la sensation que c'était ! Au bout de quelques minutes ils s'en étaient débarrassés – c'est ce que les gens font, parce que ça semble en valoir la peine – et ensuite des pauses, des murmures, des ajustements. Le calibrage.

Malgré cet accouplement brouillon et gauche, l'excitation était toujours là, douloureuse. Miranda sentait que si tout se passait trop bien, sans heurt, cela signifierait que tout cela ne comptait pas tant que ça. Après y avoir réfléchi, elle avait décidé de s'arrêter un instant pour se contenter de serrer fort Nash contre elle en l'embrassant doucement. L'étreignant, elle avait cessé "d'essayer" de faire quoi que ce soit, attentive uniquement à son souffle sur sa peau et au poids de son corps contre le sien. Elle l'avait laissé la tourner sur le côté, face à lui, la tête sur l'oreiller. Il lui avait caressé le milieu du dos d'une main, qu'il avait ensuite lentement glissée vers l'incurvation de sa taille, jusqu'à la courbe de la hanche, puis, très, très doucement, le long du galbe de ses cuisses. Elle avait légèrement écarté les jambes, mais c'est à peine s'il lui avait effleuré l'intérieur des cuisses. Dans une caresse légère il avait remonté la main sur son ventre, et il l'avait regardée sans sourire. Miranda avait alors cessé de sourire elle aussi et laissé Nash la toucher. Cela aurait pu durer des heures, ces doux frôlements, ces visages rapprochés, ces baisers. Ils avaient fini par rejouer la partition du début, sans maladresse aucune, tout tranquillement. Puis, presque sans crier gare, ils avaient tous deux plongé dans un profond et paisible sommeil. Lorsqu'elle s'était réveillée, il avait les yeux fixés sur elle. C'était bon. Elle lui avait souri, radieuse.

"Je suis trop vieux pour toi.

— Je sais", avait-elle répondu, et son sourire s'était effacé.

Miranda attendait Josh dans le tout nouveau café-bar spécialisé dans la musique lo-fi sur Broadway.

A Seattle, expressos et cappuccinos avaient envahi la ville, si bien qu'on voyait un vendeur d'expressos ambulant, un kiosque à café, ou un établissement spécialisé dans le cappuccino presque à chaque coin de rue. Cette mode s'était développée à un point tel que d'aucuns commençaient à étudier en détail les rites de cette consommation, ses conventions, son argot. Les cappuccinos pouvaient être "mouillés" : c'est-à-dire montés non pas seulement avec de l'écume mais aussi avec un petit peu de mousse de lait. Il y avait les macchiatos, les cafés au lait, et un millier d'espèces et de torréfactions différentes. Bien entendu, il n'avait pas fallu longtemps aux bars les plus tendances et les plus récents pour ne proposer, effrontément, que du café filtre. Dans des tasses rétro, de format classique. Peut-être qu'on finirait par servir du café soluble. Miranda buvait son jus de chaussette en lisant le journal. Elle planait, tout excitée de n'avoir presque pas dormi. Elle avait le visage en feu d'avoir embrassé un homme avec un peu de barbe sur les joues. Sa poitrine aussi était un peu rouge, comme si elle souffrait d'urticaire ou d'eczéma. Phénomène étrange que cette première nuit avec quelqu'un, où on a l'impression que les corps sont allergiques l'un à l'autre. Elle se sentait absurdement satisfaite, mais guettait l'apparition de Josh. Dès qu'elle le verrait, elle mettrait de côté ses pensées vis-à-vis de Nash, les chasserait de son esprit par la seule force de la volonté.

Le mur gauche du bar était recouvert de magazines et de journaux underground, avec leurs titres prometteurs : *Fille en furie ; Bitch, Chattes & Nichons* et *Hérétique héroïque.* Que des fanzines agressifs pour nanas qui se proclamaient ultraféministes mais évoquaient plutôt des magazines pornos SM. Apparemment, la libération passait par une appropriation : piles au silicium et seins en silicone, franges espiègles à la Bettie Page et on ne s'excuse pas.

Elle aperçut Josh qui se dirigeait à pas lents vers le bar. Il portait une veste de sport en velours côtelé avec des pièces aux coudes. Ces derniers temps, c'était soit ça soit le cardigan en laine à torsades. Depuis peu, il ressemblait à un professeur du Midwest, plus oncle d'âge mûr que jeune étudiant. Elle trouvait ce look un peu maniéré et pas si rusé que ça. De toute façon, quels que fussent ses vêtements, Josh était un garçon très maniéré, très soucieux de son apparence. Il croisa son regard, lui adressant à peine un geste de reconnaissance tandis qu'il s'approchait. Qu'est-ce qu'il était distant ! Et là il ne faisait pas de manières. C'était comme ça, point. Elle trouvait cette attitude extraordinairement séduisante, pour des raisons qu'elle ne cherchait pas à s'expliquer.

"Elle va bien, Sissy ?

— Très bien. C'était sympa."

Elle lui avait dit qu'elle passerait la soirée avec son amie. Ce qu'elle avait effectivement prévu de faire, avant d'en décider autrement. Josh s'assit et lui but une gorgée de café. Il fronça un peu les sourcils.

"Vous êtes allées où, hier soir ?"

Il ne la regardait pas, concentré sur le journal qu'il avait à la main.

"Ici et là.

— OK", répondit-il avant d'ouvrir son quotidien. Il lisait le *Wall Street Journal*.

Ils traversèrent ensemble la galerie marchande ultra-branchée et en continuelle expansion. Miranda détestait cet endroit, un centre commercial qui ne disait pas son nom, plutôt un post-centre commercial : à l'intérieur d'un bâtiment se trouvaient réunis une série de magasins mitoyens qui avaient l'apparence de boutiques indépendantes. Qu'elles fassent partie de chaînes ou non (et la plupart en faisaient partie), elles jouaient le côté fantasque, excentrique. Le salon de tatouage géant. Le magasin pour DJ, avec ses bacs de 33 tours de *dance music* underground, ses platines avec des feutrines, et ses "cercueils" à renforts métalliques pour transporter les disques dans les clubs. Le multiplex qui passait des films étrangers et indépendants. Et même un musée, au sous-sol, équipé d'installations vidéo. Mais la pièce de résistance consistait en un mégastore de vêtements tendances du nom de *Suburban Guerilla*.

Josh et Miranda se baladèrent dans les rayons, à la fois perdus et fascinés, sentiment diffus que seul un espace commercial clos peut susciter.

"L'effet Gruen, expliqua Josh.

— Quoi ?

— L'anesthésie par la mise en scène des produits, quand tu pénètres dans l'antre du shopping, la tentation permanente."

Miranda fit un vague signe de tête.

"J'ai étudié ce phénomène. La façon dont l'emplacement des portes et des vitrines est capable d'influer sur notre état psychologique. C'est l'architecture même qui te fait te sentir petit et soumis. Victor Gruen a été le premier à affirmer que si tu es obligé de traverser toute une série de magasins avant de trouver la sortie mal indiquée, si tu entends une musique qui a un certain rythme, et si l'éclairage est bien pensé, tu finis par tomber dans un état dissocié qui te rend vulnérable à la suggestion. A partir de là tu ressens le besoin pressant, ou le désir de te livrer à l'achat d'impulsion.

— Vraiment ?" répliqua Miranda en se dirigeant distraitement vers une table où étaient empilés livres, bougies, chemises et petits tapis, qui avaient en commun la même nuance de bleu turquoise. Elle examina un présentoir de vêtements. Il y avait de fausses robes vintage rapiécées dans le style bohème. Des robes paysannes en gaze et en macramé. A côté d'une affiche de l'album *Tapestry* de Carole King, sorti en 1971, on trouvait des caracos aux liserés de dentelle. Manches papillon et bottes à talons hauts. Sabots et lunettes de grand-mère, mais aussi bustiers, jeans coupés extra court, patins à roulettes. Et, pour finir, un présentoir entier croulant sous de larges bretelles à pince bariolées et rayées, disposées à côté de sweat-shirts à manches longues ornés d'un arc-en-ciel en satin bouffant cousu sur le devant, comme on en portait en 1976.

Josh s'empara d'une réédition de la BD *Le Surfeur d'argent* posée sur une table où s'empilaient des colliers de coquillages identiques à ceux qu'arborait David Cassidy dans les années 1970. Il longea sans s'arrêter une sélection de petits romans illustrés pour rejoindre Miranda, qui regardait une installation sur les arts de la terre. Un poster de la *Spiral Jetty* de Smithson pendait du plafond, et, au-dessous, s'étalaient des ouvrages sur l'art environnemental contemporain et le land art des années 1970. Le tout accompagné d'un DVD sur Andrew Goldsworthy, de sacs à bandoulière aux motifs fleuris, de pin's vintage Greenpeace, ainsi que de quelques disques vinyles de Jackson Browne dans des jaquettes en plastique.

"Ce n'est pas seulement l'effet Gruen, tu sais. C'est aussi cette façon de tout organiser par sujet et non plus par catégorie. Par thème, on lie tous les articles par association de thème, dit Miranda.

— C'est vrai. Sur Internet une chose mène à une autre de façon non pas linéaire mais associative.

Le monde, dans sa manière de traiter l'information, va de plus en plus imiter la toile. Par exemple, Allegecom ouvre un grand magasin de parapharmacie en imitant le concept de son site de vente en ligne, qui rencontre un succès phénoménal. Ce sera le premier magasin en dur dérivé d'un site Internet. Magistral !"

Mais Miranda n'écoutait pas, distraite par une ultime section thématique. Là, les murs étaient entièrement noirs, tout comme l'ensemble des vêtements disposés sur les présentoirs. Les livres qui y étaient exposés traitaient d'anarchie et d'environnementalisme radical. De grosses anthologies bien décoratives. Mais on y vendait également des foulards noirs triangulaires – les mêmes que ceux que les ados anarchistes du groupe Blac Bloc portaient l'année précédente lorsqu'ils avaient fracassé les vitrines de Niketown et de Starbucks. Les mêmes qu'à la télé.

"C'est pas vrai !" s'exclama Miranda.

Josh la rejoignit, affichant un sourire moqueur. Il s'empara d'un calendrier qui portait en couverture : "Paris, 1968", et à l'intérieur duquel correspondait, à chaque mois de l'année, un graffiti situationniste différent. Il y avait aussi des affiches du *Petit Soldat* de Godard, une version remastérisée de *La Bataille d'Alger*, un opuscule regroupant les communiqués du groupe radical de gauche Weather Underground. Un agenda dont la couverture représentait Bernardine Dohrn, poing levé, en minijupe. Un rideau de douche en vinyle avec un dessin représentant le sous-commandant Marcos, et un petit mot fixé dessus expliquant que les ventes servaient à soutenir le mouvement zapatiste en faveur du Chiapas. Des vêtements déchirés et tenus par des épingles de nourrice empilés à côté de boîtes à chaussures renfermant des Doc

Martens vintage. Et puis, d'une fausse caisse à lait laquée, Miranda retira de petits écussons recouverts de soie, censés être épinglés aux chemises (jamais cousus !) sur lesquels on lisait "Sabotage" et "Anarchie", semblables en tout point aux écussons artisanaux que portaient les ados dans la rue. Sur l'un d'eux, on lisait même *"DIY" (Do It Yourself**). Elle regarda Josh.

"C'est franchement navrant."

Un large sourire illuminait son visage.

"C'est la pureté du capitalisme. Aucun jugement sur le contenu. Tu devrais t'émerveiller devant une telle élasticité, une telle absence de besoin moral, une telle franchise. Le niveleur pur et dur : tout peut être et sera commercialisé. De plus, quel mal y a-t-il à ce qu'Emma Goldman soit vendue en supermarché dans le rayon accessoires tendance ? Elle n'en reste pas moins Emma Goldman, non ?

— Le brouillage du contexte, c'est l'essence de l'aliénation.

— Qui a dit ça ?

— Moi. Je crois."

Miranda saisit un paquet de cartes à jouer. "Collection Nouvelle Gauche." Une photo au recto de chaque carte, au verso une biographie. Dave Dellinger. Mario Savio. Abbie Hoffman. Mark Rudd.

"Tu n'envisages pas les choses sous le bon angle d'attaque. Le capitalisme, vois-tu, peut exploiter tes désirs et exploiter tes besoins afin de subvertir l'exploitation même qu'il fait de ton désir. Il renaît – se renforce – en buvant le sang de ceux

---

* A l'origine, le sigle *DIY* fait référence au rayon bricolage dans les supermarchés, ou à des artistes qui produisent leur œuvre, quelle qu'elle soit, de A à Z. Il a ensuite pris une valeur plus engagée, désignant en effet un mouvement de contre-culture qui s'oppose au monde de l'ultra-consommation.

qui le critiquent et de leur critique même. Il inclut les contradictions. S'épanouit dans l'ironie.

— Non, il ne s'agit pas d'ironie. De cynisme, c'est tout. Et le capitalisme ne contient pas de contradictions. Il se contente de tout réduire à une valeur marchande. Il est simpliste et réducteur. Toi tu y vois de l'ironie parce que, même si tu es aliéné par ce système, tu continues à vivre dedans. L'ironie elle est en toi, pas dans le capitalisme." Miranda lui jeta un regard en coin. "A moins que les choses n'aient changé. Aujourd'hui tu sembles t'y épanouir."

Les cartes à jouer "Nouvelle Gauche" étaient même vendues avec une règle du jeu :

Lance l'assaut contre le bureau du doyen :
Attention ! Si tu assembles les mauvaises cartes,
une catastrophe sectaire s'ensuivra !

"Occupons-nous un instant de ta chère amie l'ironie, répliqua Josh. L'ironie, parfois, c'est l'attitude la plus subversive. Elle a le potentiel pour miner, voire corriger l'hypocrisie et le mensonge de la culture. Sauf qu'elle est devenue le moyen d'expression préféré de la nouvelle génération d'entreprises. Et de toutes les pubs qu'on voit. Même les républicains l'utilisent, à présent. De ce fait, l'attitude austère que tu te plais à adopter devient… très fatigante, très…" Josh s'interrompit, puis reprit : "… très hystérico-féminine. Mais tu sais quoi ? Tout ça n'a aucune importance. Ni l'ironie, ni l'austérité, ni aucun des degrés entre les deux − l'ironie austère ou l'austérité ironique − ne peuvent atteindre ce système sous-jacent, parfait, et tout-puissant.

— Voilà une analyse très superficielle de la situation. On peut faire encore beaucoup pour changer les choses. Tu ne fais qu'essayer de te convaincre toi-même de je ne sais quoi."

Elle retourna le paquet de cartes : 19,95 dollars.

"Je te l'offre, dit Josh.

— Je n'en veux pas.

— Bon, alors pourquoi pas celui-ci : Opposants, Hors-la-loi et Fugitifs ?"

Miranda secoua la tête.

"Je te les paie. J'insiste."

Josh sortit une carte de crédit professionnelle, une American Express Gold, et se dirigea vers la caisse.

"Depuis quand tu as cette carte ?" demanda-t-elle.

Il lui tendit le paquet.

"Ça ne te surprend pas, quand même ?

— Pour tout dire, si.

— Je l'ai eue avec ma promotion.

— J'ignorais que tu avais obtenu une promotion.

— Je ne te l'avais pas dit ? Il me semble bien que si. Ils adorent mes idées sur la communauté alternative franchisée. C'est moi qui suis responsable de l'ensemble du projet."

Ils arrivaient au bout du centre commercial. Il pleuvait des cordes sur Broadway.

"Je n'ai pas de parapluie, dit-elle.

— Prends ma veste. Ma voiture est garée trois rues plus loin.

— Non.

— Ne sois pas stupide.

— Non, je n'en ai pas besoin.

— OK. Je vais ramener la voiture. Attends-moi là."

A travers le rideau de pluie, Miranda regarda Josh descendre la rue à toute vitesse. Qu'est-ce qu'elle avait cru ?

Ils traversèrent le pont qui enjambe l'autoroute sur la colline d'Eastlake. La ville semblait calme et déserte alors que, au-dessous d'eux, l'autoroute était bouchée. Miranda regardait par la vitre. Josh ne cessait de lui jeter des coups d'œil.

"Je ne rentre pas à New York avec toi", annonça-t-elle.

Il se mit à rire.

"C'est vrai que, gagner de l'argent, j'aime ça, je ne le nie pas. Le truc, c'est que je n'ai pas l'impression d'avoir changé. Je ne pense pas être matérialiste, tu sais. Je n'achète jamais rien."

Elle appuya la tête contre la vitre. Les conversations en voiture sont les plus étranges car on ne se regarde pas, même si on est assez proche pour se toucher.

"La situation se résume à ça : je refuse de passer ma vie à regarder les déchets des autres. Il y en a toujours qui volent partout dans la rue où on habite. La vie est trop courte. Tout ce que je veux, c'est un endroit propre et calme. Beauté, ordre, paix. Si Allegecom participe – et il n'y a aucun doute là-dessus – à la dégradation du monde en ébranlant, au moins dans un sens global, l'ordre et la paix, ainsi qu'en multipliant les déchets, et – avouons-le – la souffrance, cette boîte ne m'en aide pas moins, c'est incontestable, à m'épargner le contact avec ces déchets et cette souffrance."

Miranda ne réagit pas. Elle ouvrit le paquet de cartes "Hors-la-loi". Celles-là étaient encore pires que l'autre série. Sur le recto de chacune d'elles on voyait la photo d'une personne ou le logo d'un groupe. Et, au verso, comme sur les cartes de baseball, des statistiques et des informations les concernant. Il y avait les cartes RAF / Baader-Meinhof, les cartes Brigades rouges, ainsi que d'autres, où ne figurait qu'une seule personne : David Gilbert. Katherine Power. Eldridge Cleaver. Miranda les compulsait distraitement. Elle s'arrêta sur un jeune homme aux longs cheveux bouclés qui portait des lunettes de soleil. Il avait un air familier. Au verso, elle lut : Bobby Desoto. Réalisateur de films alternatifs et activiste underground. A fondé un collectif, SURE (Secrète Urgence de Revanche Effroyable), soupçonné d'avoir plastiqué les résidences secondaires de membres dirigeants de grandes entreprises. Est toujours en liberté. Miranda s'arrêta, puis retourna la carte. Elle observa la bouche de l'homme. Ce sourire forcé. Mais bien sûr. Bien sûr !

"Qu'est-ce que tu regardes ?

— Rien. Il y a tellement de raisons pour lesquelles ces jeux de cartes sont dégueulasses. Si tu n'es même pas capable de voir ça…

— Très bien. Donne-les-moi, alors.

— Non.

— Allez."

Il les lui prit des mains pour les mettre dans la poche de sa veste. Elle tourna la tête vers la vitre, les bras croisés.

Il tendit la main vers elle.

"Arrête. Je n'aime pas ça !" s'exclama-t-elle.

Il gara la voiture devant leur hôtel sur la Deuxième Avenue.

"Tu as tort, tu sais, dit Josh en sortant le paquet de cartes et en le lui agitant devant les yeux.

— Quoi ?

— Quand tu disais que le brouillage du contexte entraîne l'aliénation. Modifier le contexte − par l'appropriation − c'est subversif. Libérateur, même. Il y a des lustres que Walter Benjamin l'a dit."

Miranda secoua la tête.

"C'est de l'art qu'il parlait, pas des gens." Elle fit un geste las en direction des cartes. "Ici il s'agit d'êtres humains. Et les êtres humains n'ont pas besoin qu'on se les approprie."

PRÉSAGE

NASH REMONTA John Street jusqu'à une petite maison de type bungalow. L'avant-toit dépassait largement la limite de la véranda. Les rideaux de la grande fenêtre côté rue étaient tirés. Il frappa. Pas de réponse.

"Henry ? Je peux entrer ?

— Ouaip."

Nash pénétra dans la pièce obscure. Ses yeux mirent un peu de temps à s'adapter. Henry, vêtu de sa robe de chambre en flanelle, était allongé sur son canapé. Un plaid portant l'insigne de l'équipe de foot des Seahawks lui couvrait le bas du corps. Ses pieds dépassaient de la couverture. Il avait les ongles épais et jaunis. La peau craquelée de ses chevilles semblait sèche, fatiguée. Lorsque la fin approche, pieds et mains ne mentent pas. Ce sont les parties du corps les plus vieilles.

"J'ai apporté de la bière."

D'une main décharnée, Henry lui fit signe de la lui donner. Il avait perdu énormément de poids depuis la dernière fois que Nash l'avait vu. Sa tête paraissait disproportionnée. Un duvet gris lui mangeait le menton et le cou. Nash décapsula deux bouteilles, puis s'assit en face de son ami dans une chaise à bascule, en buvant à petites gorgées.

"J'ai l'air d'un mourant, hein ?

— Qu'a dit ton médecin ?"

Henry haussa les épaules.

"On peut toujours essayer ceci ou cela, mais, au final, le cancer a atteint l'os. Arrivé à la moelle, est-ce qu'il peut franchement aller plus loin ?

— J'arrive pas à y croire.

— Mort par outrecuidance.

— Qu'est-ce que tu veux dire par là ?

— Dioxine. Défoliant. On pensait pouvoir tuer tout ce qui pousse, sans qu'il y ait de conséquences humaines."

Nash inclina la tête, commença une phrase, s'interrompit. Henry regardait une chaîne sportive, le son coupé. Des ados sautaient en parachute ou en snowboard depuis des falaises. Un montage très haché, très rapide. Henry finit sa bière puis alluma une cigarette.

"Que faut-il faire, alors ?" demanda Nash.

Henry appuyait sur un bouton de la télécommande. Les chaînes se succédaient en silence.

"Tu préfères que je m'en aille ?

— Non, non. J'apprécie ta compagnie."

Nash parcourut la pièce des yeux. Il se mit à ramasser journaux et verres sales. Vida un cendrier plein dans un autre.

"Ne range pas non plus."

Nash soupira et posa tout sur le plan de travail de la cuisine. Il jeta les cendres à la poubelle puis apporta le cendrier propre à Henry.

"Tu m'avais pourtant dit que tu te sentais mieux grâce à ton histoire de panneau publicitaire, non ?

— C'était vrai. Je me suis débarrassé de mes cauchemars. Mais le cancer avait atteint mes os depuis longtemps. Seulement je ne m'en rendais pas compte."

Nash regardait fixement la télé.

"Quoi ? demanda Henry.

— Il s'agit peut-être d'une simple coïncidence, non ?

— Que j'aie un lymphome non hodgkinien ? C'est ce dont souffrent les gens qui ont été exposés à la dioxine.

— Mais…

— Je suis tombé malade à cause d'une exposition à la dioxine, présente dans l'agent orange. Voilà la vérité, Nash, il va falloir que tu t'y fasses. Sans cela ma vie n'a pas de sens. Sans cela ma vie ne signifie rien.

— D'accord.

— Je veux que tu y penses comme je te le dis. C'est important pour toi, crois-moi."

Henry s'adossa à ses coussins.

"En fait, les cauchemars sont revenus. Mais ils ne sont plus violents et chaotiques. Ils sont paisibles et chaotiques. Parfois je vois les visages d'enfants morts. Parfois je vois des soldats. Mais je ne m'y oppose plus comme avant. Ça ne m'effraie pas."

Henry ferma les yeux. Il semblait près de s'assoupir. Nash le regarda respirer. Il entendait les efforts que requérait l'expiration. Henry se réveilla en sursaut. La vue de Nash le soulagea.

"Je comprends tout à présent. Même toi.

— Ah ouais ?"

Nash observait la peau parcheminée des paupières de son ami. Ses yeux étaient agités d'un petit tic nerveux. Des ombres violet foncé se cachaient dans les rides. Le blanc de ses yeux n'était plus brillant. Quelle chose fragile qu'un œil…

"Je sais que tu as tenté le tout pour le tout. Ce n'est pas honteux. Je suis content pour toi", dit Henry. Puis il parut s'endormir.

Nash pressa ses doigts contre ses propres paupières et posa la tête dans ses mains. Il écoutait les grands bruits que faisait Henry dans son sommeil. Il dormait, le visage paisible, calme, un bras au-dessus de la tête, dans une attitude qui ressemblait au repos de la reddition. La pièce ne sentait ni la rose ni l'encens. Ni même la fleur de pommier éthérée. Elle sentait la transpiration, l'urine, et la bière. Cela surprit presque Nash. Il se leva alors pour gagner la porte.

"Nash ? appela Henry.

— Ouais ?

— Y en a de nouveau un, tu sais.

— Je ne voulais pas t'en parler."

En début de semaine, Nash était passé devant le panneau publicitaire. Il n'y avait rien eu pendant des mois, jusqu'à ce que, du jour au lendemain, une pub pour le Nepenthex fît son apparition.

"Plus grosse que jamais, bordel !" s'exclama Henry.

JOURNAL DE JASON

Ma mère n'est pas seulement, pas simplement, ma mère. C'est une révolutionnaire. Une fugitive. Une menteuse. Une meurtrière.

CONSOLATION

Henry se réveilla dans des draps humides. Il sentait qu'il avait transpiré, il était transi de froid. Il prit une grande inspiration avant de se laisser replonger dans le sommeil.

Le phosgène a l'odeur du foin fraîchement coupé.
La lewisite a l'odeur du géranium.

NEUVIÈME PARTIE

CONTRAPASSO

JASON CLAQUAIT les portes et les fermait à clef. Il jetait à Louise des coups d'œil perçants et inquisiteurs, qu'il s'empressait de dissimuler sous un regard neutre, un peu lointain.

Il ne s'agissait pas là de son indifférence habituelle, mais, en même temps, qu'est-ce qui était habituel ? Elle résistait à son envie de lui écarter les cheveux du front. Il vivait une phase étrange : légèrement replet et boutonneux. Elle ne se vexait pas s'il la repoussait lorsqu'elle lui passait un bras autour des épaules. Elle ne pouvait pas le réconforter dans sa traversée de l'adolescence, en revanche elle pouvait rester en dehors de son chemin. Elle était persuadée que, si elle n'intervenait pas, son fils talentueux et extrêmement intelligent obtiendrait du monde tout ce dont il avait besoin. Elle savait aussi que le jour viendrait où il la percerait à jour, mais elle refusait d'y penser. Deux semaines de cet espionnage schizoïde mirent ses nerfs à rude épreuve. Quand il se décida enfin à la défier, elle n'aurait pas dû être surprise.

Jason s'était assis pour dîner. Il ne regardait pas la télé, ne lisait pas son livre. En fait, il ne mangeait pas. Il se contentait de la dévisager, et soudain elle comprit ce qui allait se passer. Elle retint sa respiration : après tout ce temps, elle n'en revenait pas que ça finisse par lui tomber dessus.

"J'ai regardé *America's Most Wanted**, hier", commença-t-il.

Cette fois-ci, ça arrivait pour de bon, n'est-ce pas ?

"L'émission était consacrée à cette femme qui a été terroriste dans les années 1970. Elle est toujours en liberté."

Louise éprouvait une sensation qui lui rampait littéralement sur le corps, faisait trembler ses mains. Un moment qu'on a anticipé toute sa vie est empreint d'irréalité. Et puis, un jour, ce moment arrive et pourtant on est toujours là, à respirer. Elle éprouvait un tel soulagement. Un calme extraordinaire la submergea.

"Il n'y a eu aucune émission, déclara-t-elle posément.

— Elle s'appelait Mary Whittaker, ils ont montré sa photo.

— Il n'y a pas eu d'émission, répéta-t-elle.

— Elle faisait partie d'un collectif qui a plastiqué trois résidences secondaires appartenant à des dirigeants d'entreprises : des fabricants d'armes, j'imagine, je ne me rappelle plus. En tout cas, lors du dernier attentat, il y a eu un dérapage – enfin, un dérapage…

— Tu es au courant de cette affaire ?

— Dans *America's Most Wanted* ils ont montré une photo de Martha Malcolm…"

Louise secoua la tête. Entendre ce nom de la bouche de son fils !

"Comment l'as-tu découvert ?

— Je te parle d'une émission à la télé.

— Il n'y a pas eu d'émission, arrête de dire ça.

— Si, il y en a eu une.

* Emission de télévision dont le principe est d'aider la police à retrouver des fugitifs recherchés pour des crimes de toute sorte.

— Tu mens."

Jason se mit à rire.

"Je mens, hein ? Ça c'est la meilleure, putain ! Pourquoi tu ne me regardes pas, maman ?" Il la fusillait des yeux, le visage rouge de colère.

"Tu ne devrais pas juger quelque chose dont tu ne sais rien", dit-elle.

Jason passa sa main sous son assiette et l'éjecta de la table. Elle s'écrasa par terre. Il serrait très fort les poings. Louise fixait les débris. Puis quelque chose se passa. Jason se mit à pleurer. La dernière fois que Louise avait vu son fils pleurer, il n'était encore qu'un bébé.

"Je comptais t'en parler un jour. Je peux le faire maintenant. Si tu veux savoir ce qui s'est passé, je te le raconterai."

Il s'essuya les yeux.

"Tu ne peux pas réfléchir à notre geste en l'isolant du contexte. Cette guerre immorale s'éternisait. Et, à travers nos actions, nous pensions leur faire peur et contribuer à ce qu'ils mettent fin plus tôt à la guerre.

— Ouais, ben vous avez réussi votre coup ! Elle n'a pas duré neuf ans, cette guerre ?

— Atteindre un objectif n'est pas la seule chose qui compte. Ce qui compte, c'est la nature de l'intention. Nous voulions agir. Il y avait eu des années d'efforts pacifiques. Les choses empiraient. C'était un geste de désespoir."

Josh hocha la tête.

"Nous n'avons jamais voulu blesser qui que ce soit, crois-moi. Ce fut une conséquence terrible que nous n'avons jamais désirée ni recherchée. Ce qui n'excuse rien, mais ça pourrait t'aider à comprendre.

— Ça a bien dû te traverser l'esprit, que vous preniez des risques, et pas seulement avec vos propres vies. Mais bon, à la rigueur, peu importe. Je m'en tape. Je veux dire, je veux bien gober que vous étiez stupides au point de ne pas réaliser qu'il était absolument inévitable qu'en posant des bombes vous finiriez par tuer quelqu'un. Seulement, je n'arrive pas à croire que tu m'aies menti toutes ces années sur ton identité.

— J'avais prévu de te dire la vérité quand tu serais suffisamment grand. Quand je serais prête à me rendre. S'il y a bien une chose que je refuse, c'est que tu sois obligé de garder mon secret.

— Tu veux te rendre ? Après toutes ces années ?" Le ton de sa voix s'était légèrement modifié. Il semblait surpris.

"Je suis vraiment désolée. Pour tout ça. Mais, en effet, je souhaite me rendre dès que possible."

Les mains serrées sur les genoux, elle attendait les propos ravageurs qui allaient suivre.

"Et mon père, il savait la vérité, au moins, lui ?"

Elle secoua la tête.

"C'est dingue.

— Ça semble dingue. Mais la plupart du temps c'était juste du quotidien. Sauf qu'aucune expérience n'était jamais à cent pour cent ce qu'elle était. Il y avait toujours ce petit plus, cette fatalité sous-jacente."

Elle commença à ramasser les bouts d'assiette et de nourriture éparpillés.

"Je vais nettoyer", dit-il.

Lorsqu'il eut fini, il s'assit en face d'elle. Elle sortit sa pipe puis se mit à fumer. Elle la lui tendit, il ignora son offre.

"Un sacré truc, quand même, ce que tu as fait. Tu en avais dans le ventre, sérieux, jamais je ne m'en serais douté.

— Tout cela n'était qu'une énorme bavure. Une énorme erreur.

— Au moins tu as fait quelque chose. Quel monde ça devait être, l'époque où les gens ordinaires agissaient vraiment ! Et où leur action affectait l'histoire, même par la bande."

Elle s'efforçait de réfléchir à ce qu'elle dirait ensuite. Mais elle n'arrivait pas à parler. Elle se sentait si profondément soulagée. Elle éprouvait une telle reconnaissance envers son fils. Comment pouvait-elle obtenir un répit pareil après tout ce qui s'était passé ? Elle tendit la main pour le toucher.

"T'emballe pas, bon Dieu !" Il la repoussa. "Je ne t'ai pas pardonné de m'avoir menti toute ma vie."

Elle rit.

"Content que tu trouves ça drôle.

— Non, c'est toi que je trouve drôle. Et tu es vraiment très drôle. Moi je ne le suis jamais, pas vrai ?

— Oh ! j'oubliais. Voilà quelque chose qui va te faire marrer." Il lui tendit un bout de papier où était inscrit un numéro de téléphone.

"Qu'est-ce que c'est ?

— Le numéro de Bobby Desoto. Il s'appelle Nash Davis, maintenant. Et, nouvelle pirouette sensationnelle du destin, il ne vit pas très loin d'ici."

Elle serra le papier dans sa main. Elle ne s'était pas du tout attendue à ça.

"Comment l'as-tu trouvé ?

— J'ai essayé différentes possibilités. Et j'ai fini par me servir de l'acronyme du collectif de films. Sur Internet, il existait deux ou trois références américaines à SURE, mais il y en avait une qui ressortait. Celle à un comité anarchiste qui avait envoyé un message à la librairie *Prairie Fire*. J'ai fait des recherches sur ce SURE et j'ai découvert qu'il signifiait Saltimbanques Unijambistes Réduits à l'Effacement. Un groupe méta-farceur notoire qui n'existe qu'à moitié. Pour moi, ça sentait le Desoto à plein nez. Ce type, là, Nash Davis, il organise des événements à *Prairie Fire*. Du coup je l'ai appelé. Et bingo.

— Tu es sacrément intelligent.

— T'emballe pas."

Louise se rappelait dans les moindres détails le jour où elle avait rencontré Bobby pour la première fois. Lors d'une manifestation contre le conseil de révision, il avait passé son temps à la filmer. Il l'avait suivie partout jusqu'au moment où elle avait fini par lui demander d'arrêter. Elle l'avait alors reconnu. Elle avait assisté à un happening où on avait projeté certains de ses films. Il avait accepté d'éteindre sa caméra à condition qu'elle aille manger chinois avec lui.

Après le repas, il l'avait emmenée jusqu'à l'immeuble de Valence Chemical. L'avait tirée par la main jusqu'au bout du couloir d'entrée. Avait ouvert les portes où était écrit : "Privé." Il jubilait, intrépide, tandis qu'ils allaient de pièce en pièce. Il semblait aussi connaître l'emplacement de chaque chose. Il l'avait fait pénétrer dans un bureau désert rempli de classeurs. Après lui avoir jeté un œil, il avait ouvert quelques tiroirs et jeté plusieurs piles de dossiers dans la poubelle métallique. A laquelle il avait ensuite mis le feu avec son Zippo avant de la tirer hors de la pièce en riant. Il avait essayé une autre porte. Fermée à clef. Ayant parcouru le couloir des yeux, il avait sorti un outil métallique et forcé la serrure. Il avait alors poussé Mary à l'intérieur et refermé derrière eux. Il faisait sombre, il l'avait collée contre le mur et embrassée.

"J'en fais des tonnes, pour toi. Ça ne t'impressionne pas ?

— Si, beaucoup."

Puis il l'avait embrassée de nouveau. Plus tard cette nuit-là, il lui avouerait que son père était le directeur du département recherche et développement de Valence Chemical. Il n'avait parlé de sa famille à aucun de ses amis du mouvement. Son père avait presque inventé (ou du moins mis au point) des applications pour plusieurs polymères synthétiques : le polystyrène et le chlorure de polyvinyle. Cela s'inscrivait dans la révolution des thermoplastiques industriels. Il avait fait connaître des plastiques utilisés pour fabriquer pellicules de film stables, 33 tours, tuyaux en PVC, matelas à eau et − inévitablement − différentes sortes d'armes : mines à fragmentation en plastique, essence plastifiée particulièrement vicieuse, ainsi que des bombes au phosphore blanc qui formaient − tandis qu'elles explosaient puis brûlaient en diffusant une puanteur chimique incessante et obstinée − de blanches volutes de fumée des plus belles qui soient, aussi élégantes que destructrices.

Après ça, ils avaient passé toutes leurs nuits ensemble, toutes, jusqu'à ce qu'ils plongent dans la clandestinité.

Le bar de Belltown avait connu des jours meilleurs. Il était mitoyen avec un vieil hôtel, qui avait jadis attiré la jeunesse hippie de la scène musicale. Celle-ci partie, le bar et l'hôtel avaient accueilli des voyageurs européens peu fortunés, qui eux-mêmes avaient cédé la place à une foule de locataires de chambres individuelles. En entrant, Louise écarta d'un geste la fumée de cigarette. Dehors, il faisait encore jour, or ce n'était pas le genre d'établissement très fréquenté dans la journée. L'endroit était désert, elle comprit donc pourquoi Bobby l'avait choisi.

Elle l'aperçut assis au fond, dans un box. Quelle ne fut pas sa surprise de découvrir que, par-delà l'apparence de vieillesse et de fragilité, ou malgré elle, il s'agissait bien de Bobby, aucun doute possible, et elle eut la même impression que vingt-huit ans auparavant : que l'air se raréfiait, et que tout son métabolisme s'ébranlait à sa vue. Ce frémissement intérieur lui fit fermer les yeux, et elle se réjouissait de cette sensation, oui, vraiment. Ensuite, bien sûr, elle se mit à pleurer. A son approche, Bobby se leva. Il voulut lui prendre la main mais elle recula, hors de sa portée.

Au bout d'une minute, elle s'assit. Bobby saisit sa main avant qu'elle puisse l'en empêcher.

"Ce n'est rien", dit-il.

Sans mot dire, elle se dégagea, et pressa ses paumes contre ses yeux. Inspira. Prit une serviette en papier qu'elle appliqua sur son visage. Puis elle fit un geste en direction du barman.

"Un bourbon. Celui-là, dit-elle en désignant une bouteille.

— Deux, ajouta Nash.

— Je vais me rendre", annonça-t-elle.

Nash buvait son verre.

"Je voulais que tu le saches. Je ne dirai rien sur toi, bien sûr, mais j'ai pensé que je devais quand même t'avertir puisque Jason a pris contact avec toi récemment.

— Je me doutais que tu allais me dire ça.

— Ils démêleront peut-être l'affaire, de toute façon, mais ce ne sera pas grâce à moi." Elle détourna la tête mais elle sentait son regard sur elle.

"C'est exactement pareil d'être avec toi. C'est exactement comme ça que je m'en souvenais.

— Oui."

Elle déglutit avec peine.

"Ça n'a pas d'importance, dit-il.

— Quoi ?

— Ça m'est égal s'ils me trouvent.

— Qu'est-ce que tu veux dire par là ?"

Il repoussa son verre vide au centre de la table.

"Il y a environ dix ans, j'ai décidé que je ne chercherais plus à échapper à la police. Que je me contenterais de vivre ma vie, en restant discret et respecteux des lois, et non pas caché et paranoïaque. J'y vais doucement, bien sûr, mais finie la fuite, finis les changements de nom, finies les sueurs froides la nuit. Je me contente de vivre ma vie en acceptant que tôt ou tard ils démêleront l'affaire. Ton fils, ça lui a pris genre une semaine, pour y arriver, bon Dieu ! Alors je vais juste continuer jusqu'au jour, qui paraîtra semblable à tous les autres, où ils finiront par m'appréhender.

— Je vois.

— *Appréhender*, tiens, c'est le mot, c'est-à-dire saisir et prendre, un mot bien plus approprié qu'*arrêter*, qui signifie immobiliser. Car les choses ne s'immobilisent pas quand on est arrêté, n'est-ce pas ? C'est là qu'elles commencent, au contraire, avec la kyrielle de procès et d'avocats, avant la succession laborieuse de jours sans fin, circonscrits, uniformes."

Elle expira. Elle se sentait très lasse.

"Es-tu vraiment prête à affronter tout ça ?

— Ce que tu décris n'est pas si différent de la vie que je mène aujourd'hui. Mais si tu sais qu'ils finiront par te prendre, pourquoi ne pas te rendre, négocier une peine plus légère ?

— Pas question. Je veux bien passer le reste de ma vie assis dans ma petite chambre nue, mais jamais je ne me porterai volontaire pour le faire. Simplement, je refuse de transformer en prison ma prétendue liberté en essayant de leur échapper. J'ai fait ça pendant trop d'années, je refuse de vivre ainsi." On eût dit qu'il s'apprêtait à se lancer dans une diatribe mais il s'interrompit. "Enfin, tu sais très bien de quoi je parle, bien sûr.

— Et merde, putain ! s'exclama-t-elle avant de baisser la voix. Ça aurait été tellement (elle ne voulait pas se remettre à pleurer), tellement plus facile si j'avais connu quelqu'un d'autre dans la même situation. Si on avait pu parler ne serait-ce qu'une fois."

Une poignée de clients entraient lentement dans le bar. Louise se leva pour partir.

"Il faut que j'y aille.

— Attends."

Elle s'arrêta.

"Ecoute, tu devrais leur parler de moi. Tu pourras négocier une peine plus légère si tu leur parles.

— Je ne peux pas faire ça.

— Bien sûr que si. Tu as envie de passer encore du temps avec ton fils, non ? De faire partie de sa vie. Parce que c'est de ça que nous parlons. Dis-leur que c'était mon idée. Dis-leur que tu ne te rendais pas compte de ce que tu faisais. Profites-en, Mary.

— Non.

— Je te le dois.

— Pas du tout.

— Je veux te le devoir."

Un vertige la prenait.

"Je croyais que tu m'avais toujours reproché ce qui s'était passé.

— Jamais. Je savais ce qui se passerait. Je savais que quelqu'un finirait par mourir."

Quelqu'un vint s'asseoir dans le box voisin. Nash se pencha un peu vers elle et lui parla à voix basse.

"Il y a eu un moment, un moment très clair, où j'ai su non seulement que ça pourrait arriver, mais qu'il n'y avait aucun doute que ça arriverait. Pourtant je voulais continuer quand même. Et pas parce que j'étais persuadé que nous contribuerions à améliorer la situation. Je l'ai fait comme pour laisser un testament à ma propre certitude, comme pour mettre à l'épreuve ma conviction. J'avais besoin de me prouver que j'étais capable d'aller jusqu'au bout.

— Moi je ne m'étais pas rendu compte que nous pourrions tuer quelqu'un.

— Laisse-moi te poser une question. Si nous avions tué une des cibles, un des dirigeants qui ont fabriqué en toute connaissance de cause des mines ou des engins antipersonnel, des poisons à la dioxine ou du napalm. Si on avait fauché quelqu'un comme ça au lieu d'une femme de ménage, tu ressentirais quoi ?

— Je ressentirais la même chose. Ça nous aurait quand même tout coûté sans probablement rien changer. Ou du moins sans rien améliorer.

— Moi je n'en suis pas si sûr. Je suis davantage coupable, tu vois ? Toi tu es excusée. Moi non."

Elle se frotta les yeux. Elle se sentait complètement anéantie.

"Alors dénonce-moi.

— On dirait que tu as envie que je le fasse."

*

"Il n'y avait pas de réponse.

— Essaie encore.

— J'ai laissé sonner une éternité.

— Tu as peut-être fait un mauvais numéro.

— Non, mais je vais réessayer."

Louise se rappelait exactement comment tout s'était déroulé. Comment Bobby avait pris une grande inspiration avant de soulever le combiné.

"C'est trop tard, dit-il en regardant sa montre.

— Il nous reste combien de temps ? demanda Tamsin.

— Trente minutes, répondit Bobby.

— Bordel de Dieu !

— Elle est peut-être déjà partie, suggéra-t-il.

— Ou bien peut-être qu'elle est en train de passer l'aspirateur et qu'elle n'entend pas la sonnerie, dit Mary.

— Putain, et merde ! s'exclama Tamsin.

— Il faut qu'on appelle la police, dit Mary.

— Ouais, je vais y aller", répondit Bobby.

Il attrapa sa veste.

"Tu vas où ?

— Je vais appeler de la cabine sur la 8ᵉ Rue. Vous, continuez à essayer le numéro.

— Dépêche-toi !" hurla Tamsin.

Bobby la regarda, puis s'adressa à Mary.

"Je ne serai pas long. Tout va bien se passer. Ne panique pas.

— Ouais."

Il partit en courant.

Tamsin se mit à marmonner.

"Je savais que ça arriverait. Oh, bon Dieu !

— Il n'est encore rien arrivé. Réessayons le numéro."

Mary composa le numéro puis attendit. Ça sonnait occupé. Elle tendit le combiné pour que Tamsin pût entendre. Puis refit le numéro. La même sonnerie répétitive.

"A mon avis le téléphone doit être mal raccroché."

Elle regarda sa montre. Le temps continuait à avancer comme si de rien n'était. Tout continuait à avancer. Le moment approchait. Tamsin pleurait.

"Elle est peut-être partie.

— Non, la ligne est occupée."

Comment cela peut-il arriver ?

Bobby revenait.

"OK, les filles, il faut s'organiser. On se sépare. On écoute les infos. Si tout se passe bien, on se retrouve à la ferme et on y reste jusqu'à ce que les choses se tassent.

— Et si tout ne se passe pas bien ? demanda Mary.

— On suit notre plan. On fait ce qu'il faut."

Bobby saisit la main de Mary. Tamsin était arrivée à la porte, prête à partir.

"Tamsin !

— Quoi ?

— Reste calme. Ne panique pas."

Elle acquiesça. Puis s'en alla.

Bobby secoua la tête.

"Et merde ! Je le savais."

Il tira leurs sacs de dessous le lit et regarda autour de lui. Puis il se mit à remplir rapidement sa valise.

"Ça va aller, hein ? La police est arrivée à temps, pas vrai ?

— Je vais passer quelques coups de fil et retirer un peu d'argent, dit-il. Je serai de retour dans deux heures. Prépare-toi."

La radio allumée, elle vida l'appartement de toute trace d'eux. Elle frotta toutes les surfaces avec de l'alcool à 90°. Aucune nouvelle.

Plus tard, quand Bobby rentra, il ne dit rien. Elle comprit immédiatement : il était livide. Transpirait.

"Oh, non ! gémit-elle.

— Je vais te déposer à la gare de Grand Central et ensuite j'irai à la gare routière de Port Authority", expliqua-t-il d'un ton neutre, à voix basse.

Elle n'arrivait pas à parler.

"Tu es prête ?"

Elle hocha la tête.

"Pas de causette dans le taxi, d'accord ?"

Il ramassa leurs sacs.

Comme il passa vite ce trajet en taxi ! Pourquoi tout bougeait-il si vite ?

Arrivés à la gare, il l'embrassa. Après son départ, elle se dirigea rapidement vers les toilettes pour femmes, s'enferma dans un box, se plia au-dessus de la cuvette et attendit de vomir.

Comme d'habitude, Louise regarda les informations. Le KGB avait encore ouvert et rendu public d'autres dossiers. Ces derniers révélaient l'existence de plusieurs agents secrets britanniques et américains jusqu'alors inconnus. Elle regarda la presse fondre sur une dame âgée et menue. Sous un nom de code, elle s'était livrée à l'espionnage pendant des dizaines d'années, tout en vivant la vie d'une humble fonctionnaire. Les caméras pourchassaient cette femme qui portait un col en dentelles et les cheveux serrés dans une barrette. Pourquoi ? Ils Voulaient Savoir : Pourquoi ? Quoi ? Comment ? Elle leur répondit qu'elle n'avait aucun remords.

"Combien vous payaient-ils ?

— Je ne voulais pas d'argent. Je ne suis pas sûre que la nouvelle génération comprenne. Je ne suis pas sûre qu'elle accepte ça. Nous voulions que les Soviétiques soient sur un pied d'égalité avec l'Occident. Nous voulions leur donner une chance. Nous y croyions. Nous pensions suivre la voie juste.

— Certes, mais combien d'argent avez-vous gagné ?"

Elle se contenta de secouer la tête.

"Ne regrettez-vous pas d'avoir agi ainsi ?"

Louise éteignit la télé. Elle allait vraiment le faire. Elle allait se rendre. Personne ne comprendrait. Mais ça n'avait aucune espèce d'importance.

DERNIÈRES CHOSES

APRÈS LA MORT de Henry, Nash voulut faire quelque chose contre leur publicité, en guise d'hommage, en quelque sorte. Mais il repoussa son geste et ne se décida jamais à opérer. Pendant un temps, il évita même de passer en voiture à côté du panneau, sur la Deuxième Avenue. Il ne l'avait tout simplement plus en lui. Cette volonté d'agir. Il était fatigué.

Ces derniers jours, il conduisait beaucoup. Henry lui avait laissé sa voiture. Et la librairie. Nash n'avait pas pu refuser, mais, tout en conduisant, il pestait un peu contre son ami. Il roulait parfois la nuit, quand il ne trouvait pas le sommeil. Ce qui arrivait assez souvent. Henry lui manquait, il lui manquait vraiment. Et, de temps en temps, il pensait à Miranda. Il savait qu'elle n'était pas retournée à New York, mais il ne la voyait jamais. Et il pensait à d'autres choses, aussi. Il se posait par exemple des questions comme *quand*, et *comment*, ce qui ne lui était pas arrivé depuis des années.

Environ deux mois après la mort de Henry, Nash quittait le quartier de l'Université pour rentrer chez lui à Capitol Hill. C'était une soirée pluvieuse, les rues étaient désertes. Il écoutait une émission de radio. Quand l'heure pile sonna, les grands titres des informations furent annoncés. Dans une étude récemment publiée, on avait établi une relation de causalité entre l'anxiolytique Nepenthex et le lymphome non hodgkinien. Non seulement il existait un lien entre ce cancer et ce médicament, mais les chercheurs de l'université en charge de la rédaction des rapports au ministère de la Santé avaient dissimulé les preuves d'un possible effet cancérigène. Plusieurs de ces scientifiques reconnaissaient avoir reçu de généreuses subventions de la part d'Allegecom, le groupe auquel appartenait le Nepenthex. Ils niaient le conflit d'intérêts. Le ministère de la Santé allait provisoirement interdire les ventes de l'anxiolytique. Allegecom cherchait un recours en justice pour lever l'interdiction.

Nash se dirigea droit vers la Deuxième Avenue. Pourquoi pas ? C'était une nuit obscure et solitaire. Il trouverait bien un moyen de démolir ce panneau publicitaire en vinyle. Il n'irait pas escalader la façade de l'immeuble, mais il devrait être capable de renverser de la peinture depuis le toit. Cela faisait des semaines qu'il gardait dans son coffre ces vingt litres de peinture au latex. Oui, il allait le faire. Il devait bien ça à Henry.

Sa bouche commença à se dessécher. On pourrait facilement le surprendre et l'arrêter, mais, au point où il en était, il n'avait rien à perdre, rien.

L'immeuble portant le panneau publicitaire se profila. Mais à la place des lettres roses lumineuses et des pilules en trois dimensions, c'est une façade noire qui apparut. Une gigantesque tête de mort occultait la pub. De plus près, Nash s'aperçut qu'il s'agissait d'un cache en vinyle conçu spécialement pour ce panneau. On voyait bien les noms Blythin, Nepenthex, et Pherotek, ainsi qu'une seule pilule lumineuse. Sauf que la tête de mort, menaçante, les surplombait. Et, au-dessus du crâne, se lisait cette légende inscrite en lettres bâtons : QUI EST RESPONSABLE ?

Nash se gara devant le panneau. C'était génial. Réalisé à la perfection. Et si rapidement. Bien mieux que le piètre geste qu'il avait envisagé. Il descendit de la voiture et resta planté sous la pluie au milieu de la rue déserte. La défiguration de l'affiche était signée. Sur la façade en vinyle, il distinguait un petit graffiti. SURE, lisait-on. Au début, il n'en crut pas ses yeux. Puis il éclata de rire. Quelqu'un avait fini par reprendre son acronyme. Quelqu'un d'intelligent.

Nash rentra chez lui en essayant pendant tout le trajet de deviner ce que SURE signifiait désormais. Source Unique d'une Religion Evolutive, peut-être. Ou bien Sûre Ubiquité de Réappropriation Eternelle.

Il se réveilla tôt, fit son lit, ses tartines grillées et son café. Il mangeait assis près de la fenêtre, en robe de chambre. Il regardait les premiers rayons du soleil inonder la pièce, refléter leur éclat sur le parquet, et le réchauffer tandis qu'il finissait son petit-déjeuner. Une matinée charmante.

Il entendit frapper lourdement à sa porte. Vite, il se leva et commença à s'habiller. Enfila un pull. Se baissa pour lacer ses chaussures de marche. Enfila son caban puis son bonnet en laine. On frappait et discutait de plus belle.

Il glissa un stylo dans la spirale de son carnet, qu'il fourra dans la grande poche avant de son manteau. Puis il ouvrit la porte d'entrée. Deux hommes en costume et pardessus se tenaient sur le seuil. Au loin, derrière eux, on apercevait les Cascades. Le sommet des montagnes était parfaitement visible, et, il dut bien finir par le reconnaître, magnifique. L'un des hommes glissa une main sous son manteau.

"Pourquoi avez-vous été si longs ?" demanda Nash.

Elle appuya sur la sonnette. La barrière en bois faisait plus de deux mètres de haut. Une voix de femme répondit.

"C'est Jeanie Morris, je viens pour Mme Benton.

— Elle n'est pas chez elle.

— Elle sait que je dois venir. J'ai une enveloppe à lui remettre."

D'une main, Mary tenait fermement la petite enveloppe, de l'autre un sac à main. Des gouttelettes de sueur perlaient sur sa lèvre supérieure malgré le vent glacial qui soufflait de l'océan. La porte émit un bourdonnement, et Mary pénétra dans une cour paysagée à l'excès. Quant à la maison, neuve, elle avait été construite pour ressembler à un bungalow balnéaire victorien en pierre. Mais de dimensions gigantesques : un manoir, ce bungalow. Mary entendait ses talons cliqueter sur les dalles de l'allée. Elle portait une robe en lin qui lui arrivait juste au-dessus du genou, une veste coordonnée, et des chaussures à bout carré et petit talon, ornées de boucles en forme de marguerite, lesquelles étaient assorties au cuir de son sac à main à fermoir. Elle s'était appliqué du fond de teint sur le visage, et avait mis du rouge à lèvres, du crayon et du fard. Elle avait les cheveux relevés sur le dessus de la tête, une coiffure stylée. Au fur et à mesure qu'elle se préparait, chaque étape du maquillage et de l'habillement lui avait donné un peu plus de courage. Elle se caparaçonnait. Se donnait des armes en brandissant l'inoffensive baguette du mascara et en respirant le lin tout frais. Elle se sentait cachée et parfaitement à la hauteur. Propre, distinguée, dangereuse.

Allez-y, sous-estimez-moi, pensait-elle. Quand elle atteignit l'escalier de l'entrée, elle arborait un sourire confiant mais inexpressif.

Une femme d'âge moyen ouvrit la porte. Elle aussi arborait un sourire inexpressif, indéchiffrable.

"Je suis Mme Malcolm, la femme de ménage. Je veillerai à ce que Mme Benton reçoive votre lettre."

C'est à peine si elle regarda Mary en prenant l'enveloppe.

"Je regrette vraiment d'avoir manqué Mme Benton.

— Je lui dirai que vous êtes passée."

Mme Malcolm s'apprêtait à fermer la porte.

"Puis-je utiliser votre salle de bains pour me rafraîchir ?"

La femme de ménage n'hésita pas.

"C'est juste là", dit-elle, et Mary la suivit jusqu'à un petit cabinet de toilette situé sous l'escalier principal. Ayant fermé la porte elle posa délicatement son sac à main sur le rabat de la cuvette. Elle se regarda dans la glace et prit une grande inspiration. Son estomac et sa poitrine se contractèrent l'un après l'autre. Elle s'agrippa au lavabo et crut un instant qu'elle allait s'évanouir. Elle fit couler l'eau, inspira profondément à plusieurs reprises. Puis elle approcha son visage du robinet pour y boire directement. Elle pensait à toutes les choses terribles, monstrueuses, qui avaient servi à bâtir cette maison opulente, monstrueuse.

Il y avait sous le lavabo un placard en chêne à deux battants. Elle l'ouvrit. Outre les tuyaux, elle aperçut une brosse W.-C. et une bouteille de Mr Propre. Retirant son sac à main du dessus de la cuvette, elle s'agenouilla devant le placard. Précautionneusement, elle déposa le sac à l'intérieur, sous le coude des tuyaux. De la main gauche elle maintenait la poignée, de la droite elle ouvrit le fermoir. Un cadran de réveil, des fils de fer et un bloc de plastic moulé pas plus gros que deux poings.

Elle regarda sa montre.

Glissa sa main dans le sac pour maintenir droit le cadran du réveil.

Tira sur le barillet jusqu'à ce qu'il émette un clic.

Tendit l'oreille pour entendre le léger tic-tac.

Inspira.

Lâcha.

JOURNAL DE JASON

LES CHOSES NE SE SONT PAS passées comme je l'aurais imaginé. Ni drame, ni révélations. Ni cassure. Seulement une distance qui augmente régulièrement. J'ai l'impression de me renier à tout laisser tomber, c'est un peu triste, d'ailleurs. Ce que je veux dire, c'est que c'est fini, je n'écoute plus les Beach Boys. Pas une note, jamais. Les vinyles glissés dans leur pochette en plastique restent figés là, dans un carton posé dans ma chambre (rangés par ordre chronologique de sortie, bien sûr). Je les admire toujours, je les apprécie, mais c'est presque purement intellectuel à présent. Je n'ai plus ce désir profondément ancré de les écouter en boucle. Franchement, je n'aurais jamais cru que ce jour viendrait vraiment. C'est triste, bien sûr, mais quelque part je suis soulagé, libéré. Avec le temps, je découvre d'autres choses pour remplir cet espace désormais vacant. A moins que je ne les aie trouvées d'abord, et que ce soit elles qui ont doucement poussé les Beach Boys vers la sortie. En tout cas, maintenant j'ai le temps d'écouter mes disques des Kinks, un groupe que je me suis mis à admirer. Même si, pour je ne sais quelle raison, je n'imagine pas qu'un lien aussi fort qu'avec les Beach Boys se crée. Eux, c'était peut-être une exception. Et puis d'autres pensées, d'autres intérêts, dont certains n'ont d'ailleurs aucun rapport avec la musique vintage, se sont installés, voire développés.

Comme je l'ai dit, cela n'a rien eu de spectaculaire, ni de délibéré, non. Je me suis de moins en moins tourné vers ces albums, c'est tout. Et même lorsque je les passais, mon esprit s'évadait de plus en plus. Je sautais des chansons. Ou peut-être ai-je tout bonnement fini par épuiser mes vieilleries et me suis-je retrouvé à court de matière nouvelle à écouter (finalement, malgré les diques pirates, cette œuvre n'en reste pas moins limitée).

Ne vous méprenez pas. Ce n'est pas comme si j'étais prêt, dans les jours à venir, à mettre aux enchères sur eBay mon album *Summer Days (and Summer Nights !!)* enregistré sur un 33 tours de cent quatre-vingts grammes. Ou mon édition britannique rare en 45 tours, comme neuve, dans sa pochette originale, de "God Only Knows", avec sur l'autre face "Wouldn't It Be Nice" (et qui vaut une petite fortune sur le marché des collectionneurs). Ou même mon édition bon marché sur disque compact de *The Beach Boys Love You* (où l'on entend des claviers au son étrangement artificiel, et que l'on pourrait qualifier d'album le plus bizarroïde que les Beach Boys aient jamais composé). Non, je vais tout garder : les 33 tours, les CD, les 45 tours et les maxis, et ce pour deux raisons importantes :

D'abord, le moment viendra où j'aurais passé assez de temps sans les écouter pour qu'en les passant à nouveau ils puissent me sembler différents, novateurs. Il est possible qu'ils me captivent derechef, et peut-être même de manière plus profonde parce que je serai une personne plus mûre, et, sûrement, plus profonde. Il est possible que j'y trouve des choses qu'auparavant, dans ma prime jeunesse, je n'avais jamais été capable d'entendre.

Et qui me rendent aussi enchanté, aussi joyeusement captivé qu'alors. Que je retombe amoureux. Tout cela pourrait advenir. C'est possible, non ?

La seconde raison qui me pousse à garder ces artéfacts, c'est que je pressens ce qui va se passer. J'ai besoin de ces disques parce qu'un jour, dans plusieurs années, j'écouterai cette musique et je me souviendrai exactement de ce à quoi ça ressemblait d'être moi aujourd'hui, à quinze ans, complètement habité par cette œuvre, dans ce moment et ce lieu bien précis. Mes disques des Beach Boys restent là, capsule sonore et temporelle branchée directement sur mon âme. Quelque chose dans cette musique me rappellera non seulement ce qui s'est passé, mais tout ce que j'ai ressenti, tout ce que j'ai désiré, tout ce que j'ai été. Et ça, ce ne sera pas rien, vous ne croyez pas ?

REMERCIEMENTS

Les personnes suivantes ont répondu à de nombreuses questions et m'ont donné de leur temps : Beep Brown, Blake Hayes et Tim Horvath à Cherry Valley, dans l'Etat de New York. Kristi Kenny de Left Bank Books, Eric Laursen de AWIP, Carter Adamson de Skype, Dustan Sheppard de ICQ. Richard Frasca. David Meyer. George Andreou.

Merci à Liza Johnson de m'avoir permis de voir son film. Et à tous ceux qui m'ont aidée. Je suis redevable à Cecil B. Currey et à son essai intitulé *Residual Dioxin in Vietnam.*

Merci pour l'aide matérielle sans laquelle écrire serait impossible : Jessie et Ted Dawes, Terry Halbert et Bill Coleman. Je remercie tout particulièrement Willy Brown et Rebecca Wright de m'avoir alloué le Roseboom Housing Fellowship.

J'ai vraiment beaucoup de chance d'avoir pour éditrice Nan Graham. Merci pour tout le temps et l'attention qu'elle m'a accordés. Merci également à Alexis Gargagliano pour son travail considérable. Et à Melanie Jackson pour son enthousiasme et ses encouragements.

Merci, Don. Merci, Gordon.

Enfin, je serais coupable d'une grande négligence si je m'abstenais d'exprimer avec toute la force requise ma gratitude éternelle envers Clement et Agnes pour l'inspiration qu'ils m'ont apportée et pour la patience dont ils ont fait preuve.

TABLE

PREMIÈRE PARTIE. 1972
    Par cœur... 9

DEUXIÈME PARTIE. ÉTÉ 1998
    Journal de Jason.. 31
    Antiologie.. 36
    Nepenthex... 64
    Safe as Milk.. 69
    Vespérale.. 90
    Journal de Jason.. 94
    Croisades nocturnes 118

TROISIÈME PARTIE. 1972-1973
    Une poussière dans l'univers........................ 123
    De moins en moins....................................... 137
    Sunday Morning Coming Down.................. 146

QUATRIÈME PARTIE. AUTOMNE ET HIVER 1998
    Journal de Jason.. 159
    Contre-indiqué 164
    Agit-prop 167
    Chargé... 174
    Cellophane.. 177
    Sans bouches 191
    Sur la même longueur d'ondes 194
    Visiteurs.. 205

CINQUIÈME PARTIE. 1973-1980
    Bellatrix... 213

Temporaire comme Achille 227
Nourrissons morts............................. 250

SIXIÈME PARTIE. PRINTEMPS 1999
  Artillerie 261
  Journal de Jason................ 265
  La Chinoise 271

SEPTIÈME PARTIE. 1982-1999
  Les règles de l'engagement 281
  Actes révolutionnaires 292

HUITIÈME PARTIE. 2000
  Ergonomica 301
  Touristes........................ 305
  Journal de Jason................ 311
  Limiers................ 318
  Présage 332
  Journal de Jason................ 336
  Consolation 337

NEUVIÈME PARTIE
  Contrapasso 341
  Dernières choses............................. 356
  Journal de Jason........................ 362

Ouvrage réalisé par l'atelier graphique Actes Sud. Achevé d'imprimer
sur Roto-Page en janvier 2010 par l'Imprimerie Floch à Mayenne pour
le compte des éditions Actes Sud Le Méjan Place Nina-Berberova
13200 Arles.
Dépôt légal 1re édition : février 2010.
N° impr. : 75550.
(Imprimé en France)